曾
祺

汪曾祺
作品

梁由之主编

03

文人与食事

多 年 父 子 成 兄 弟

汪曾祺 汪朗 著

上海三联书店

目 录

胡嚼文人
（汪朗）

文人与食事

四方食事（汪曾祺）

五　味

　　山西人真能吃醋！几个山西人在北京下饭馆，坐定之后，还没有点菜，先把醋瓶子拿过来，每人喝了三调羹醋。邻坐的客人直瞪眼。有一年我到太原去，快过春节了。别处过春节，都供应一点好酒，太原的油盐店却都贴出一个条子："供应老陈醋，每户一斤。"这在山西人是大事。

　　山西人还爱吃酸菜，雁北尤甚。什么都拿来酸，除了萝卜白菜，还包括杨树叶子，榆树钱儿。有人来给姑娘说亲，当妈的先问，那家有几口酸菜缸。酸菜缸多，说明家底子厚。

　　辽宁人爱吃酸菜白肉火锅。

　　北京人吃羊肉酸菜汤下杂面。

　　福建人、广西人爱吃酸笋。我和贾平凹在南宁，不爱吃招待所的饭，到外面瞎吃。平凹一进门，就叫："老友面！""老友面"者，酸笋肉丝汆汤下面也，不知道为什么叫作"老友"。

　　傣族人也爱吃酸。酸笋炖鸡是名菜。

　　延庆山里夏天爱吃酸饭。把好好的饭焐酸了，用井拔凉水一和，呼呼地就下去了三碗。

　　都说苏州菜甜，其实苏州菜只是淡，真正甜的是无锡。无锡炒鳝糊放那么多糖！包子的肉馅里也放很多糖，没法吃！

四川夹沙肉用大片肥猪肉夹了洗沙蒸，广西芋头扣肉用大片肥猪肉夹芋泥蒸，都极甜，很好吃，但我最多只能吃两片。

广东人爱吃甜食。昆明金碧路有一家广东人开的甜品店，卖芝麻糊、绿豆沙，广东同学趋之若鹜。"番薯糖水"即用白薯切块熬的汤，这有什么好喝的呢？广东同学曰："好嘢！"

北方人不是不爱吃甜，只是过去糖难得。我家曾有老保姆，正定乡下人，六十多岁了。她还有个婆婆，八十几了。她有一次要回乡探亲，临行称了两斤白糖，说她的婆婆就爱喝个白糖水。

北京人很保守，过去不知苦瓜为何物，近年有人学会吃了。菜农也有种的了。农贸市场上有很好的苦瓜卖，属于"细菜"，价颇昂。

北京人过去不吃蕹菜，不吃木耳菜，近年也有人爱吃了。

北京人在口味上开放了！

北京人过去就知道吃大白菜。由此可见，大白菜主义是可以被打倒的。

北方人初春吃苣荬菜。苣荬菜分甜荬、苦荬，苦荬相当的苦。

有一个贵州的年轻女演员上我们剧团学戏，她的妈妈不远迢迢给她寄来一包东西，是"择耳根"，或名"则尔根"，即鱼腥草。她让我尝了几根。这是什么东西？苦，倒不要紧，它有一股强烈的生鱼腥味，实在招架不了！

剧团有一干部，是写字幕的，有时也管杂务。此人是个吃辣的专家。他每天中午饭不吃菜，吃辣椒下饭。全国各地的，少数民族的，各种辣椒，他都千方百计地弄来吃，剧团到上海演出，他帮助搞伙食，这下好，不会缺辣椒吃。原以为上海辣椒不好买，他下车第二天就找到一家专卖各种辣椒的铺子。上海人有一些是能吃辣的。

　　我的吃辣是在昆明练出来的，曾跟几个贵州同学在一起用青辣椒在火上烧烧，蘸盐水下酒。平生所吃辣椒之多矣，什么朝天椒、野山椒，都不在话下。我吃过最辣的辣椒是在越南。一九四七年，由越南转道往上海，在海防街头吃牛肉粉，牛肉极嫩，汤极鲜，辣椒极辣，一碗汤粉，放三四丝辣椒就辣得不行。这种辣椒的颜色是橘黄色的。在川北，听说有一种辣椒本身不能吃，用一根线吊在灶上，汤做得了，把辣椒在汤里涮涮，就辣得不得了。云南佤族有一种辣椒，叫"涮涮辣"，与川北吊在灶上的辣椒大概不相上下。

　　四川不能说是最能吃辣的省份，川菜的特点是辣且麻，——搁很多花椒。四川的小面馆的墙壁上黑漆大书三个字：麻辣烫。麻婆豆腐、干煸牛肉丝、棒棒鸡；不放花椒不行。花椒得是川椒，捣碎，菜做好了，最后再放。

　　周作人说他的家乡整年吃咸极了的咸菜和咸极了的咸鱼，浙东人确实吃得很咸。有个同学，是台州人，到铺子里吃包子，掰开包子就往里倒酱油。口味的咸淡和地域是有关系的。北京人说南甜北咸东辣西酸，大体不错。河北、东北人口重，福建菜多很淡。但这与个人的性格习惯也有关。湖北菜并不咸，但闻一多先生却嫌云南蒙自的菜太淡。

　　中国人过去对吃盐很讲究，如桃花盐、水晶盐，"吴盐胜雪"，现在则全国都吃再制精盐。只有四川人腌咸菜还坚持用自贡产的井盐。

　　我不知道世界上还有什么国家的人爱吃臭。

　　过去上海、南京、汉口都卖油炸臭豆腐干。长沙火宫殿的臭豆腐因为一个大人物年轻时常吃而出名。这位大人物后来还去吃过，说了一句话："火宫殿的臭豆腐还是好吃。""文化大革命"中火宫殿的影壁上就出现了两行大字：

最高指示：
火宫殿的臭豆腐还是好吃。

我们一个同志到南京出差，他的爱人是南京人，嘱咐他带一点臭豆腐干回来。他千方百计，居然办到了。带到火车上，引起一车厢的人强烈抗议。

除豆腐干外，面筋、百叶（千张）皆可臭。蔬菜里的莴苣、冬瓜、豇豆皆可臭。冬笋的老根咬不动，切下来随手就扔进臭坛子里。——我们那里很多人家都有个臭坛子，一坛子"臭卤"。腌芥菜挤下的汁放几天即成"臭卤"。臭物中最特殊的是臭苋菜杆。苋菜长老了，主茎可粗如拇指，高三四尺，截成二寸许小段，入臭坛。臭熟后，外皮是硬的，里面的芯成果冻状。嚼住一头，一吸，芯肉即入口中。这是佐粥的无上妙品。我们那里叫作"苋菜秸子"，湖南人谓之"苋菜咕"，因为吸起来"咕"的一声。

北京人说的臭豆腐指臭豆腐乳。过去是小贩沿街叫卖的：

"臭豆腐，酱豆腐，王致和的臭豆腐。"臭豆腐就贴饼子，熬一锅虾米皮白菜汤，好饭！现在王致和的臭豆腐用很大的玻璃方瓶装，很不方便，一瓶一百块，得很长时间才能吃完，而且卖得很贵，成了奢侈品。我很希望这种包装能改进，一器装五块足矣。

我在美国吃过最臭的"气死"（干酪），洋人多闻之掩鼻，对我说起来实在没有什么，比臭豆腐差远了。

甚矣，中国人口味之杂也，敢说堪为世界之冠。

四方食事

口 味

"口之于味，有同嗜焉。"好吃的东西大家都爱吃。宴会上有烹大虾（得是极新鲜的），大都剩不下。但是也不尽然。羊肉是很好吃的。"羊大为美"。中国人吃羊肉的历史大概和这个民族的历史同样久远。中国羊肉的吃法很多，不能列举。我以为最好吃的是手把羊肉。维吾尔、哈萨克都有手把羊肉，但似以内蒙为最好。内蒙很多盟旗都说他们那里的羊肉不膻，因为羊吃了草原上的野葱，生前已经自己把膻味解了。我以为不膻固好，膻亦无妨。我曾在达茂旗吃过"羊贝子"，即白煮全羊。整只羊放在锅里只煮四十五分钟（为了照顾远来的汉人客人，多煮了十五分钟，他们自己吃，只煮半小时），各人用刀割取自己中意的部位，蘸一点作料（原来只备一碗盐水，近年有了较多的作料）吃。羊肉带生，一刀切下去，会汪出一点血，但是鲜嫩无比。内蒙人说，羊肉越煮越老，半熟的，才易消化，也能多吃。我几次到内蒙，吃羊肉吃得非常过瘾。同行有一位女同志，不但不吃，连闻都不能闻。一走进食堂，闻到羊肉气味就想吐。她只好每顿用开水泡饭，吃咸菜，真是苦煞。全国不吃羊肉的人，不在少数。

"鱼羊为鲜"，有一位老同志是获鹿县人，是回民，他倒是吃羊肉的，但是一生不解何所谓鲜。他的爱人是南京人，动辄说："这个菜很鲜"，他说，"什么叫'鲜'？我只知道什么东西吃着'香'。"要解释什么是"鲜"，是困难的。我的家乡以为最能代表鲜味的是虾子。虾子冬笋、虾子豆腐羹，都很鲜。虾子放得太多，就会"鲜得连眉毛都掉了"的。我有个小孙女，很爱吃我配料煮的龙须挂面。有一次我放了虾子，她尝了一口，说"有股什么味！"不吃。

中国不少省份的人都爱吃辣椒。云、贵、川、黔、湘、赣。延边朝鲜族也极能吃辣。人说吃辣椒爱上火。井冈山人说："辣子有补（没有营养），两头受苦。"我认识一个演员，他一天不吃辣椒，就会便秘！我认识一个干部，他每天在机关吃午饭，什么菜也不吃，只带了一小饭盒油炸辣椒来，吃辣椒下饭。顿顿如此。此人真是个吃辣椒专家，全国各地的辣椒，都设法弄了来吃。据他的品评，认为土家族的最好。有一次他带了一饭盒来，让我尝尝，真是又辣又香。然而有人是不吃辣的。我曾随剧团到重庆体验生活。四川无菜不辣，有人实在受不了。有一个演员带了几个年轻的女演员去吃汤圆，一个唱老旦的演员进门就嚷嚷："不要辣椒！"卖汤圆的白了她一眼："汤圆没有放辣椒的！"

北方人爱吃生葱生蒜。山东人特爱吃葱，吃煎饼、锅盔，没有葱是不行的。有一个笑话：婆媳吵嘴，儿媳妇跳了井。儿子回来，婆婆说："可了不得啦，你媳妇跳井啦！"儿子说："不咋！"拿了一根葱在井口逛了一下，媳妇就上来了。山东大葱的确很好吃，葱白长至半尺，是甜的。江浙人不吃生葱蒜，做鱼肉时放葱，谓之"香葱"，实即北方的小葱，几根小葱，挽成一个疙瘩，叫作"葱结"。他们把大葱叫作"胡葱"，即做菜时也不大用。有一个著名女演员，不吃葱，她和大家一同去体验生活，菜都得给她单做。"文化大革命"斗她的时候，这成了一条罪状。北方人吃炸酱面，必须有几瓣蒜。在长影拍片时，有一天我起晚了，早饭已经开过，我到厨房里和几位炊事员一块吃。那天吃的是炸油饼，他们吃油饼就蒜。我说，"吃油饼哪有就蒜的！"一个河南籍的炊事员说："嘿！你试试！"果然，"另一个味儿"。我前几年回家乡，接连吃了几天鸡鸭鱼虾，吃腻了，我跟家里人说："给我下一碗阳春面，弄一碟葱，两头蒜来。"家里人看我生吃葱蒜，大为惊骇。

有些东西，本来不吃，吃吃也就习惯了。我曾经夸口，说我什么都吃，为此挨了两次捉弄。一次在家乡。我原来不吃芫荽（香菜），以为有臭虫味。一次，我家所开的中药铺请我去吃面，——那天是药王生日，铺中管事弄了一大碗凉拌芫荽，说："你不是什么都吃吗？"我一咬牙吃了。从此，我就吃芫荽了。后来北地，每吃涮羊肉，调料里总要撒上大量芫荽。苦瓜，我原来也是不吃的，——没有吃过。我们家乡有苦瓜，叫作癞葡萄，是放在瓷盘里看着玩，不吃的。一次在昆明，有一位诗人请我下小馆子，他要了三个菜：凉拌苦瓜、炒苦瓜、苦瓜汤。他说："你不是什么都吃吗？"从此，我就吃苦瓜了。北京人原来是不吃苦瓜的，近年也学会吃了。不过他们用凉水连"拔"三次，基本上不苦了，那还有什么意思！

有些东西，自己尽可不吃，但不要反对旁人吃。不要以为自己不吃的东西，谁吃，就是岂有此理。比如广东人吃蛇，吃龙虱；傣族人爱吃苦肠，即牛肠里没有完全消化的粪汁，蘸肉吃。这在广东人、傣族人，是没有什么奇怪的。他们爱吃，你管得着吗？不过有些东西，我也以为不吃为宜，比如炒肉芽——腐肉所生之蛆。

总之，一个人的口味要宽一点、杂一点，"南甜北咸东辣西酸"，都去尝尝。对食物如此，对文化也应该这样。

切 脍

《论语·乡党》："食不厌精，脍不厌细"，中国的切脍不知始于何时。孔子以"食"、"脍"对举，可见当时是相当普遍的。北魏贾思勰《齐民要术》提到切脍。唐人特重切脍，杜甫诗累见。宋代切脍之风亦盛。《东京梦华录·三月一日开金明池琼林苑》："多垂钓之士，必于池苑所买牌子，方许捕鱼。游人得鱼，倍其价买之。临水砟脍，以荐芳樽，乃一时佳味也。"元代，关汉卿曾写过"望江亭中秋切脍"。明代切脍，也还是有的，但《金瓶梅》中未提及，很奇怪。《红楼梦》也没有提到。到了近代，很多人对切脍是怎么回事，都茫然了。

脍是什么？杜诗邵注："鲙即今之鱼生、肉生。"更多指鱼生，脍的繁体字是"鲙"，可知。

杜甫《阌乡姜七少府设鲙戏赠长歌》对切脍有较详细的描写。脍要切得极细，"脍不厌细"，杜诗亦云："无声细下飞碎雪。"脍是切片还是切丝呢？段成式《酉阳杂俎·物革》云："进士段硕常识南孝廉者，善斫脍，縠薄丝缕，轻可吹起。"看起来是片和丝都有的。切脍的鱼不能洗。杜诗云："落砧何曾白纸湿"，邵注："凡作鲙，以灰去血水，用纸以隔之"，大概是隔着一层纸用灰吸去鱼的血水。《齐民要术》："切脍人，虽讫亦不得洗手，洗则脍湿。"加什么作料？一般是加葱的，杜诗："有骨已剁觜春葱"。《内则》："鲙，春用葱，夏用芥。"葱是葱花，不会是葱段。至于下不下盐或酱油，乃至酒、酢，则无从臆测，想来总得有点咸味，不会是淡吃。

切脍今无实物可验。杭州楼外楼解放前有名菜醋鱼带把。所谓"带把"，即将活草鱼的脊背上的肉剔下，切成极薄的片，浇好酱油，生吃。我以为这很近乎切脍。我在一九四七年春天曾吃过，极鲜美。这道菜听说现在已经没有了，不知是因为有碍卫生，还是厨师无此手艺了。

日本鱼生我未吃过。北京西四牌楼的朝鲜冷面馆卖过鱼生、肉生。北京乃切成一寸见方、厚约二分的鱼片，蘸极辣的作料吃。这与"縠薄丝缕"的切脍似不是一回事。

与切脍有关联的，是"生吃螃蟹活吃虾"。生螃蟹我未吃过，想来一定非常好吃。活虾我可吃得多了。前几年回乡，家乡人知道我爱吃"呛虾"，于是餐餐有呛虾。我们家乡的呛虾是用酒把白虾（青虾不宜生吃）"醉"死了的。解放前杭州楼外楼呛虾，是酒醉而不待其死，活虾盛于大盘中，上覆大碗，上桌揭碗，虾蹦得满桌，客人捉而食之。用广东话说，这才真是"生猛"。听说楼外楼现在也不卖呛虾了，惜哉！

下生蟹活虾一等的，是将虾蟹之属稍加腌制。宁波的梭子蟹是用盐腌过的，醉蟹、醉泥螺、醉蚶子、醉蛏鼻，都是用高粱酒"醉"过的。但这些都还是生的。因此，都很好吃。

我以为醉蟹是天下第一美味。家乡人贻我醉蟹一小坛。有天津客人来，特地为他剥了几只。他吃了一小块，问："是生的？"就不敢再吃。

"生的"，为什么就不敢吃呢？法国人、俄罗斯人，吃牡砺，都是生吃。我在纽约南海岸吃过鲜蚌，那绝对是生的，刚打上来的，而且什么作料都不搁，经我要求，服务员才给了一点胡椒粉。好吃么？好吃极了！

为什么"切脍"生鱼活虾好吃？曰：存其本味。

我以为"切脍"之风，可以恢复。如果觉得这不卫生，可以仿照纽约南海岸的办法：用"远红外"或什么东西处理一下，这样既不失本味，又无致病之虞。如果这样还觉得"硌应"，吞不下，吞下要反出来，那完全是观念上的问题。当然，我也不主张普遍推广，可以满足少数老饕的欲望，"内部发行"。

河 豚

阅报，江阴有人食河豚中毒，经解救，幸得不死，杨花扑面，节近清明，这使我想起，正是吃河豚的时候了。苏东坡诗：

> 竹外桃花三两枝，
> 春江水暖鸭先知。
> 蒌蒿满地芦芽短，
> 正是河豚欲上时。

梅圣俞诗：

> 河豚当是时，
> 贵不数鱼虾。

宋朝人是很爱吃河豚的，没有真河豚，就用了不知什么东西做出河豚的样子和味道，谓之"假河豚"，聊以过瘾，《东京梦华录》等书都有记载。

江阴当长江入海处不远，产河豚最多，也最好。每年春天，鱼市上有很多河豚卖。河豚的脾气很大，用小木棍捅捅它，它就把肚子鼓起来，再捅，再鼓，终至成了一个圆球。江阴河豚品种极多。我所就读的南菁中学的生物实验室里搜集了各种河豚，浸在装了福尔马林的玻璃器内。有的很大，有的小如金钱龟。颜色也各异，有带青绿色的，有白的，还有紫红的。这样齐全的河豚标本，大概只有江阴的中学才能搜集得到。

河豚有剧毒。我在读高中一年级时，江阴乡下出了一件命案，"谋杀亲夫"。"奸夫"、"淫妇"在游街示众后，同时枪决。毒死亲丈夫的东西，即是一条煮熟的河豚。因为是"花案"，那天街的两旁有很多人鹄立伫观。但是实在没有什么好看，奸夫淫妇都蠢而且丑，奸夫还是个黑脸的麻子。这样的命案，也只能出在江阴。

但是河豚很好吃，江南谚云："拼死吃河豚"，豁出命去，也要吃，可见其味美。据说整治得法，是不会中毒的。我的几个同学都曾约定请我上家里吃一次河豚，说是"保证不会出问题"。江阴正街上有一饭馆，是卖河豚的。这家饭馆有一块祖传的木板，刷印保单，内容是如果在他家铺里吃河豚中毒致死，主人可以偿命。

河豚之毒在肝脏、生殖腺和血，这些可以小心地去掉。这种办法有例可援，即"洁本金瓶梅"是。

我在江阴读书两年，竟未吃过河豚，至今引为憾事。

野 菜

　　春天了，是挖野菜的时候了。踏青挑菜，是很好的风俗。人在屋里闷了一冬天，尤其是妇女，到野地里活动活动，呼吸一点新鲜空气，看看新鲜的绿色，身心一快。

　　南方的野菜，有枸杞、荠菜、马栏头……北方野菜则主要的是苣荬菜。枸杞、荠菜、马栏头用开水焯过，加酱油、醋、香油凉拌。苣荬菜则是洗净，去根，蘸甜面酱生吃。或曰吃野菜可以"清火"，有一定道理。野菜多半带一点苦味，凡苦味菜，皆可清火。但是更重要的是吃个新鲜。有诗人说："这是吃春天"，这话说得有点做作，但也还说得过去。

　　敦煌变文、《云谣集杂曲子》、打枣杆、挂枝儿、吴歌，乃至《白雪遗音》等等，是野菜。因为它新鲜。

寻常茶话

　　袁鹰编《清风集》约稿。我对茶实在是个外行。茶是喝的，而且喝得很勤，一天换三次叶子。每天起来第一件事，便是坐水，沏茶。但是毫不讲究。对茶叶不挑剔。青茶、绿茶、花茶、红茶、沱茶、乌龙茶，但有便喝。茶叶多是别人送的，喝完了一筒，再开一筒，喝完了碧螺春，第二天就可以喝蟹爪水仙。但是不论什么茶，总得是好一点的。太次的茶叶，便只好留着煮茶叶蛋。《北京人》里的江泰认为喝茶只是"止渴生津利小便"，我以为还有一种功能，是：提神。《陶庵梦记》记闵老子茶，说得神乎其神。我则有点像董日铸，以为"浓、热、满三字尽茶理"。我不喜欢喝太烫的茶，沏茶也不爱满杯。我的家乡说为客人斟茶斟酒"酒要满，茶要浅"，茶斟得太满是对客人不敬，甚至是骂人。于是就只剩下一个字：浓。我喝茶是喝得很酽的。曾在机关开会，有个女同志尝了我的一口茶，说是"跟药一样"。因此，写不出关于茶的文章。要写，也只是些平平常常的话。

　　我读小学五年级那年暑假，我的祖父不知怎么忽然高了兴，要教我读书。"穿堂"的右侧有两间空屋。里间是佛堂，挂了一幅丁云鹏画的佛像，佛的袈裟是朱红的。佛像下，是一尊乌斯藏铜佛。我的祖母每天早晚来烧一炷香。外间本是个贮藏室，房梁上挂着干菜、干的粽叶。靠墙有一坛"臭卤"，面筋、百叶、笋头、苋菜秸都放在里面臭。临窗设一方桌，便是我的书桌。祖父每天早晨来讲《论语》一章，剩下的时间由我自己写大小字各一张。大字写《圭峰碑》，小字写《闲邪公家传》，都是祖父从他的藏帖里拿来给我的。隔日作文一篇。还不是正式的八股，是一种叫作"义"的文体，只是解释《论语》的内容。题目是祖父出的。我共做了多少篇"义"，已经不记得了。只记得有一题是"孟子反不伐义"。

祖父生活俭省，喝茶却颇考究。他是喝龙井的，泡在一个深栗色的扁肚子的宜兴砂壶里，用一个细瓷小杯倒出来喝。他喝茶喝得很酽，一次要放多半壶茶叶。喝得很慢，喝一口，还得回味一下。

他看看我的字，我的"义"，有时会另拿一个杯子，让我喝一杯他的茶。真香。从此我知道龙井好喝，我的喝茶浓酽，跟小时候的熏陶也有点关系。后来我到了外面，有时喝到龙井茶，会想起我的祖父，想起孟子反。

我的家乡有"喝早茶"的习惯，或者叫作"上茶馆"。上茶馆其实是吃点心，包子、蒸饺、烧麦、千层糕……茶自然是要喝的。在点心未端来之前，先上一碗干丝。我们那里原先没有煮干丝，只有烫干丝。干丝在一个敞口的碗里堆成塔状，临吃，堂倌把装在一个茶杯里的作料——酱油、醋、麻油浇入。喝热茶。吃干丝，一绝！

抗日战争时期，我在昆明住了七年，几乎天天泡茶馆。"泡茶馆"是西南联大学生特有的说法。本地人叫作"坐茶馆"，

"坐"，本有消磨时间的意思，"泡"则更胜一筹。这是从北京带过去的一个字，"泡"者，长时间地沉溺其中也，与"穷泡"、"泡蘑菇"的"泡"是同一语源。联大学生在茶馆里往往一泡就是半天。干什么的都有。聊天、看书、写文章。有一位教授在茶馆里读梵文。有一位研究生，可称泡茶馆的冠军。此人姓陆，是一怪人。他曾经徒步旅行了半个中国，读书甚多，而无所著述，不爱说话。他简直是"长"在茶馆里。上午、下午、晚上，要一杯茶，独自坐着看书。他连漱洗用具都放在一家茶馆里，一起来就到茶馆里洗脸刷牙。听说他后来流落四川，穷困潦倒而死，悲夫！

昆明茶馆里卖的都是青茶，茶叶不分等次，泡在盖碗里。文林街后来开了家"摩登"茶馆，用玻璃杯卖绿茶、红茶——滇红、滇绿。滇绿色如生青豆，滇红色似"中国红"葡萄酒，茶叶都很厚。滇红尤其经泡，三开之后，还有茶色。我觉得滇红比祁（门）红、英（德）红都好，这也许是我的偏见。当然比斯里兰卡的"利普顿"要差一些——有人喝不来"利普顿"，说是味道很怪。人之好恶，不能勉强。我在昆明喝过大烤茶。把茶叶放在粗陶的烤茶罐里，放在炭火上烤得半焦，倾入滚水，茶香扑人。几年前在大理街头看到有烤茶缸卖，犹豫一下，没有买。买了，放在煤气灶上烤，也不会有那样的味道。

一九四六年冬，开明书店在绿杨村请客。饭后，我们到巴金先生家喝功夫茶。几个人围着浅黄色的老式圆桌，看陈蕴珍（萧珊）"表演"濯器、炽炭、注水、淋壶、筛茶。每人喝了三小杯。我第一次喝功夫茶，印象深刻。这茶太酽了，只能喝三小杯。在座的除巴先生夫妇，有靳以、黄裳。一转眼，四十三年了。靳以、萧珊都不在了。巴老衰病，大概没有喝一次功夫茶的兴致了。那套紫砂茶具大概也不在了。

我在杭州喝过一杯好茶。

一九四七年春，我和几个在一个中学教书的同事到杭州去玩。除了"西湖景"，使我难忘的两样方物，一是醋鱼带把。所谓"带把"，是把活草鱼的脊肉剔下来，快刀切为薄片，其薄如纸，浇上好秋油，生吃。鱼肉发甜，鲜脆无比。我想这就是中国古代的"切脍"。一是在虎跑喝的一杯龙井。真正的狮峰龙井雨前新芽，每蕾皆一旗一枪，泡在玻璃杯里，茶叶皆直立不倒，载浮载沉，茶色颇淡，但入口香浓，直透脏腑，真是好茶！只是太贵了。一杯茶，一块大洋，比吃一顿饭还贵。狮峰茶名不虚，但不得虎跑水不可能有这样的味道。我自此方知道，喝茶，水是至关重要的。

我喝过的好水有昆明的黑龙潭泉水。骑马到黑龙潭，疾驰之后，下马到茶馆里喝一杯泉水泡的茶，真是过瘾。泉就在茶馆檐外地面，一个正方的小池子，看得见泉水咕嘟咕嘟往上冒。井冈山的水也很好，水清而滑。有的水是"滑"的，"温泉水滑洗凝脂"并非虚语。井冈山水洗被单，越洗越白；以泡"狗古脑"茶，色味俱发，不知道水里含了什么物质。天下第一泉、第二泉的水，我没有喝出什么道理。济南号称泉城，但泉水只能供观赏，以泡茶，不觉得有什么特点。

有些地方的水真不好。比如盐城。盐城真是"盐城"，水是咸的。中产以上人家都吃"天落水"。下雨天，在天井上方张了布幕，以接雨水，存在缸里，备烹茶用。最不好吃的水是菏泽。菏泽牡丹甲天下，因为菏泽土中含碱，牡丹喜碱性土。我们到菏泽看牡丹，牡丹极好，但茶没法喝。不论是青茶、绿茶，沏出来一会儿就变成红茶了，颜色深如酱油，入口咸涩。由菏泽往梁山，住进招待所后，第一件事便是赶紧用不带碱味的甜水沏一杯茶。

老北京早起都要喝茶，得把茶喝"通"了，这一天才舒服。无论贫富，皆如此。一九四八年我在午门历史博物馆工作。馆里有几位看守员，岁数都很大了。他们上班后，都是先把带来的窝头片在炉盘上烤上，然后轮流用水氽坐水沏茶。茶喝足了，才到午门城楼的展览室里去坐着。他们喝的都是花茶。北京人爱喝花茶，以为只有花茶才算是茶（很多人把茉莉花叫作"茶叶花"）。我不太喜欢花茶，但好的花茶例外，比如老舍先生家的花茶。

老舍先生一天离不开茶。他到莫斯科开会，苏联人知道中国人爱喝茶，倒是特意给他预备了一个热水壶。可是，他刚沏了一杯茶，还没喝几口，一转脸，服务员就给倒了。老舍先生很愤慨地说："他妈的！他不知道中国人喝茶是一天喝到晚的！"一天喝茶喝到晚，也许只有中国人如此。外国人喝茶都是论"顿"的，难怪那位服务员看到多半杯茶放在那里，以为老先生已经喝完了，不要了。

龚定庵以为碧螺春天下第一。我曾在苏州东山的"雕花楼"喝过一次新采的碧螺春。"雕花楼"原是一个华桥富商的住宅，楼是进口的硬木造的，到处都雕了花，八仙庆寿、福禄寿三星、龙、凤、牡丹……真是集恶俗之大成。但碧螺春真是好。不过茶是泡在大碗里的，我觉得这有点煞风景。后来问陆文夫，文夫说碧螺春就是讲究用大碗喝的。茶极细，器极粗，亦怪！

我还在湖南桃源喝过一次擂茶。茶叶、老姜、芝麻、米、加盐放在一个擂钵里，用硬木的擂棒"擂"成细末，用开水冲开，便是擂茶。我在《湘行二记》中对擂茶有较详细的叙述，为省篇幅，不再抄引。

　　茶可入馔，制为食品。杭州有龙井虾仁，想不恶。裴盛戎曾用龙井茶包饺子，可谓别出心裁。日本有茶粥。《徘人的食物》说徘人小聚，食物极简单，但"唯茶粥一品，万不可少"。茶粥是啥样的呢？我曾用粗茶叶煎汁，加大米熬粥，自以为这便是"茶粥"了。有一阵子，我每天早起喝我所发明的茶粥，自以为很好喝。四川的樟茶鸭子乃以柏树枝、樟树叶及茶叶为熏料，吃起来有茶香而无茶味。曾吃过一块龙井茶心的巧克力，这简直是恶作剧！用上海人的话说：巧克力与龙井茶实在完全"弗搭界"。

吃食和文学

口味·耳音·兴趣

我有一次买牛肉。排在我前面的是一个中年妇女，看样子是个知识分子，南方人。轮到她了，她问卖牛肉的："牛肉怎么做？"我很奇怪，问："你没有做过牛肉？"——"没有。我们家不吃牛羊肉。"——"那您买牛肉——？"——"我的孩子大了，他们会到外地去。我让他们习惯习惯，出去了好适应。"这位做母亲的用心良苦。我于是尽了一趟义务，把她请到一边，讲了一通牛肉做法，从清炖、红烧、咖哩牛肉，直到广东的蚝油炒牛肉、四川的水煮牛肉、干煸牛肉丝……

有人不吃羊肉。我们到内蒙去体验生活。有一位女同志不吃羊肉，——闻到羊肉气味都恶心，这可苦了。她只好顿顿饭吃开水泡饭，吃咸菜。看见我吃手抓羊肉、羊贝子（全羊）吃得那样香，直生气！

有人不吃辣椒。我们到重庆去体验生活。有几个女演员去吃汤圆，进门就嚷嚷"不要辣椒！"卖汤圆的冷冷地说："汤圆没有放辣椒的！"

许多东西不吃，"下去"，很不方便。到一个地方，听不懂那里的话，也很麻烦。

我们到湘鄂赣去体验生活。在长沙，有一个同志的鞋坏了，去修鞋，鞋铺里不收。"为什么？"——"修鞋的不好过。"——"什么？"——"修鞋的不好过！"我只得给他翻译一下，告诉他修鞋的今天病了，他不舒服。上了井冈山，更麻烦了：井冈山说的是客家话。我们听一位队长介绍情况，他说这里没有人肯当干部，他挺身而出，他老婆反对，说是"辣子冇补，两头受苦"——"什么什么？"我又得给他翻译："辣椒没有营养，吃下去两头受苦"。这样一翻译可就什么味道也没有了。

我去看昆曲，"打虎游街"、"借茶活捉"……好戏。小丑的苏白尤其传神，我听得津津有味，不时发出笑声。邻座是一个唱花旦的京剧女演员，她听不懂，直着急，老问："他说什么？说什么？"我又不能逐句翻译，她很遗憾。

我有一次到民族饭店去找人，身后有几个少女在叽叽呱呱地说很地道的苏州话。一边的电梯来了，一个少女大声招呼她的同伴："乖面乖面"（这边这边）！我回头一看：说苏州话的是几个美国人！

我们那位唱花旦的女演员在语言能力上比这几个美国少女可差多了。

一个文艺工作者、一个作家、一个演员的口味最好杂一点，从北京的豆汁到广东的龙虱都尝尝（有些吃的我也招架不了，比如贵州的鱼腥草）；耳音要好一些，能多听懂几种方言，四川话、苏州话、扬州话（有些话我也一句不懂，比如温州话。）否则，是个损失。

口味单调一点、耳音差一点，也还不要紧，最要紧的是对生活的兴趣要广一点。

苦瓜是瓜吗?

昨天晚上，家里吃白兰瓜。我的一个小孙女，还不到三岁，一边吃，一边说："白兰瓜、哈密瓜、黄金瓜、华莱士瓜、西瓜，这些都是瓜。"我很惊奇了：她已经能自己经过归纳，形成"瓜"的概念了（没有人教过她）。这表示她的智力已经发展到了一个重要的阶段。凭借概念，进行思维，是一切科学的基础。她奶奶问她："黄瓜呢？"她点点头。"苦瓜呢？"她摇摇头。我想：她大概认为"瓜"是可吃的，并且是好吃的（这些瓜她都吃过）。今天早起，又问她："苦瓜是不是瓜？"她还是坚决地摇了摇头，并且说明她的理由："苦瓜不像瓜。"我于是进一步想：我对她的概念的分析是不完全的。原来在她的"瓜"的概念里除了好吃不好吃，还有一个像不像的问题（苦瓜的表皮疙里疙瘩的，也确实不大像瓜）。我翻了翻《辞海》，看到苦瓜属葫芦科。那么，我的孙女认为苦瓜不是瓜，是有道理的。我又翻了翻《辞海》的"黄瓜"条：黄瓜也是属葫芦科。苦瓜、黄瓜习惯上都叫作瓜；而另一种很"像"是瓜的东西，在北方却称之为"西葫芦"。瓜乎？葫芦乎？苦瓜是不是瓜呢？我倒糊涂起来了。

前天有两个同乡因事到北京，来看我。吃饭的时候，有一盘炒苦瓜。同乡之一问："这是什么？"我告诉他是苦瓜。他说："我倒要尝尝。"夹了一小片入口："乖乖！真苦啊！——这个东西能吃？为什么要吃这种东西？"我说："酸甜苦辣咸，苦也是五味之一。"他说："不错！"我告诉他们这就是癞葡萄。另一同乡说："'癞葡萄'，那我知道的。癞葡萄能这个吃法？"

"苦瓜"之名，我最初是从石涛的画上知道的。我家里有不少有正书局珂罗版印的画集，其中石涛的画不少。我从小喜欢石涛的画。石涛的别号甚多，除石涛外有释济、清湘道人、大涤子、瞎尊者和苦瓜和尚。但我不知道苦瓜为何物。到了昆明，一看：哦，原来就是癞葡萄，我的大伯父每年都要在后园里种几棵癞葡萄，不是为了吃，是为成熟之后摘下来装在盘子里看着玩的。有时也剖开一两个，挖出籽儿来尝尝。有一点甜味，并不好吃。而且颜色鲜红，如同一个一个血饼子，看起来很刺激，也使人不大敢吃它。当作菜，我没有吃过。有一个西南联大的同学，是个诗人，他整了我一下子。我曾经吹牛，说没有我不吃的东西。他请我到一个小饭馆吃饭，要了三个菜：凉拌苦瓜、炒苦瓜、苦瓜汤！我咬咬牙，全吃了。从此，我就吃苦瓜了。苦瓜原产于印度尼西亚，中国最初种植是广东、广西。现在云南、贵州都有。据我所知，最爱吃苦瓜的似是湖南人。有一盘炒苦瓜，——加青辣椒、豆豉、少放点猪肉，湖南人可以吃三碗饭。石涛是广西全州人，他从小就是吃苦瓜的，而且一定很爱吃。"苦瓜和尚"这别号可能有一点禅机，有一点独往独来，不随流俗的傲气，正如他叫"瞎尊者"，其实并不瞎；但也可能是一句实在话。石涛中年流寓南京，晚年久住扬州。南京人、扬州人看见这个和尚拿癞葡萄来炒了吃，一定会觉得非常奇怪的。

北京人过去是不吃苦瓜的。菜市场偶尔有苦瓜卖，是从南方运来的。买的也都是南方人。近二年北京人也有吃苦瓜的了，有人还很爱吃。农贸市场卖的苦瓜都是本地的菜农种的，所以格外鲜嫩。看来人的口味是可以改变的。

由苦瓜我想到几个有关文学创作的问题：

一、应该承认苦瓜也是一道菜。谁也不能把苦从五味里开除出去。我希望评论家、作家——特别是老作家，口味要杂一点，不要偏食。不要对自己没有看惯的作品轻易地否定、排斥。不要像我的那位同乡一样，问道："这个东西能吃？为什么要吃这种东西？"提出"这样的作品能写？为什么要写这样的作品？"我希望他们能习惯类似苦瓜一样的作品，能吃出一点味道来，如现在的某些北京人。

二、《辞海》说苦瓜"未熟嫩果作蔬菜，成熟果瓤可生食"。对于苦瓜，可以各取所需，愿吃皮的吃皮，愿吃瓤的吃瓤。对于一个作品，也可以见仁见智。可以探索其哲学意蕴，也可以踪迹其美学追求。北京人吃凉拌芹菜，只取嫩茎，西餐馆做罗宋汤则专要芹菜叶。人弃人取，各随尊便。

三、一个作品算是现实主义的也可以，算是现代主义的也可以，只要它真是一个作品。作品就是作品。正如苦瓜，说它是瓜也行，说它是葫芦也行，只要它是可吃的。苦瓜就是苦瓜。——如果不是苦瓜，而是狗尾巴草，那就另当别论。截至现在为止，还没有人认为狗尾巴草很好吃。

咸菜和文化

偶然和高晓声谈起"文化小说"，晓声说："什么叫文化？——吃东西也是文化。"我同意他的看法。这两天自己在家里腌韭菜花，想起咸菜和文化。

咸菜可以算是一种中国文化。西方似乎没有咸菜。我吃过"洋泡菜"，那不能算咸菜。日本有咸菜，但不知道有没有中国这样盛行。"文革"前《福建日报》登过一则猴子腌咸菜的新闻，一个新华社归侨记者用此材料写了一篇对外的特稿："猴子会腌咸菜吗？"被批评为"资产阶级新闻观点"。——为什么这就是资产阶级新闻观点呢？猴子腌咸菜，大概是跟人学的。于此可以证明咸菜在中国是极为常见的东西。中国不出咸菜的地方大概不多。各地的咸菜各有特点，互不雷同。北京的水疙瘩、天津的津冬菜、保定的春不老。"保定有三宝，铁球、面酱、春不老"，我吃过苏州的春不老，是用带缨子的很小的萝卜腌制的，腌成后寸把长的小缨子还是碧绿的，极嫩，微甜，好吃，名字也起得好。保定的春不老想也是这样的。周作人曾说他的家乡经常吃的是咸极了的咸鱼和咸极了的咸菜。鲁迅《风波》里写的蒸得乌黑的干菜很诱人。腌雪里蕻南北皆有。上海人爱吃咸菜肉丝面和雪笋汤。云南曲靖的韭菜花风味绝佳。曲靖韭菜花的主料其实是细切晾干的萝卜丝，与北京作为吃涮羊肉的调料的韭菜花不同。贵州有冰糖酸，乃以芥菜加醪糟、辣子腌成。四川咸菜种类极多，据说必以自流井的粗盐腌制乃佳。行销（真是"行销"）全国，远至海外（有华侨的地方），堪称咸菜之王的，应数榨菜。朝鲜辣菜也可以算是咸菜。延边的腌蕨菜北京偶有卖的，人多不识。福建的黄萝卜很有名，可惜未曾吃过。我的家乡每到秋末冬初，多数人家都腌萝卜干。到店铺里学徒，要"吃三年萝卜干饭"，言其缺油水也。中国咸菜多矣，此不能备载。如果有人写一本《咸菜谱》，将是一本非常有意思的书。

咸菜起于何时，我一直没有弄清楚。古书里有一个"菹"字，我少时曾以为是咸菜。后来看《说文解字》，菹字下注云："酢菜也"，不对了。汉字凡从酉者，都和酒有点关系。酢菜现在还有。昆明的"茄子酢"、湖南乾城的"酢辣子"，都是密封在坛子里使之酒化了的，吃起来都带酒香。这不能算是咸菜。有一个蒈字，则确乎是咸菜了。这是切碎了腌的。这东西的颜色是发黄的，故称"黄蒈"。腌制得法，"色如金钗股"

云。我无端地觉得，这恐怕就是酸雪里蕻。似乎不是很古的东西。这个字的大量出现好像是在宋人的笔记和元人的戏曲里。这是穷秀才和和尚常吃的东西。"黄齑"成了嘲笑秀才和和尚，亦为秀才和和尚自嘲的常用的话头。中国咸菜之多，制作之精，我以为跟佛教有一点关系。佛教徒不茹荤，又不一定一年四季都能吃到新鲜蔬菜，于是就在咸菜上打主意。我的家乡腌咸菜腌得最好的是尼姑庵。尼姑到相熟的施主家去拜年，都要备几色咸菜。关于咸菜的起源，我在看杂书时还要随时留心，并希望博学而好古的馋人有以教我。

和咸菜相伯仲的是酱菜。中国的酱菜大别起来，可分为北味的与南味的两类。北味的以北京为代表。六必居、天源、后门的"大葫芦"都很好。——"大葫芦"门悬大葫芦为记，现在好像已经没有了。保定酱菜有名，但与北京酱菜区别实不大。南味的以扬州酱菜为代表，商标为"三和"、"四美"。北方酱菜偏咸，南则偏甜。中国好像什么东西都可以拿来酱。萝卜、瓜、莴苣、蒜苗、甘露、藕，乃至花生、核桃、杏仁，无不可酱。北京酱菜里有酱银苗，我到现在还不知道究竟是什么东西。只有荸荠不能酱。我的家乡不兴到酱园里开口说买酱荸荠，那是骂人的话。

酱菜起于何时，我也弄不清楚。不会很早。因为制酱菜有个前提，必得先有酱，——豆制的酱。酱——酱油，是中国一大发明。"柴米油盐酱醋茶"，酱为开门七事之一。中国菜多数要放酱油。西方没有。有一个京剧演员出国，回来总结了一条经验，告诫同行，以后若有出国机会，必须带一盒固体酱油！没有郫县豆瓣，就做不出"正宗川味"。但是中国古代的酱和现在的酱不是一回事。《说文》酱字注云从肉、从酉、爿声。

这是加盐、加酒、经过发酵的肉酱。《周礼·天官·膳夫》："凡王之馈，酱用百有二十瓮"，郑玄注："酱，谓醯醢也。"醯，醢，都是肉酱。大概较早出现的是豉，其后才有现在的酱。汉代著作中提到的酱，好像已是豆制的。东汉王充《论衡》："作豆酱恶闻雷"，明确提到豆酱。《齐民要术》提到酱油，但其时已至北魏，距现在一千五百多年——当然，这也相当古了。酱菜的起源，我现在还没有查出来，俟诸异日吧。

　　考查咸菜和酱菜的起源，我不反对，而且颇有兴趣。但是，也不一定非得寻出它的来由不可。

　　"文化小说"的概念颇含糊。小说重视民族文化，并从生活的深层追寻某种民族文化的"根"，我以为是未可厚非的。小说要有浓郁的民族色彩，不在民族文化里腌一腌、酱一酱，是不成的，但是不一定非得追寻得那么远，非得追寻到一种苍苍莽莽的古文化不可。古文化荒邈难稽（连咸菜和酱菜的来源我们还不清楚）。寻找古文化，是考古学家的事，不是作家的事。从食品角度来说，与其考察太子丹请荆轲吃的是什么，不如追寻一下"春不老"；与其查究楚辞里的"惠肴蒸"，不如品味品味湖南豆豉；与其追溯断发文身的越人怎样吃蛤蜊，不如蒸一碗霉干菜，喝两杯黄酒。我们在小说里要表现的文化，首先是现在的，活着的；其次是昨天的，消逝不久的。理由很简单，因为我们可以看得见，摸得着，尝得出，想得透。

做 饭

我不会做什么菜。可是不知道怎么竟会弄得名闻海峡两岸。这是因为有过几位台湾朋友在我家吃过我做的菜，大事宣传而造成的。我只能做几个家常菜。大菜，我做不了。我到海南岛去，东道主送了我好些鱼翅、燕窝，我放在那里一直没有动，因为不知道怎么做。有一点特色，可以称为我家小菜保留节目的有这些：

拌荠菜、拌菠菜。荠菜焯熟，切碎，香干切米粒大，与荠菜同拌，在盘中用手抟成宝塔状。塔顶放泡好的海米，上堆姜米、蒜米。好酱油、醋、香油放在茶杯内，荠菜上桌后，浇在顶上，将荠菜推倒，拌匀，即可下箸。佐酒甚妙。没有荠菜的季节，可用嫩菠菜以同法制。这样做的拌菠菜比北京用芝麻酱拌的要好吃得多。这道菜已经在北京的几位作家中推广，凡试做者，无不成功。

干丝。这是淮扬菜，旧只有烫干丝，大白豆腐干片为薄片（刀工好的师傅一块豆腐干能片十六片），再切为细丝。酱油、醋、香油调好备用。干丝用开水烫后，上放青蒜米、姜丝（要嫩姜，切极细），将调料淋下，即得。这本是茶馆中在点心未蒸熟之前，先上桌佐茶的闲食，后来饭馆里也当一道菜卖了。煮干丝的历史我想不超过一百年。上汤（鸡汤或骨头汤）加火腿丝、鸡丝、冬菇丝、虾籽同熬（什么鲜东西都可以往里搁），下干丝，加盐，略加酱油，使微有色，煮两三开，加姜丝，即可上桌。聂华苓有一次上我家来，吃得非常开心，最后连汤汁都端起来喝了。北京大方豆腐干甚少见，可用豆腐片代。干丝重要的是刀工。袁子才谓"有味者使之出，无味者使之入"，干丝切得极细，方能入味。

烧小萝卜。台湾陈怡真到北京来，指名要我做菜，我给她做了几个菜，有一道是烧小萝卜，我知道台湾没有小红水萝卜（台湾只有白萝卜）。做菜看对象，要做客人没有吃过的，才觉新鲜。北京小水萝卜一年里只有几天最好。早几天，萝卜没长好，少水分，发艮，且有辣味，不甜；过了这几天，又长过了，糠。陈怡真运气好，正赶上小萝卜最好的时候。她吃了，赞不绝口。我做的烧小萝卜确实很好吃，因为是用干贝烧的。"粗菜细做"，是制家常菜不二法门。

塞肉回锅油条。这是我的发明，可以申请专利。油条切成寸半长的小段，用手指将内层掏出空隙，塞入肉茸、葱花、榨菜末，下油锅重炸。油条有矾，较之春卷尤有风味。回锅油条极酥脆，嚼之真可声动十里人。

炒青苞谷。新玉米剥出粒，与瘦猪肉末同炒，加青辣椒。昆明菜。

其余的菜如冰糖肘子、腐乳肉、腌笃鲜、水煮牛肉、干煸牛肉丝、冬笋雪里蕻炒鸡丝、清蒸轻盐黄花鱼、川冬菜炒碎肉……大家都会做，也都是那个做法，不列举。

　　做菜要有想象力，爱捉摸，如苏东坡所说："忽出新意"；要多实践，学做一样菜总得失败几次，方能得其要领；也需要翻翻食谱。在我所看的闲书中，食谱占一个重要地位。食谱中写得最好的，我以为还得数袁子才的《随园食单》。这家伙确实很会吃，而且能说出个道道。如前面所说："有味者使之出，无味者使之入。"实是经验的总结。"荤菜素油炒，素菜荤油炒"，尤为至理名言。

　　做菜的乐趣第一是买菜，我做菜都是自己去买的。到菜市场要走一段路，这也是散步，是运动。我什么功也不练，只练"买菜功"。我不爱逛商店，爱逛菜市。看看那些碧绿生青、新鲜水灵的瓜菜，令人感到生之喜悦。其次是切菜、炒菜都得站着，对于一个终日伏案的人来说，改变一下身体的姿势是有好处的。最大的乐趣还是看家人或客人吃得很高兴，盘盘见底。做菜的人一般吃菜很少。我的菜端上来之后，我只是每样尝两筷，然后就坐着抽烟、喝茶、喝酒。从这点说起来，愿意做菜给别人吃的人是比较不自私的。

　　诗曰：

　　　　年年岁岁一床书，
　　　　弄笔晴窗且自娱。
　　　　更有一般堪笑处，
　　　　六平方米作郇厨。

菌小谱

南方的很多地方把冬菇叫香蕈（xùn）。长江以北似不产冬菇。

我小时候常随祖母到观音庵去。祖母吃长斋，杀生日都在庵中过。素席上总有一道菜：香蕈饺子。香蕈汤一大碗先上桌，素馅饺子油炸至酥脆，倾入汤，嗞啦一声，香蕈香气四溢，味殊不恶。这种做法近似口蘑锅巴，只是口蘑锅巴的汤是荤汤。香蕈饺子如用荤汤，当更味重，但饺子似宜仍用素馅，取其有蔬笋气，不压冬菇香味。

冬菇当以凉水发，方能保持香气。如以热水发，味减。

冬菇干制，可以致远。吃过鲜冬菇的人不多。我在井岗山吃过，大井山上有一个五保户老妈妈，生产队特批她砍倒一棵椴树生冬菇。冬菇源源不绝地生长。房东老邹隔两三天就为我们去买半篮。以茶油炒，鲜嫩腴美，不可名状。或以少许腊肉同炒，更香。鲜菇之外，青菜汤一碗，辣腐乳一小碟。红米饭三碗，顷刻下肚，意犹未足。

我在昆明住过七年，离开已四十年，不忘昆明的菌子。

雨季一到，诸菌皆出，空气里一片菌子气味。无论贫富，都能吃到菌子。

常见的是牛肝菌、青头菌。牛肝菌菌盖正面色如牛肝。其特点是背面无菌褶，是平的，只有无数小孔，因此菌肉很厚，可切成片，宜于炒食。入口滑细，极鲜，炒牛肝菌要加大量蒜薄片，否则吃了会头晕。菌香、蒜香扑鼻，直入脏腑。牛肝菌价极廉，青头菌稍贵。青头菌菌盖正面微带苍绿色，菌褶雪白，烩或炒，宜放盐，用酱油颜色就不好看了。或以为青头菌格韵较高，但也有人偏嗜牛肝菌，以其滋味较为强烈浓厚。

最名贵是鸡坳，鸡坳之名甚奇怪。"坳"字别处少见。为什么叫"鸡坳"，众说不一。这东西生长地方也奇怪，生在田野间的白蚁窝上。为什么专长在白蚁窝上，这道理连专家也没弄明白。鸡坳菌菌盖小而菌把粗长，吃的主要便是形似鸡大腿的菌把。鸡坳是菌中之王。味道如何？真难比方。可以说这是植物鸡。味正似当年的肥母鸡，但鸡肉粗而菌肉细腻，且鸡肉无此特殊的菌子香气。昆明甬道街有一家不大的云南馆子，制鸡坳极有名。

菌子里味道最深刻（请恕我用了这样一个怪字眼）、样子最难看的，是干巴菌。这东西像一个被踩破的马蜂窝，颜色如半干牛粪，乱七八糟，当中还夹杂了许多松毛、草茎，择起来很费事。择出来也没有大片，只是螃蟹小腿肉粗细的丝丝。洗净后，与肥瘦相间的猪肉、青辣椒同炒，入口细嚼，半天说不出话来。干巴菌是菌子，但有陈年宣威火腿香味、宁波油浸糟白鱼鲞香味、苏州风鸡香味、南京鸭胗肝香味，且杂有松毛清香气味。干巴菌晾干，加辣椒同腌，可以久藏，味与鲜时无异。

样子最好看的是鸡油菌。个个正圆，银元大，嫩黄色，但据说不好吃。干巴菌和鸡油菌，一个中吃不中看，一个中看不中吃!

未有人工培养的"洋蘑菇"之前，北京菜市偶尔有鲜蘑卖，是野生的，大概是柳蘑。肉片烩鲜蘑是一道时菜。五芳斋（旧在东安市场内）烩鲜蘑制作精细，无土腥气。但柳蘑没有多大吃头，只是吃个新鲜而已。

口蘑不像冬菇一样可以人工种植。口蘑生长的秘密，好像到现在还没有揭开。口蘑长在草原上。很怪，只长在"蘑菇圈"上。草原上往往有一个相当大的圆圈，正圆，圈上的草长得特别绿，绿得发黑，这就是蘑菇圈。九月间，雨晴之后，天气潮闷，这是出蘑菇的时候。远远一看，蘑菇圈是固定的。今年这里出蘑菇，明年还出。蘑菇圈的成因，谁也说不明白。有人说这地方曾扎过蒙古包，蒙古人把吃剩的羊骨头、羊肉汤倒在蒙古包的周围，这一圈土特别肥沃，故草色浓绿，长蘑菇。这是想当然耳。有人曾挖取蘑菇圈的土，移之室内，布入口蘑菌丝，希望获得人工驯化的口蘑，没有成功。

口蘑品类颇多。我曾在张家口沙岭子农业科学研究所画过一套《口蘑图谱》，皆以实物置之案前摹写（口蘑颜色差别不大，皆为灰白色，只是形体有异，只须用钢笔蘸炭黑墨水描摹即可，不着色，亦为考虑印制方便故），自信对口蘑略有认识。口蘑主要的品种有：

黑蘑。菌褶棕黑色，此为最常见者。菌行称之为"黑片蘑"，价贱，但口蘑味仍甚浓。北京涮羊肉锅子中、浇豆腐脑的羊肉卤中及"炸丸子开锅"的铜锅里，所放的都是黑片蘑。"炸丸子开锅"所放的只是口蘑渣，无整只者。

白蘑。白蘑较小（黑蘑有大如碗口的），菌盖、菌褶都是白色。白蘑味极鲜。我曾在沽源采到一枚白蘑做了一大碗汤，全家人喝了，都说比鸡汤还鲜。——那是"三年困难"时期，若是现在，恐怕就不能那样香美了。

鸡腿子。菌把粗长，近根部鼓起，状如鸡腿。

青腿子。形状似鸡腿子，但微绿。——干制后亦是灰白色，几与鸡腿子无异。

鸡腿子、青腿子很少见，即张家口口蘑庄号中也不易买到。

此外还有"庙自生"、"蘑菇丁"……那都是商号巧立名目，其实不是特别的品种。

口蘑采得，即须穿线晾干，否则极易生蛆。口蘑干制后方有香味。我吃过自采的鲜口蘑，一点也不香，这也很奇怪。发口蘑当用开水。至少须发一夜。口蘑发涨后，将水滗出，这就是口蘑汤。口蘑菌褶中有沙，不可用手搓洗。以手搓，则沙永远不能清除，吃起来会牙碜。只能把发过的口蘑放入大碗中，满注清水，用筷子像打鸡蛋似的反复打。泥沙沉底后，换水再打。大约得换三四次水，打上千下，至碗内不复再有泥沙后，再用手指抠去泥根。

口蘑宜重荤大油（制素什锦一般只有香菇，少有用口蘑者）。《老残游记》提到口蘑炖鸭，自是佳品。我曾在沽源吃过口蘑羊肉哨子（"哨"字我始终不知该怎么写）蘸莜面，三者相得益彰，为平生难忘的一次口福。在呼和浩特一家饭馆吃过一盘炒口蘑，极滑润，油皆透入口蘑片中，盖以慢火炒成，虽名为炒，实是油焖。即口蘑煨南豆腐，亦须荤汤，方出味。

湖南极重菌油。秋凉时，长沙饭馆多卖菌油豆腐、菌油面，味道很好，但不知是何种菌耳。

中国种植"洋蘑菇"的历史不久。最初引进的是平蘑，即圆蘑菇。这东西种起来也很简单，但要花一笔"基本建设"的钱。

马粪、铡细的稻草，拌匀，即为培养基土，装入无盖的木箱中，布入菌丝，一箱一箱逐层置在木架上，用不了几天，就会出蘑。平蘑在室内栽培，露地不能生长。室内须保持一定的湿度和温度。平蘑生长甚快。我在沙岭子农科所画口蘑谱，在蘑菇房外面的一间小办公室里。我在外面画，它在里面长。我画完一张，进去看看，每只木箱中都已经长出白白的一层蘑菇。平蘑一茬接一茬，每天可采。

春节加菜：新采未开伞的平蘑切成薄片，加大量蒜黄、瘦猪肉同炒，一大盘，很解馋。平蘑片炒蒜黄，各种菜谱皆未载。这种搭配是很好的。平蘑要现采的，罐头平蘑不中吃。

北京近年菜市上平蘑少，但有大量的凤尾菇。乍出时，北京人觉得很新鲜，现在有点卖不动了。看来北京郊区洋蘑菇生产有点过剩了。

鱼我所欲也

石 斑

我第一次吃石斑鱼在一九四七年，在越南海防，一家华侨开的饭馆里。那吃法很别致。一条很大的石斑，红烧，同时上一大盘生的薄荷叶。我仿照邻座人的办法，吃一口石斑鱼，嚼几片薄荷叶。薄荷可把口中残余的鱼味去掉，再吃第二口，则鱼味常新。这种吃法，国内似没有。越南人爱吃薄荷，华侨饭馆这样的搭配，盖受了越南人之影响。

石斑鱼有红斑，青斑——即灰鼠斑。灰鼠斑尤名贵，清蒸最好。

鳜 鱼

可以和石斑相媲美的淡水鱼，其唯鳜鱼乎？张志和《渔父》词："西塞山前白鹭飞，桃花流水鳜鱼肥"，一经品题，身价十倍。我的家乡是水乡，产鱼，而以"鳊、白、鲚"为三大名鱼。"鲚"是鲚花鱼，即鳜鱼。徐文长以为"鲚"字应作"罽"，"罽"是古代的花毯；鲚花鱼身上有黄黑的斑点，似"罽"。但"罽"字今人多不识，如果饭馆的菜单上出现这个字，顾客将不知道这是什么东西。鳜鱼肉细，是蒜瓣肉，刺少，清蒸、汆汤、红烧、糖醋皆宜。苏南饭馆做"松鼠鳜鱼"，甚佳。

一九三八年，我在淮安吃过干炸鮮花鱼。活鳜鱼，重三斤，加花刀，在大油锅中炸熟，外皮酥脆，鱼肉白嫩，蘸花椒盐吃，极妙。和我一同吃的有小叔父汪兰生、表弟董受申。汪兰生、董受申都去世多年了。

鲥鱼·刀鱼·鮰鱼

这都是江鱼。

鲥鱼现在卖到二百多块钱一斤，成了走后门送礼的东西，"吃的人不买，买的人不吃"。

刀鱼极鲜，肉极细，但多刺。金圣叹尝以为刀鱼刺多是人生恨事之一。不会吃刀鱼的人是很容易卡到嗓子的。镇江人以刀鱼煮至稀烂，用纱布滤去细刺，以做汤，下面，即谓"刀鱼面"，很美。

我在江阴读南菁中学时，常常吃到鮰鱼，学校食堂里常做。这东西在江阴是很便宜的。鮰鱼本名鮠鱼，但今人只叫它鮰鱼。鮰鱼大概也能红烧，但我在中学时吃的鮰鱼都是白烧。后来在汉口的璇宫饭店吃的，也是白烧。鮰鱼肉厚，切成块，放在碗里，没有吃过的人会以为这是鸡块。鮰鱼几乎无刺，大块入口，吃起来很过瘾，宜于馋而懒的人。或说鮰鱼是吃死人的。江里哪有那么多的死人？！鮰鱼吃鱼，是确实的。凡吃鱼的鱼都好吃。鳜鱼也是吃鱼的。养鱼的池塘里是不能有鳜鱼的，见鳜鱼，即捕去。

黄河鲤鱼

我不爱吃鲤鱼，因为肉粗，且有土腥气，但黄河鲤鱼除外。在河南开封吃过黄河鲤鱼，后来在山东水泊梁山下吃过黄河鲤鱼，名不虚传。辨黄河与非黄河鲤，只须看鲤鱼剖开后内膜是白的还是黑的。白色者是真黄河鲤，黑色者是假货。梁山一带人对鲤鱼很重视，酒席上必须有鲤鱼，"无鱼不成席"。婚宴尤不可少。梁山一带人对即将结婚的青年男女，不说是"等着吃你的喜酒"，而说"等着吃你的鱼！"鲤鱼要吃三斤左右的，价也最贵。《水浒传·吴学究说三阮撞筹》中，吴用说他"在一个大财主家做门馆教学，今来要对付十数尾金色鲤鱼，要重十四五斤的"。鲤鱼大到十四五斤，不好吃了，写《水浒》的施耐庵、罗贯中对吃鲤鱼外行。

虎头鲨和昂嗤鱼

虎头鲨和昂嗤鱼原来都是贱鱼，在我的家乡是上不得席的，现在都变得名贵了。

苏州人特重塘鳢鱼，谈起来眉飞色舞。我到苏州一看：嗐，原来就是我们那里的虎头鲨。虎头鲨头大而硬，鳞色微紫，有小黑斑，样子很凶恶，而肉极嫩。我们家乡一般用来余汤，汤里加醋。

昂嗤鱼阔嘴有须，背黄腹白，无背鳍，背上有一根硬骨，捏住硬骨，它会"昂嗤昂嗤"地叫。过去也是余汤，不放醋，汤白如牛乳。近年家乡兴起炒昂嗤鱼片，谓之"炒金银片"，亦佳。

鳝　鱼

　　淮安人能做全鳝席，一桌子菜，全是鳝鱼。除了烤鳝背、
炝虎尾等等名堂，主要的做法一是炒，二是烧。鳝鱼烫熟切丝
再炒，叫作"软兜"；生炒叫炒脆鳝。红烧鳝段叫"火烧马鞍
桥"，更粗的鳝段叫"焖张飞"。制鳝鱼都要下大量姜蒜，上
桌后撒胡椒，不厌其多。

肉食者不鄙

狮子头

狮子头是淮安菜。猪肉肥瘦各半，爱吃肥的亦可肥七瘦三，要"细切粗斩"，如石榴米大小（绞肉机纹的肉末不行），荸荠切碎，与肉末同拌，用手拣成招柑大的球，入油锅略炸，至外结薄壳，捞出，放进水锅中，加酱油、糖、慢火煮，煮至透味，收汤放入深腹大盘。

狮子头松而不散，入口即化，北方的"四喜丸子"不能与之相比。

周总理在淮安住过，会做狮子头，曾在重庆红岩八路军办事处做过一次，说："多年不做了，来来来，尝尝！"想必做得很成功，因为语气中流露出得意。

我在淮安中学读过一个学期，食堂里有一次做狮子头，一大锅油，狮子头像炸麻团似的在油里翻滚，捞出，放在碗里上笼蒸，下衬白菜。一般狮子头多是红烧，食堂所做却是白汤，我觉最能存其本味。

镇江肴蹄

镇江肴蹄，盐渍，加硝，放大盆中，以巨大石块压之，至肥瘦肉都已极实，取出，煮熟，晾去水气，切厚片，装盘。瘦肉颜色殷红，肥肉白如羊脂玉，入口不腻。

吃肴肉，要蘸镇江醋，加嫩姜丝。

乳腐肉

乳腐肉是苏州松鹤楼的名菜，制法未详。我所做乳腐肉乃以意为之。猪肋肉一块，煮至六七成熟，捞出，俟冷，切大片，每片须带肉皮，肥瘦肉，用煮肉原汤入锅，红乳腐碾烂，加冰糖、黄酒，小火焖。乳腐肉嫩如豆腐，颜色红亮，下饭最宜。汤汁可蘸银丝卷。

腌笃鲜

上海菜。鲜肉和咸肉同炖，加扁尖笋。

东坡肉

浙江杭州、四川眉山，全国到处都有东坡肉。苏东坡爱吃猪肉，见于诗文。东坡肉其实就是红烧肉，功夫全在火候。先用猛火攻，大滚几开，即加作料，用微火慢炖，汤汁略起小泡即可。东坡论煮肉法，云须忌水，不得已时可以浓茶烈酒代之。完全不加水是不行的，会焦糊粘锅，但水不能多。要加大量黄酒。

扬州炖肉，还要加一点高粱酒。加浓茶，我试过，也吃不出有什么特殊的味道。

传东坡有一首诗："无竹令人俗，无肉令人瘦，若要不俗与不瘦，除非天天笋烧肉。"未必可靠，但苏东坡有时是会写这种张打油体的诗的。冬笋烧肉，是很好吃。我的大姑妈善做这道菜，我每次到姑妈家，她都做。

霉干菜烧肉

这是绍兴菜，全国各处皆有，但不似绍兴人三天两头就要吃一次，鲁迅一辈子大概都离不开霉干菜。《风波》里所写的蒸得乌黑的霉干菜很诱人，那大概是不放肉的。

黄鱼鲞烧肉

宁波人爱吃黄鱼鲞（黄鱼干）烧肉，广东人爱吃咸鱼烧肉，这都是外地人所不能理解的口味，其实这种搭配是很有道理的。近几年因为违法乱捕，黄鱼产量锐减，连新鲜黄鱼都很难吃到，更不用说黄鱼鲞了。

火 腿

浙江金华火腿和云南宣威火腿风格不同。金华火腿味清，宣威火腿味重。

昆明过去火腿很多，哪一家饭铺里都能吃到火腿。昆明人爱吃肘棒的部位，横切成圆片，外裹一层薄皮，里面一圈肥肉，当中是瘦肉，叫作"金钱片腿"。正义路有一家火腿庄，专卖火腿，除了整只的。零切的火腿，还可以买到火腿脚爪，火腿油。火腿油炖豆腐很好吃。护国路原来有一家本地馆子，叫"东月楼"，有一道名菜"锅贴乌鱼"，乃以乌角片两片，中夹火腿一片，在平底铛上烙熟，味道之鲜美，难以形容。前年我到昆明去，向本地人问起东月楼，说是早就没有了，"锅贴乌鱼"遂成《广陵散》。

华山南路吉庆祥的火腿月饼，全国第一。一个重旧秤四两，名曰"四两砣"。吉庆祥还在，而且有了分号，所制四两砣不减当年。

腊　肉

湖南人爱吃腊肉。农村人家杀了猪，大部分都腌了，挂在厨灶房梁上，烟熏成腊肉。我不怎么爱吃腊肉，有一次在长沙一家大饭店吃了一回蒸腊肉，这盘腊肉真叫好。通常的腊肉是条状，切片不成形，这盘腊肉却是切成颇大的整齐的方片，而且蒸得极烂，我没有想到腊肉能蒸得这样烂！入口香糯，真是难得。

夹沙肉·芋泥肉

夹沙肉和芋泥肉都是甜的，夹沙肉是川菜，芋泥肉是广西菜。厚膘豚肩肉，煮半熟，捞出，沥去汤，过油灼肉皮起泡，候冷，切大片，两片之间不切通，夹入豆沙，装碗笼蒸，蒸至四川人所说"靶而不烂"，倒扣在盘里，上桌，是为夹沙肉。

芋泥肉做法与夹沙肉相似，芋泥较豆沙尤为细腻，且有芋香，味较夹沙肉更胜一筹。

白肉火锅

白肉火锅是东北菜。其特点是肉片极薄，是把大块肉冻实了，用刨子刨出来的，故入锅一涮就熟，很嫩。白肉火锅用海蛎子（蚝）作锅底，加酸菜。

烤乳猪

烤乳猪原来各地都有，清代满汉餐席上必有这道菜，后来别处渐渐没有，只有广东一直盛行，大饭店或烧腊摊上的烤乳猪都很好。烤乳猪如果抹一点甜面酱卷薄饼吃，一定不亚于北京烤鸭。可惜广东人不大懂得吃饼，一般烤乳猪只作为冷盘。

食豆饮水斋闲笔

豌 豆

在北市口卖熏烧炒货的摊子上，和我写的小说《异秉》里的王二的摊子上，都能买到炒豌豆和油炸豌豆。二十文（两枚当十的铜元）即可买一小包，撒一点盐，一路上吃着往家里走。到家门口，也就吃完了。

离我家不远的越塘旁边的空地上，经常有几副卖零吃的担子。卖花生糖的。大粒去皮的花生仁，炒熟仍是雪白的，平摊在抹了油的白石板上，冰糖熬好，均匀地浇在花生米上，候冷，铲起。这种花生糖晶亮透明，不用刀切，大片，放在玻璃匣里，要买，取出一片，现约，论价。冰糖极脆，花生很香。卖豆腐脑的，我们那里的豆腐脑不像北京浇口蘑渣羊肉卤，只倒一点酱油、醋，加一滴麻油——用一只一头缚着一枚制钱的筷子，在油壶里一蘸，滴在碗里，真正只有一滴。但是加很多样零碎作料：小虾米、葱花、蒜泥、榨菜末、药芹末——我们那里没有旱芹，只有水芹即药芹，我很喜欢药芹的气味。我觉得这样的豆腐脑清清爽爽，比北京的勾芡的黏黏糊糊的羊肉卤的要好吃。卖糖豌豆粥的。香粳晚米和豌豆一同在铜锅中熬熟，盛出后加洋糖（绵白糖）一勺。夏日于柳荫下喝一碗，风味不恶。

我离乡五十多年，至今还记得豌豆粥的香味。

北京以豌豆制成的食品，最有名的是"豌豆黄"。这东西其实制法很简单，豌豆熬烂，去皮，澄出细沙，加少量白糖，摊开压扁，切成 5 寸 ×3 寸的长方块，再加刀划出四方小块，分而不离，以牙签扎取而食。据说这是"宫廷小吃"，过去是小饭铺里都卖的，很便宜，现在只仿膳这样的大餐馆里有了，而且卖得很贵。

夏天连阴雨天，则有卖煮豌豆的。整料的豌豆煮熟，加少量盐，搁两个大料瓣在浮头上，用豆绿茶碗量了卖。虎坊桥有一个傻子卖煮豌豆，给得多。虎坊桥一带流传一句歇后语："傻子的豌豆——多给。"北京别的地区没有这样的歇后语，想起煮豌豆，就会叫人想起北京夏天的雨。

早年前有磕豌豆木模子的，豌豆煮成泥，摁在雕成花样的模子里，磕出来，就成了一个一个小玩意儿，小猫、小狗、小兔、小猪。买的都是孩子，也玩了，也吃了。

以上说的是干豌豆。新豌豆都是当菜吃。烩豌豆是应时当令的新鲜菜。加一点火腿丁或鸡茸自然很好，就是素烩，也极鲜美。烩豌豆不宜久煮，久煮则汤色发灰，不透亮。

全国兴起了吃荷兰豌豆也就近几年的事。我吃过的荷兰豆以厦门为最好，宽大而嫩。厦门的汤米粉中都要加几片荷兰豆，可以解海鲜的腥味。北京吃的荷兰豆都是从南方运来的。我在厦门郊区的田里看到正在生长着的荷兰豆，搭小架，水红色的小花，嫩绿的叶子，嫣然可爱。

豌豆的嫩头，我的家乡叫豌豆头，但将"豌"字读成"安"。云南叫豌豆尖，四川叫豌豆颠。我的家乡一般都是油盐炒食。云南、四川加在汤面上面，叫作"飘"或"青"。不要加豌豆苗，叫"免飘"；"多青重红"则是多要豌豆苗和辣椒。吃毛肚火锅，在涮了各种荤料后，浓汤之中推进一大盘豌豆颠，美不可言。

豌豆可以入画。曾在山东看到钱舜举的册页，画的是豌豆，不能忘。钱舜举的画设色娇而不俗，用笔稍细而能潇洒，我很喜欢。见过一幅日本竹内栖凤的画，豌豆花，叶颜色较钱舜举尤为鲜丽，但不知道为什么在豌豆前面画了一条赭色的长蛇，非常逼真。是不是日本人觉得蛇也很美？

黄 豆

豆叶在古代是可以当菜吃的。吃法想必是做羹。后来就没有人吃了。没有听说过有人吃凉拌豆叶、炒豆叶、豆叶汤。

我们那里，夏天，家家都要吃几次炒毛豆，加青辣椒。中秋节煮毛豆供月，带壳煮。我父亲会做一种毛豆：毛豆剥出粒，与小青椒（不切）同煮，加酱油、糖，候豆熟收汤，摊在筛子里晾至半干，豆皮起绉，收入小坛。下酒甚妙，做一次可以吃几天。

北京的小酒馆里盐水煮毛豆，有的酒馆是整棵地煮的，不将豆荚剪下，酒客用手摘了吃，似比装了一盘吃起来更香。

香椿豆甚佳。香椿嫩头在开水中略烫，沥去水，碎切，加盐；毛豆加盐煮熟，与香椿同抖匀，候冷，贮之玻璃瓶中，隔日取食。

北京人吃炸酱面，讲究的要有十几种菜码，黄瓜丝、小萝卜、青蒜……还得有一撮毛豆或青豆。肉丁（不用副食店买的绞肉末）炸酱与青豆同嚼，相得益彰。

北京人炒麻豆腐要放几个青豆嘴儿——青豆发一点芽。

三十年前北京稻香村卖熏青豆，以佐茶甚佳。这种豆大概未必是熏的，只是加一点茴香，入轻盐煮后晾成的。皮亦微皱，不软不硬，有咬劲。现在没有了，想是因为费工而利薄，熏青豆是很便宜的。

江阴出粉盐豆。不知怎么能把黄豆发得那样大，长可半寸，盐炒，豆不收缩，皮色发白，极酥松，一嚼即成细粉，故名粉盐豆。味甚隽，远胜花生米。吃粉盐豆，喝白花酒，很相配。我那时还不怎么会喝酒，只是喝白开水。星期天，坐在自修室里，喝水，吃豆，读李清照、辛弃疾词，别是一番滋味。我在江阴南菁中学读过两年，星期天多半是这样消磨过去的。前年我到江阴寻梦，向老同学问起粉盐豆，说现在已经没有了。

稻香村、桂香村、全素斋等处过去都卖笋豆。黄豆、笋干切碎，加酱油、糖煮。现在不大见了。

三年自然灾害时，对十七级干部有一点照顾，每月发几斤黄豆、一斤白糖，叫"糖豆干部"。我用煮笋豆法煮之，没有笋干，放一点口蘑。口蘑是我在张家口坝上自己采得晒干的。我做的口蘑豆自家吃，还送人。曾给黄永玉送去过。永玉的儿子黑蛮吃了，在日记里写道："黄豆是不好吃的东西，汪伯伯却能把它做得很好吃，汪伯伯很伟大！"

炒黄豆芽宜烹糖醋。

黄豆芽吊汤甚鲜。南方的素菜馆、供素斋的寺庙，都用豆芽汤取鲜。有一老饕在一个庙里吃了素斋，怀疑汤里放了虾子包，跑到厨房里去验看，只见一口大锅里熬着一锅黄豆芽和香菇蒂的汤。黄豆芽汤加酸雪里蕻，泡饭甚佳。此味北人不解也。

黄豆对中国人最大的贡献是能做豆腐及各种豆制品。如果没有豆腐，中国人的生活将会缺一大块，和尚、尼姑、素菜馆的大师傅就通通"没戏"了。素菜除了冬菇、口蘑、金针、木耳、冬笋、竹笋，主要是靠豆腐。豆制品。素这个，素那个，只是豆制品变出的花样而已。关于豆腐，应另写专文，此不及。

绿 豆

绿豆在粮食里是最重的。一麻袋绿豆二百七十斤，非壮劳力扛不起。

绿豆性凉，夏天喝绿豆汤、绿豆粥、绿豆水饭，可祛暑。

绿豆的最大用途是做粉丝。粉丝好像是中国的特产。外国名之曰玻璃面条。常见的粉丝的吃法是下在汤里。华侨很爱吃粉丝，大概这会引起他们的故国之思。每年国内要运销大量粉丝到东南亚各地，一律称为"龙口细粉"，华侨多称之为"山东粉"。我有个亲戚，是闽籍马来西亚归侨，我在她家吃饭，她在什么汤里都必放两样东西：粉丝和榨菜。苏南人爱吃"油豆腐线粉"，是小吃，乃以粉丝及豆腐泡下在冬菇扁尖汤里。午饭已经消化完了，晚饭还不到时候，吃一碗油豆腐线粉，蛮好。北京的镇江馆于森隆以前有一道菜，银丝牛肉：粉丝温油炸脆，浇宽汁小炒牛肉丝，唪啦有声。不知这是不是镇江菜。做银丝牛肉的粉丝必须是纯绿豆的，否则易于焦糊。我曾在自己家里做过一次，粉丝大概掺了不知别的什么东西；炸后成了一团黑炭。"蚂蚁上树"原是四川菜，肉末炒粉丝。有一个剧团的伙食办得不好，演员意见很大。剧团的团长为了关心群众生活，深入到食堂去亲自考察，看到菜牌上写的菜名有"蚂蚁上树"，说："啊呀，伙食是有问题，蚂蚁怎么可以吃呢？"这样的人怎么可以当团长呢？

绿豆轧的面条叫"杂面"。《红楼梦》里尤三姐说："咱

们清水下杂面，你吃我看。"或说杂面要下羊肉汤里，清水下
杂面是说没有吃头的。究竟这句话是什么意思，我还不太明白。
不过杂面是要有点荤汤的，素汤杂面我还没有吃过。那么，吃
长斋的人是不吃杂面的？

凉粉皮原来都是绿豆的，现在纯绿豆的很少，多是杂豆的。
大块凉粉则是白薯粉的。

凉粉以川北凉粉为最好，是豌豆粉，颜色是黄的。川北凉
粉放很多油辣椒，吃时嘴里要嘘嘘出气。

广东人爱吃绿豆沙。昆明正义路南头近金碧路处有一家广
东人开的甜品店，卖绿豆沙、芝麻糊和番薯糖水。绿豆沙、芝
麻糊都好吃，番薯糖水则没有多大意思。

绿豆糕以昆明的吉庆祥和苏州采芝斋最好，油重，且加了
玫瑰花。北京的绿豆糕不加油，是干的，吃起来噎人。我有一
阵生胆囊炎，不能吃油，买了一盒回来，我的孙女很爱吃，一
气吃了几块，我觉得不可理解。

扁　豆

我们那一带的扁豆原来只有北京人所说的"宽扁豆"的那
一种。郑板桥写过一副对联："一庭春雨瓢儿菜，满架秋风扁
豆花"，指的当是这种扁豆。这副对子写的是尚可温饱的寒士
家的景况，有钱的阔人家是不会在庭院里种菜种扁豆的。扁豆
有紫花和白花的两种，紫的较多，白花的少。郑板桥眼中的
扁豆花大概是紫的。紫花扁豆结的豆角皮色亦微带紫，白花扁
豆则是浅绿色的。吃起来味道都差不多。唯入药用，则必为"白
扁豆"，两种扁豆药性可能不同。扁豆初秋即开花，旋即结角，

可随时摘食。板桥所说"满架秋风",给人的感觉是已是深秋了。画扁豆花的画家喜欢画一只纺织娘,这是一个季节的东西。暑尽天凉,月色如水,听纺织娘在扁豆架上沙沙地振羽,至有情味。北京有种红扁豆的,花是大红的,豆角则是深紫红的。这种红扁豆似没人吃,只供观赏。我觉得这种扁豆红得不正常,不如紫花、白花有韵致。

北京通常所说的扁豆,上海人叫四季豆。我的家乡原来没有,现在有种的了。北京的扁豆有几种,一般的就叫扁豆,有上架的,叫"架豆"。一种叫"棍儿扁豆",豆角如小圆棍。"棍儿扁豆"字面自相矛盾,既似棍儿,不当叫扁。有一种豆角较宽而甚嫩的,叫"闷儿豆",我想是"眉豆"的讹读。北京人吃扁豆无非是焯熟凉拌,炒,或焖。"焖扁豆面"挺不错。扁豆焖熟,加水,面条下在上面,面熟,将扁豆翻到上面来,再稍焖,即得。扁豆不管怎么做,总宜加蒜。

我在泰山顶上一个招待所里吃过一盘炒棍儿扁豆,非常嫩。平生所吃扁豆,此为第一。能在泰山顶上吃到,尤为难得。

芸 豆

我在昆明吃了几年芸豆。西南联大的食堂里有几个常吃的菜:炒猪血(云南叫"旺子"),炒莲花白(即北京的圆白菜,上海的卷心菜、张家口的疙瘩白),灰色的魔芋豆腐⋯⋯几乎每天都有的是煮芸豆。府甬道菜市上有卖芸豆的,盐煮,我们有时买了当零嘴吃,因为很便宜。芸豆有红的和白的两种,我们在昆明吃的是红的。

北京小饭铺里过去有芸豆粥卖，是白芸豆。芸豆粥粥汁甚黏，好像勾了芡。

芸豆卷和豌豆黄一样，也是"宫廷小吃"，白芸豆煮成沙，入糖，制为小卷。过去北海漪澜堂茶馆里有卖，现在不知还有没有。

在乌鲁木齐逛"巴扎"，见白芸豆极大，有大拇指头顶儿那样大，很想买一点，但是数千里外带一包芸豆回北京，有点"神经"，遂作罢。

红小豆

红小豆上海叫赤豆。赤豆汤，赤豆棒冰。北京叫小豆：小豆粥，小豆冰棍。我的家乡叫红饭豆，因为可掺在米里蒸成饭。

红小豆最大的用途是做豆沙。北方的豆沙有不去皮的，只是小豆煮烂而已。豆包、炸糕的馅都是这样的粗制豆沙。水滤去皮，成为细沙，北方叫"澄沙"，南方叫"洗沙"。做月饼、甜包、汤圆，都离不开豆沙。豆沙最能吸油，故宜作馅。我们家大年初一早起吃汤圆，洗沙是年前就用大量的猪油拌了，每天在饭锅头上蒸一次，沙色紫得发黑，已经吸足了油。我们家的汤圆又很大，我只能吃两三个，因为一咬一嘴油。

四川菜有夹沙肉，乃以肥多瘦少的带皮臀肩肉整块煮至六七成熟，捞出，稍凉后，切成厚二三分的大片，两片之间肉皮不切通，中夹洗沙，上笼蒸扒。这道菜是放糖的，很甜。肥肉已经脱了油，吃起来不腻。但也不能多吃，我只能来两片。我的儿子会做夹沙肉，每次都很成功。

豇 豆

我小时最讨厌豇豆，只有两层皮，味道寡淡。从来北京，岁数大了，觉得豇豆也还好吃。人的口味是可以变的，比如我小时不吃猪肺，觉得泡泡囊囊的，嚼起来很不舒服。老了，觉得肺头挺好吃，于老人牙齿甚相宜。

嫩豇豆切寸段，入开水锅焯熟，以轻盐稍腌，滗去盐水，以好酱油、镇江醋、姜、蒜末同拌，滴香油数滴，可以"渗"酒。炒食亦佳。

河北省酱菜中有酱豇豆，别处似没有。北京的六必居、天源，南方扬州酱菜中都没有。保定酱豇豆是整根酱的，甚脆嫩，而极咸。河北人口重，酱菜无不甚咸。

豇豆米老后，表皮光洁，淡绿中泛浅紫红晕斑，瓷器中有一种"豇豆红"就是这种颜色。曾见一豇豆红小石榴瓶，莹润可爱。中国人很会为瓷器的釉色取名，如"老僧衣"、"芝麻酱"、"茶叶末"，都甚肖。

蚕 豆

北京快有新蚕豆卖了。

我小时候吃蚕豆，就想过这个问题：为什么叫蚕豆？到了很大的岁数，才明白过来：因为这是养蚕的时候吃的豆。我家附近没有养蚕的，所以以联想不起来。四川叫胡豆，我觉得没有道理。中国把从外国来的东西冠之以胡、番、洋，如番茄、洋葱。但是蚕豆似乎是中国本土上早就有的，何以也加一"胡"字？四川人也有写作"葫豆"的，也没有道理。葫是大蒜。这种豆和大蒜有什么关系？也许是因为这种豆结荚的时候也正是大蒜结球的时候？这似乎也是勉强。小时候读鲁迅的文章，提到罗汉豆，叫我好一阵猜，想象不出是怎样一种豆。后来才知道，嗐，就是蚕豆。鲁迅当然是知道全国大多数地方是叫蚕豆的，偏要这样写，想是因为这样写才有绍兴特点，才亲切。

蚕豆是很好吃的东西，可以当菜，也可以当零食。各种做法，都好吃。

我的家乡，嫩蚕豆连内皮炒。或加一点切碎的咸菜，尤妙。稍老一点，就剥去内皮炒豆瓣。有时在炒红苋菜时加几个绿蚕豆瓣，颜色鲜明，也能提味。有一个女同志曾在我家乡的乡下落户，说房东给她们做饭时在鸡蛋汤里放一点蚕豆瓣，说是非常好吃。这是乡下做法，城里没有这么做的。蚕豆老了，就连皮煮熟，加点盐，可以下酒，也可以白嘴吃。有人家将煮熟的大粒蚕豆用线穿成一挂佛珠，给孩子挂在脖子上，一颗一颗地剥了吃，孩子没有不高兴的。

江南人吃蚕豆与我们乡下大体相似。上海一带的人把较老的蚕豆剥去内皮，香油炒成蚕豆泥，好吃。用以佐粥，尤佳。

四川、云南吃蚕豆和苏南、苏北人亦相似。云南季节似比江南略早。前年我随作家访问团到昆明，住翠湖宾馆。吃饭时让大家点菜。我点了一个炒豌豆米，一个炒青蚕豆，作家下箸后都说："汪老真会点菜！"其时北方尚未见青蚕豆，故觉得新鲜。

北京人是不大懂吃新鲜蚕豆的。北京人爱吃扁豆、豇豆，而对蚕豆不赏识。因为北京人很少种蚕豆，蚕豆不能对北京人有鲁迅所说的"蛊惑"。北京的蚕豆是从南方运来的，卖蚕豆的也多是南方人。南豆北调，已失新鲜，但毕竟是蚕豆。

蚕豆到"落而为箕"，晒干后即为老蚕豆。老蚕豆仍可做菜。老蚕豆浸水生芽，江南人谓之为"发芽豆"，加盐及香料煮熟，是酒菜。我的家乡叫"烂蚕豆"。北京人加一个字，叫作"烂和蚕豆"。我在民间文艺研究会工作的时候，在演乐胡同上班，每天下班都见一个老人卖烂和蚕豆。这老人至少有七十大几了，头发和两腮的短髭都已经是雪白的了。他挎着一个腰圆的木盆，慢慢地从胡同这头到那头，哑声吆喝着：烂和蚕豆……后来老人不知得了什么病，头抬不起来，但还是折倒了颈子，埋着头，卖烂和蚕豆，只是不再吆喝了。又过些日子，老人不见了。我想是死了。不知道为什么，我每次吃烂和蚕豆，总会想起这位老人。我想的是什么呢？人的生活啊……

老蚕豆可炒食。一种是水泡后炒的，叫"酥蚕豆"。我的家乡叫"沙蚕豆"。一种是以干蚕豆入锅炒的，极硬，北京叫"铁蚕豆"。非极好牙口，是吃不了铁蚕豆的。北京有句歇后语：老太太吃铁蚕豆——焖了。我想没有哪个老太太会吃铁蚕豆，一颗铁蚕豆焖软和了，得多长时间！我的老师沈从文先生在中老胡同住的时候，每天有一个骑着自行车卖铁蚕豆的从他的后墙窗外经过，吆喝"铁蚕豆"……这人是个中年汉子，是个出色的男高音，他的声音不但高、亮、打远，而且尾音带颤。其时沈先生正因为遭受迫害而精神紧张，我觉得这卖铁蚕豆的声音也会给他一种压力，因此我忘不了铁蚕豆。

蚕豆作零食，有：

入水稍泡，油炸。北京叫"开花豆"。我的家乡叫"兰花豆"，因为炸之前在豆嘴上剁一刀，炸后豆瓣四裂，向外翻开，形似兰花。

上海老城隍庙奶油五香豆。

苏州有油酥豆板，乃以绿蚕豆瓣入油炸成。我记得从前的油酥豆板是撒盐的，后来吃的却是裹了糖的，没有加盐的好吃。

　　四川北碚的怪味胡豆味道真怪，酥、脆、咸、甜、麻、辣。

　　蚕豆可作调料。做川味菜离不开郫县豆瓣。我家里郫县豆瓣是周年不缺的。

　　北京就快有青蚕豆卖了，谷雨已经过了。

食道旧寻
——《学人谈吃》序

《学人谈吃》，我觉得这个书名有点讽刺意味。学人是会吃，且善于谈吃的。中国的饮食艺术源远流长，千年不坠，和学人的著述是有关系的。现存的古典食谱，大都是学人的手笔。但是学人一般比较穷，他们爱谈吃，但是不大吃得起。

抗日战争以前，学人的生活相当优裕，大学教授一个月可以拿到三四百元，有的教授家里是有厨子的。抗战以后，学人生活一落千丈。我认识一些学人正是在抗战以后。我读的大学是西南联大，西南联大是名教授荟萃的学府。这些教授肚子里有学问，却少油水。昆明的一些名菜，如"培养正气"的汽锅鸡、东月楼的锅贴乌鱼、映时春的油淋鸡枞、新亚饭店的过油肘子、小西门马家牛肉馆的牛肉、甬道街的红烧鸡……能够偶尔一吃的，倒是一些"准学人"——学生或助教。这些准学人两肩担一口，无牵无挂，有一点钱——那时的大学生大都在校外兼职，教中学、当家庭教师、做会计……不时有微薄的薪水，多是三朋四友，一顿吃光。教授们有家，有妻儿老小，当然不能这样的放诞。有一位名教授，外号"二云居士"，谓其所嗜之物为云土与云腿，我想这不可靠。走进大西门外凤翥街的本地馆子里，一屁股坐下来，毫不犹豫地先叫一盘"金钱片腿"的，只有赶马的马锅头，而教授只能看看。唐立厂[1]（兰）先生爱吃干巴菌，这东西是不贵的，但必须有瘦肉、青辣椒同炒，而且过了雨季，鲜干巴菌就没有了，唐先生也不能老吃。沈从文先生经常在米线店就餐，巴金同志的《怀念从文》中提到："我还记得在昆明一家小饮食店里几次同他相遇，一两碗米线作为晚餐，有西红柿，还有鸡蛋，我们就满足了。"这家米线店在文林街他的宿舍对面，我就陪沈先生吃过多次米线。文林街上除了米线店，还有两家卖牛肉面的小馆子。西边那一家有一位常客，是吴雨僧（宓）先生。他几乎每天都来。老板和他很熟，也对他很尊敬。那时物价以惊人的速度飞涨，牛肉面也随时要涨价。每涨一次价，老板都得征求吴先生的同意。吴先生听了老板的陈述，认为有理，就用一张红纸，毛笔正楷，写一张新订的价目表，贴在墙上。穷虽穷，不废风雅。云南大学成立了一个曲社，定期举行"同期"。参加拍曲的有陶重华（光）、张宗和、孙凤竹、崔芝兰、沈有鼎、吴征镒诸先生，还有一位在民航公司供职的许茹香老先生。"同期"后多半要聚一次餐。所谓"聚餐"，是到翠湖边一家小铺去吃一顿馅儿饼，费用公摊。不到吃完，账已经算得一清二楚，谁该多少钱。掌柜的直纳闷，怎么算得这么快？他不知道算账的是许宝先生。许先生是数论专家，这点小九九还在话下！许家是昆曲世家，他的曲子唱得细致规矩是不难理解的，从本书俞平伯先生文中，我才知道他的字也写得很好。昆明的学人清贫如此，重庆、成都的学人也好不到哪里去。我在观音寺一中学教书时，于金启华先生壁间见到胡小石先生写给他的一条字，是胡先生自作的有点打油味

---

[1]　这个字读庵，不是工厂的厂。

道的诗。全诗已忘，前面说广文先生如何如何，有一句我是一直记得的："斋钟顿顿牛皮菜"。牛皮菜即恭菜，茎叶可炒食或做汤，北方叫作"根头菜"，也还不太难吃，但是顿顿吃牛皮菜，是会叫人"嘴里淡出鸟来"的！

抗战胜利，大学复员。我曾在北大红楼寄住过半年，和学人时有接触，他们的生活比抗战时要好一些，但很少于吃喝上用心的。谭家菜近在咫尺，我没有听说有哪几位教授在谭家菜预定过一桌鱼翅席去解馋。北大附近只有松公府夹道拐角处有一家四川馆子，就是本书李一泯同志文中提到过许倩云、陈书舫曾照顾过的，屋小而菜精。李一泯同志说是这家的菜比成都还做得好，我无从比较。除了鱼香肉丝、炒回锅肉、豆瓣鱼……之外，我一直记得这家的泡菜特别好吃，——而且是不算钱的。掌柜的是个矮胖子，他的儿子也上灶。不知为了什么事，两父子后来闹翻了。常到这里来吃的，以助教、讲师为多，教授是很少来的。除了这家四川馆，红楼附近只有两家小饭铺，卖面炒饼，还有一种叫作"炒合菜戴帽"或"炒合菜盖被窝"的菜，——菠菜炒粉条，上面摊一层薄薄的鸡蛋盖住。从大学附近饭铺的菜蔬，可以大体测量出学人和准学人的生活水平。

教授、讲师、助教忽然阔了一个时期。国民党政府改革币制，从法币改为金圆券，这一下等于增加薪水十倍。于是，我们几乎天天晚上到东安市场去吃。吃森隆、五芳斋的时候少，常吃的是"苏造肉"——猪肉及下水加沙仁、豆蔻等药料共煮一锅，吃客可以自选一两样，由大师傅夹出，剁块，和黄宗江在《美食随笔》里提到的言慧珠请他吃过的爆肚和白汤杂碎。东安市场的爆肚真是一绝，脆，嫩，绝对干净，爆散丹、爆肚仁都好。白汤杂碎，汤是雪白的。可惜好景不长，阔也就是阔了一个月光景。金圆券贬值，只能依旧回沙滩吃炒合菜。

教授很少下馆子。他们一般都在家里吃饭，偶尔约几个朋友小聚，也在家里。教授夫人大都会做菜。我的师娘，三姐张兆和是会做菜的。她做的八宝糯米鸭，酥烂入味，皮不破，肉不散，是个杰作。但是她平常做的只是家常炒菜。四姐张充和多才多艺，字写得极好，曲子唱得极好——我们在昆明曲会学唱的《思凡》就是用的她的腔，曾听过她的《受吐》的唱片，真是细腻婉转；她善写散曲，也很会做菜。她做的菜我大都忘了，只记得她做的"十香菜"。"十香菜"，苏州人过年吃的常菜耳，只是用十种咸菜丝，分别炒出，置于一盘。但是充和所制，切得极细，精致绝伦，冷冻之后，于鱼肉饫饱之余上桌，拈箸入口，香留齿颊！

解放后我在北京市文联工作过几年。那时文联编着两个刊物：《北京文艺》和《说说唱唱》，每月有一点编辑费。编辑费都是吃掉。编委、编辑，分批开向饭馆。那两年，我们几乎把北京的有名的饭馆都吃遍了。预订包桌的时候很少，大都是临时点菜。"主点"的是老舍先生，亲笔写菜单的是王亚平同志。有一次，菜点齐了，老舍先生又斟酌了一次，认为有一个菜不好，不要，亚平同志掏出笔来在这道菜四边画了一个方框，又加了一个螺旋形的小尾巴。服务员接过菜单，端详了一会儿，问："这是什么意思？"亚平真是个老编辑，他把校对符号用到菜单上来了！

老舍先生好客，他每年要把文联的干部约到家里去喝两次酒，一次是菊花开的时候，赏菊；一次是腊月二十三，他的生日。菜是地道老北京的味儿，很有特点。我记得很清楚的是芝麻酱炖黄花鱼，是一道汤菜。我以前没有吃过这个菜，以后也没有吃过。黄花鱼极新鲜，而且是一般大小，都是八寸。装这个菜得一个特制的器皿——瓷子，即周壁直上直下的那么一个家伙。这样黄花鱼才能一条一条顺顺溜溜平躺在汤里。若用通常的大海碗，鱼即会拗弯甚至断碎。老舍夫人胡絜青同志善做"芥末墩"，我以为是天下第一。有一次老舍先生宴客的是两个盒子菜。盒子菜已经绝迹多年，不知他是从哪一家订来的。那种里面分隔的填雕的朱红大圆漆盒现在大概也找不到了。

学人中有不少是会自己做菜的。但都只能做一两只拿手小菜。学人中真正精于烹调的，据我所知，当推北京王世襄。世襄以此为一乐。据说有时朋友请他上家里做几个菜，主料、配料、酱油、黄酒……都是自己带去。听黄永玉说，有一次有几个朋友在一家会餐，规定每人备料去表演一个菜。王世襄来了，提了一捆葱。他做了一个菜：焖葱。结果把所有的菜全压下去了。此事不知是否可靠。如不可靠，当由黄永玉负责！

客人不多，时间充裕，材料凑手，做几个菜是很愉快的事。成天伏案，改换一下身体的姿势，也是好的，——做菜都是站着的。做菜，得自己去买菜。买菜也是构思的过程。得看菜市上有什么菜，捉摸一下，才能搭配出几个菜来。不可能在家里想做几个什么菜，菜市上准有。想炒一个雪里蕻冬笋，没有冬笋，菜架上却有新到的荷兰豆，只好"改戏"。买菜，也多少是运动。我是很爱逛菜市场的。到了一个新地方，有人爱逛百货公司，有人爱逛书店，我宁可去逛逛菜市。看看生鸡活鸭、鲜鱼水菜、碧绿的黄瓜、彤红的辣椒，热热闹闹、挨挨挤挤，让人感到一种生之乐趣。

学人所做的菜很难说有什么特点，但大都存本味，去增饰，不勾浓芡，少用明油，比较清淡，和馆子菜不同。北京菜有所谓"宫廷菜"（如仿膳），"官府菜"（如谭家菜、"潘鱼"），学人做的菜该叫个什么菜呢？叫作"学人菜"，不大好听，我想为之拟一名目，曰"名士菜"，不知王世襄等同志能同意否。

《学人谈吃》的编者叫我写一篇序，我不知说什么好，就东拉西扯地写了上面一些。

故乡的野菜

荠菜。荠菜是野菜，但在我的家乡却是可以上席的。我们那里，一般的酒席，开头都有八个凉碟，在客人入席前即已摆好。通常是火腿、变蛋（松花蛋）、风鸡、酱鸭、油爆虾（或呛虾）、蚶子（是从外面运来的，我们那里不产）、咸鸭蛋之类。若是春天，就会有两样应时凉拌小菜：杨花萝卜（即北京的小水萝卜）切细丝拌海蜇，和拌荠菜。荠菜焯过，碎切，和香干细丁同拌加姜米，浇以麻油酱醋，或用虾米，或不用，均可。这道菜常抟成宝塔形，临吃推倒，拌匀。拌荠菜总是受欢迎的，吃个新鲜。凡野菜，都有一种园种的蔬菜所缺少的清香。荠菜大都是凉拌，炒荠菜很少人吃。荠菜可包春卷，包圆子（汤团）。江南人用荠菜包馄饨，称为菜肉馄饨，亦称"大馄饨"。我们那里没有用荠菜包馄饨的。我们那里的面店中所卖的馄饨都是纯肉馅的馄饨，即江南所说的"小馄饨"。没有"大馄饨"。我在北京的一家有名的家庭餐馆吃过这一家的一道名菜：翡翠蛋羹。一个汤碗里一边是蛋羹，一边是荠菜，一边嫩黄，一边碧绿，绝不混淆，吃时搅在一起。这种讲究的吃法，我们家乡没有。

枸杞头。春天的早晨，尤其是下了一场小雨之后，就可听到叫卖枸杞头的声音。卖枸杞头的多是附郭近村的女孩子，声音很脆，极能传远："卖枸杞头来！"枸杞头放在一个竹篮子里，一种长圆形的竹篮，叫作元宝篮子。枸杞头带着雨水，女孩子的声音也带着雨水。枸杞头不值什么钱，也从不用秤约，给几个钱，她们就能把整篮子倒给你。女孩子也不把这当作正经买卖，卖一点钱，够打一瓶梳头油就行了。

自己去摘，也不费事。一会儿工夫，就能摘一堆。枸杞到处都是。我的小学的操场原是祭天地的空地，叫作"天地坛"。天地坛的四边围墙的墙根，长的都是这东西。枸杞夏天开小白花，秋天结很多小果子，即枸杞子，我们小时候叫它"狗奶子"，因为很像狗的奶子。

枸杞头也都是凉拌，清香似尤甚于荠菜。

蒌蒿。小说《大淖记事》："春初水暖，沙洲上冒出很多紫红色的芦芽和灰绿色的蒌蒿，很快就是一片翠绿了。"我在书页下面加了一条注："蒌蒿是生于水边的野草，粗如笔管，有节，生狭长的小叶，初生二寸来高，叫作'蒌蒿薹子'，加肉炒食极清香……"蒌蒿，字典上都注"蒌"音楼，蒿之一种，即白蒿。我以为蒌蒿不是蒿之一种，蒌蒿掐断，没有那种蒿子气，倒是有一种水草气。苏东坡诗："蒌蒿满地芦芽短"，以蒌蒿与芦芽并举，证明是水边的植物，就是我的家乡所说"蒌蒿薹子"。"蒌"字我的家乡不读楼，读吕。蒌蒿好像都是和瘦猪肉同炒，素炒好像没有。我小时候非常爱吃炒蒌蒿薹子。桌上有一盘炒蒌蒿薹子，我就非常兴奋，胃口大开。蒌蒿薹子除了清香，还有就是很脆，嚼之有声。

荠菜、枸杞我在外地偶尔吃过，蒌蒿薹子自十九岁离乡后从未吃过，非常想念。去年我的家乡有人开了汽车到北京来办事，我的弟妹托他们带了一塑料袋蒌蒿薹子来，因为路上耽搁，到北京时已经焐坏了。我挑了一些还不及烂的，炒了一盘，还有那么一点意思。

马齿苋。中国古代吃马齿苋是很普遍的，马苋与人苋（即红白苋菜）并提。后来不知怎么吃的人少了。我的祖母每年夏天都要摘一些马齿苋，晾干了，过年包包子。我的家乡普通人家平常是不包包子的，只有过年才包，自己家里人吃，有客人来蒸一盘待客。不是家里人包的。一般的家庭妇女不会包，都是备了面、馅，请包子店里的师傅到家里做，做一上午，就够正月里吃了。我的祖母吃长斋，她的马齿苋包子只有她自己吃。我尝过一个，马齿苋有点酸酸的味道，不难吃，也不好吃。马齿苋南北皆有。我在北京的甘家口住过，离玉渊潭很近，玉渊潭马齿苋极多。北京人叫作马苋儿菜，吃的人很少。养鸟的拔了喂画眉。据说画眉吃了能清火。画眉还会有"火"么？

莼菜。第一次喝莼菜汤是在杭州西湖的楼外楼，一九四八年四月。这以前我没有吃过莼菜，也没有见过。我的家乡人大都不知莼菜为何物。但是秦少游有《以药姜法鱼糟蟹寄子瞻》诗，则高邮原来是有莼菜的。诗最后一句是"泽居备礼无麋鹿"，秦少游当时是在高邮居住，送给苏东坡的是高邮的土产。高邮现在还有没有莼菜，什么时候回高邮，我得调查调查。

明朝的时候，我的家乡出过一个散曲作家王磐。王磐字鸿渐，号西楼，散曲作品有《西楼乐府》。王磐当时名声很大，与散曲大家陈大声并称为"南曲之冠"。王西楼还是画家。高邮现在还有一句歇后语："王西楼嫁女儿——画（话）多银子少。"王西楼有一本有点特别的著作：《野菜谱》。《野菜谱》收野菜五十二种。五十二种中有些我是认识的，如白鼓钉（蒲公英）、蒲儿根、马栏头、青蒿儿（即茵陈蒿）、枸杞头、野绿豆、蒌蒿、荠菜儿、马齿苋、灰条。江南人重马栏头。小时读周作人的《故乡的野菜》，提到儿歌："荠菜马栏头，姐姐嫁在后门头"，很是向往，但是我的家乡是不大有人吃的。灰条的"条"字，正字应是"藋"，通称灰菜。这东西我的家乡不吃。我第一次吃灰菜是在一个山东同学的家里，蘸了稀面，蒸熟，就烂蒜，别具滋味。后来在昆明黄土坡一中学教书，学校发不出薪水，我们时常断炊，就掠了灰菜来炒了吃。在北京我也搞过灰菜炒食。有一次发现钓鱼台国宾馆的墙外长了很多灰菜，极肥嫩，就弯下腰来摘了好些，装在书包里。门卫发现，走过来问："你干什么？"他大概以为我在埋定时炸弹。我把书包里的灰菜抓出来给他看，他没有再说什么，走开了。灰菜有点碱味，我很喜欢这种味道。王西楼《野菜谱》中有一些，我不但没有吃过，见过，连听都没听说过，如："燕子不来香"、"油灼灼"……

《野菜谱》上图下文。图画的是这种野菜的样子，文则简单地说这种野菜的生长季节，吃法。文后皆系以一诗，一首近似谣曲的小乐府，都是借题发挥，以野菜名起兴，写人民疾苦。如：

眼子菜

眼子菜，如张目，年年盼春怀布谷，犹向秋来望时熟。何事频年倦不开，愁看四野波漂屋。

猫耳朵

猫耳朵，听我歌，今年水患伤田禾，仓廪空虚鼠弃窝，猫兮猫兮将奈何！

江荠

江荠青青江水绿，江边挑菜女儿哭。爷娘新死兄趁熟，止存我与妹看屋。

抱娘蒿

抱娘蒿，结根牢，解不散，如漆胶。君不见昨朝儿卖客船上，儿抱娘哭不肯放。

这些诗的感情都很真挚，读之令人酸鼻。我的家乡本是个穷地方，灾荒很多，主要是水灾，家破人亡，卖儿卖女的事是常有的。我小时就见过。现在水利大有改进，去年那样的特大洪水，也没死一个人，王西楼所写的悲惨景象不复存在了。想到这一点，我为我的家乡感到欣慰。过去，我的家乡人吃野菜主要是为了度荒，现在吃野菜则是为了尝新了。喔，我的家乡的野菜！

故乡的食物

炒米和焦屑

小时读《板桥家书》："天寒冰冻时，穷亲戚朋友到门，先泡一大碗炒米送手中，佐以酱姜一小碟，最是暖老温贫之具"，觉得很亲切。郑板桥是兴化人，我的家乡是高邮，风气相似。这样的感情，是外地人们不易领会的。炒米是各地都有的。但是很多地方都做成了炒米糖。这是很便宜的食品。孩子买了，咯咯地嚼着。四川有"炒米糖开水"。车站码头都有得卖，那是泡着吃的。但四川的炒米糖似也是专业的作坊做的，不像我们那里。我们那里也有炒米糖，像别处一样，切成长方形的一块一块。也有搓成圆球的，叫作"欢喜团"。那也是作坊里做的。但通常所说的炒米，是不加糖黏结的，是"散装"的；而且不是作坊里做出来，是自己家里炒的。

说是自己家里炒，其实是请了人来炒的。炒炒米要点手艺，并不是人人都会的。入了冬，大概是过了冬至吧，有人背了一面大筛子，手持长柄的铁铲，大街小巷地走，这就是炒炒米的。有时带一个助手，多半是个半大孩子，是帮他烧火的。请到家里来，管一顿饭，给几个钱，炒一天。或二斗，或半石；像我们家人口多，一次得炒一石糯米。炒炒米都是把一年所需一次炒齐，没有零零碎碎炒的。过了这个季节，再找炒炒米的也找不着。一炒炒米，就让人觉得，快要过年了。

装炒米的坛子是固定的，这个坛子就叫"炒米坛子"，不作别的用途。舀炒米的东西也是固定的，一般人家大都是用一个香烟罐头。我的祖母用的是一个"柚子壳"。柚子，——我们那里柚子不多见，从顶上开一洞，把里面的瓤掏出来，再塞上米糠，风干，就成了一个硬壳的钵状的东西。她用这个柚子壳用了一辈子。

我父亲有一个很怪的朋友，叫张仲陶。他很有学问，曾教我读过《项羽本纪》。他薄有田产，不治生业，整天在家研究易经，算卦。他算卦用蓍草。全城只有他一个人用蓍草算卦。据说他有几卦算得极灵。有一家丢了一只金戒指，怀疑是女用偷了。这女用人蒙了冤枉，来求张先生算一卦。张先生算了，说戒指没有丢，在你们家炒米坛盖子上。一找，果然。我小时就不大相信，算卦怎么能算得这样准，怎么能算得出在炒米坛盖子上呢？不过他的这一卦说明了一件事，即我们那里炒米坛子是几乎家家都有的。

炒米这东西实在说不上有什么好吃。家常预备，不过取其方便。用开水一泡，马上就可以吃。在没有什么东西好吃的时候，泡一碗，可代早晚茶。来了平常的客人，泡一碗，也算是点心。郑板桥说："穷亲戚朋友到门，先泡一大碗炒米送手中"，也是说其省事，比下一碗挂面还要简单。炒米是吃不饱人的。一大碗，其实没有多少东西。我们那里吃泡炒米，一般是抓上一把白糖，如板桥所说："佐以酱姜一小碟"，也有，少。我现在岁数大了，如有人请我吃泡炒米，我倒宁愿来一小碟酱生姜，——最好滴几滴香油，那倒是还有点意思的。另外还有一种吃法，用猪油煎两个嫩荷包蛋——我们那里叫作"蛋瘪子"，抓一把炒米和在一起吃。这种食品是只有"惯宝宝"才能吃得到的。谁家要是老给孩子吃这种东西，街坊就会有议论的。

我们那里还有一种可以急就的食品，叫作"焦屑"。糊锅巴磨成碎末，就是焦屑。我们那里，餐餐吃米饭，顿顿有锅巴。把饭铲出来，锅巴用小火烘焦，起出来，卷成一卷，存着。锅巴是不会坏的，不发馊，不长霉，攒够一定的数量，就用一具小石磨磨碎，放起来。焦屑也像炒米一样，用开水冲冲，就能吃了，焦屑调匀后成糊状，有点像北方的炒面，但比炒面爽口。

我们那里的人家预备炒米和焦屑，除了方便，原来还有一层意思，是应急。在不能正常煮饭时，可以用来充饥。这很有点像古代行军用的"糒"。有一年，记不得是哪一年，总之是我还小，还在上小学，党军（国民革命军）和联军（孙传芳的军队）在我们县境内开了仗，很多人都躲进了红十字会。不知道出于一种什么信念，大家都以为红十字会是哪一方的军队都不能打进去的，进了红十字会就安全了。红十字会设在炼阳观，这是一个道士观。我们一家带了一点行李进了炼阳观。祖母指挥着，特别关照，把一坛炒米和一坛焦屑带了去。我对这种打破常规的生活极感兴趣。晚上，爬到吕祖楼上去，看双方军队枪炮的火光在东北面不知什么地方一阵一阵地亮着，觉得有点紧张，也很好玩。很多人家住在一起，不能煮饭，这一晚上，我们是冲炒米、泡焦屑度过的。没有床铺，我把几个道士诵经用的蒲团拼起来，在上面睡了一夜。这实在是我小时候度过的一个浪漫主义的夜晚。

第二天，没事了，大家就都回家了。

炒米和焦屑和我家乡的贫穷和长期的动乱是有关系的。

端午的鸭蛋

　　家乡的端午，很多风俗和外地一样。系百索子。五色的丝线拧成小绳，系在手腕上。丝线是掉色的，洗脸时沾了水，手腕上就印得红一道绿一道的。做香角子。丝线缠成小粽子，里头装了香面，一个一个串起来，挂在帐钩上。贴五毒。红纸剪成五毒，贴在门坎上。贴符。这符是城隍庙送来的。城隍庙的老道士还是我的寄名干爹，他每年端午节前就派小道士送符来，还有两把小纸扇。符送来了，就贴在堂屋门楣上。一尺来长的黄色、蓝色的纸条，上面用朱笔画些莫名其妙的道道，这就能避邪么？喝雄黄酒。用酒和的雄黄在孩子的额头上画一个王字，这是很多地方都有的。有一个风俗不知别处有不：放黄烟子。黄烟子是大小如北方的麻雷子的炮仗，只是里面灌的不是硝药，而是雄黄。点着后不响，只是冒出一股黄烟，能冒好一会儿。把点着的黄烟子丢在橱柜下面，说是可以熏五毒。小孩子点了黄烟子，常把它的一头抵在板壁上写虎字。写黄烟虎字笔画不能断，所以我们那里的孩子都会写草书的"一笔虎"。还有一个风俗，是端午节的午饭要吃"十二红"，就是十二道红颜色的菜。十二红里我只记得有炒红苋菜、油爆虾、咸鸭蛋，其余的都记不清，数不出了。也许十二红只是一个名目，不一定真凑足十二样。不过午饭的菜都是红的，这一点是我没有记错的，而且，苋菜、虾、鸭蛋，一定是有的。这三样，在我的家乡，都不贵，多数人家是吃得起的。

　　我的家乡是水乡。出鸭。高邮大麻鸭是著名的鸭种。鸭多，鸭蛋也多。高邮人也善于腌鸭蛋。高邮咸鸭蛋于是出了名。我在苏南、浙江，每逢有人问起我的籍贯，回答之后，对方就会肃然起敬："哦！你们那里出咸鸭蛋！"上海的卖腌腊的店铺里也卖咸鸭蛋，必用纸条特别标明："高邮咸蛋。"高邮还出双黄鸭蛋。别处鸭蛋也偶有双黄的，但不如高邮的多，可以成批输出。双黄鸭蛋味道其实无特别处。还不就是个鸭蛋！只是切开之后，里面圆圆的两个黄，使人惊奇不已。我对异乡人称道高邮鸭蛋，是不大高兴的，好像我们那穷地方就出鸭蛋似的！不过高邮的咸鸭蛋，确实是好，我走的地方不少，所食鸭蛋多矣，但和我家乡的完全不能相比！曾经沧海难为水，他乡咸鸭蛋，我实在瞧不上。袁枚的《随园食单·小菜单》有"腌蛋"一条。袁子才这个人我不喜欢，他的《食单》好些菜的做法是听来的，他自己并不会做菜。但是《腌蛋》这一条我看后却觉得很亲切，而且"与有荣焉"。文不长，录如下：

> 腌蛋以高邮为佳，颜色红而油多，高文端公最喜食之。席间，先夹取以敬客。放盘中，总宜切开带壳，黄白兼用；不可存黄去白，使味不全，油亦走散。

高邮咸蛋的特点是质细而油多。蛋白柔嫩，不似别处的发干、发粉，入口如嚼石灰。油多尤为别处所不及。鸭蛋的吃法，如袁子才所说，带壳切开，是一种，那是席间待客的办法。平常食用，一般都是敲破"空头"用筷子挖着吃。筷子头一扎下去，吱——红油就冒出来了。高邮咸蛋的黄是通红的。苏北有一道名菜，叫作"朱砂豆腐"，就是用高邮鸭蛋黄炒的豆腐。我在北京吃的咸鸭蛋，蛋黄是浅黄色的，这叫什么咸鸭蛋呢！

端午节，我们那里的孩子兴挂"鸭蛋络子"。头一天，就由姑姑或姐姐用彩色丝线打好了络子。端午一早，鸭蛋煮熟了，由孩子自己去挑一个，鸭蛋有什么可挑的呢？有！一要挑淡青壳的。鸭蛋壳有白的和淡青的两种。二要挑形状好看的。别说鸭蛋都是一样的，细看却不同。有的样子蠢，有的秀气。挑好了，装在络子里，挂在大襟的纽扣上。这有什么好看呢？然而它是孩子心爱的饰物。鸭蛋络子挂了多半天，什么时候孩子一高兴，就把络子里的鸭蛋掏出来，吃了。端午的鸭蛋，新腌不久，只有一点淡淡的咸味，白嘴吃也可以。

孩子吃鸭蛋是很小心的。除了敲去空头，不把蛋壳碰破。蛋黄蛋白吃光了，用清水把鸭蛋壳里面洗净，晚上捉了萤火虫来，装在蛋壳里，空头的地方糊一层薄罗。萤火虫在鸭蛋里一闪一闪地亮，好看极了！

小时读囊萤映雪故事，觉得东晋的车胤用练囊盛了几十只萤火虫，照了读书，还不如用鸭蛋壳来装萤火虫。不过用萤火虫照亮来读书，而且一夜读到天亮，这能行么？车胤读的是手写的卷子，字大，若是读现在的新五号字，大概是不行的。

咸菜慈菇汤

一到下雪天，我们家就喝咸菜汤，不知是什么道理。是因为雪天买不到青菜？那也不见得。除非大雪三日，卖菜的出不了门，否则他们总还会上市卖菜的。这大概只是一种习惯。一早起来，看见飘雪花了，我这就知道：今天中午是咸菜汤！

咸菜是青菜腌的。我们那里过去不种白菜，偶有卖的，叫作"黄芽菜"，是外地运去的，很名贵。一盘黄芽菜炒肉丝，是上等菜。平常吃的，都是青菜，青菜似油菜，但高大得多。入秋，腌菜，这时青菜正肥。把青菜成担的买来，洗净，晾去水气，下缸。一层菜，一层盐，码实，即成。随吃随取，可以一直吃到第二年春天。

腌了四五天的新咸菜很好吃，不咸，细、嫩、脆、甜，难可比拟。

咸菜汤是咸菜切碎了煮成的。到了下雪的天气，咸菜已经腌得很咸了，而且已经发酸。咸菜汤的颜色是暗绿的。没有吃惯的人，是不容易引起食欲的。

咸菜汤里有时加了慈姑片，那就是咸菜慈姑汤。或者叫慈姑咸菜汤，都可以。

我小时候对慈姑实在没有好感。这东西有一种苦味。民国二十年，我们家乡闹大水，各种作物减产，只有慈姑却丰收。那一年我吃了很多慈姑，而且是不去慈姑的嘴子的，真难吃。

我十九岁离乡，辗转漂流，三四十年没有吃到慈姑，并不想。

前好几年，春节后数日，我到沈从文老师家去拜年，他留我吃饭，师母张兆和炒了一盘慈姑肉片。沈先生吃了两片慈姑，说："这个好！格比土豆高。"我承认他这话。吃菜讲究"格"的高低，这种语言正是沈老师的语言。他是对什么事物都讲"格"的，包括对于慈姑、土豆。

因为久违，我对慈姑有了感情。前几年，北京的菜市场在春节前后有卖慈姑的。我见到，必要买一点回来加肉炒了。家里人都不怎么爱吃。所有的慈姑，都由我一个人"包圆儿"了。

北方人不识慈姑。我买慈姑，总要有人问我："这是什么？"——"慈姑。"——"慈姑是什么？"这可不好回答。

北京的慈姑卖得很贵，价钱和"洞子货"（温室所产）的西红柿、野鸡脖韭菜差不多。

我很想喝一碗咸菜慈姑汤。

我想念家乡的雪。

虎头鲨·昂嗤鱼·砗螯·螺蛳·蚬子

苏州人特重塘鳢鱼。上海人也是，一提起塘鳢鱼，眉飞色舞。塘鳢鱼是什么鱼？我向往之久矣。到苏州，曾想尝尝塘鳢鱼，未能如愿。后来我知道：塘鳢鱼就是虎头鲨，嗐！

塘鳢鱼亦称土步鱼。《随园食单》："杭州以土步鱼为上品，而金陵人贱之，目为虎头蛇，可发一笑。"虎头蛇即虎头鲨。这种鱼样子不好看，而且有点凶恶。浑身紫褐色，有细碎黑斑，头大而多骨，鳍如蝶翅。这种鱼在我们那里也是贱鱼，是不能上席的。苏州人做塘鳢鱼有清炒、椒盐多法。我们家乡通常的吃法是氽汤，加醋、胡椒。虎头鲨氽汤，鱼肉极细嫩，松而不散，汤味极鲜，开胃。

昂嗤鱼的样子也很怪，头扁嘴阔，有点像鲇鱼，无鳞，皮色黄，有浅黑色的不规整的大斑。无背鳍。而背上有一根很硬的尖锐的骨刺。用手捏起这根骨刺，它就发出昂嗤昂嗤小小的声音。这声音是怎么发出来的，我一直没弄明白。这种鱼是由这种声音得名的。它的学名是什么，只有去问鱼类学专家了。这种鱼没有很大的，七八寸长的，就算难得的了。这种鱼也很贱，连乡下人也看不起。我的一个亲戚在农村插队，见到昂嗤鱼，买了一些，农民都笑他："买这种鱼干什么！"昂嗤鱼其实是很好吃的。昂嗤鱼通常也是氽汤。虎头鲨是醋汤，昂嗤鱼不加醋，汤白如牛乳，是所谓"奶汤"。昂嗤鱼也极细嫩，鳃边的两块蒜瓣肉有大拇指大，堪称至味。有一年，北京一家鱼店不知从哪里运来一些昂嗤鱼，无人问津。顾客都不识这是啥鱼。有一位卖鱼的老师傅倒知道："这是昂嗤。"我看到，高兴极了，买了十来条。回家一做，满不是那么一回事！昂嗤要吃活的（虎头鲨也是活杀）。长途转运，又在冷库里冰了一些日子，肉质变硬，鲜味全失，一点意思都没有！

砗螯，我的家乡叫馋螯，砗螯是扬州人的叫法，我在大连见到花蛤，我以为就是砗螯，不是。形状很相似，入口全不同。花蛤肉粗而硬，咬不动。砗螯极柔软细嫩。砗螯好像是淡水里产的，但味道却似海鲜。有点像蛎黄，但比蛎黄味道清爽。比青蛤、蚶子味厚。砗螯可清炒，烧豆腐，或与咸肉同煮。砗螯烧乌青菜（江南人叫塌苦菜），风味绝佳。乌青菜如是经霜而现拔的，尤美。我不食砗螯四十五年矣。

砗螯壳稍呈三角形，质坚，白如细瓷，而有各种颜色的弧形花斑，有浅紫的，有暗红的，有赭石，墨蓝的，很好看。家里买了砗螯，挖出砗螯肉，我们就从一堆砗螯壳里去挑选，挑到好的，洗净了留起来玩。砗螯壳的铰合部有两个突出的尖嘴子，把尖嘴子在糙石上磨磨，不一会儿就磨出两个小圆洞，含在嘴里吹，呜呜地响，且有细细颤音，如风吹窗纸。

螺蛳处处有之。我们家乡清明吃螺蛳，谓可以明目。用五香煮熟螺蛳，分给孩子，一人半碗，由他们自己用竹签挑着吃。孩子吃了螺蛳，用小竹弓把螺蛳壳射到屋顶上，喀拉喀拉地响。夏天"检漏"，瓦匠总要扫下好些螺蛳壳。这种小弓不作别的用处，就叫作螺蛳弓。我在小说《戴车匠》里对螺蛳弓有较详细的描写。

蚬子是我所见过的贝类里最小的了，只有一粒瓜子大。蚬子是剥了壳卖的。剥蚬子的人家附近堆了好多蚬子壳，像一个坟头。蚬子炒韭菜，很下饭。这种东西非常便宜，为小户人家的恩物。

有一年修运河堤。按工程规定，有一段堤面应铺碎石，包工的贪污了款子，在堤面铺了一层蚬子壳。前来检收的委员，坐在汽车里，向外一看，白花花的一片，还抽着雪茄烟，连说："很好！很好！"

我的家乡富水产。鱼中之名贵的是鳊鱼、白鱼（尤重翘嘴白）、鯚花鱼（即鳜鱼），谓之"鳊、白、鯚"。虾有青虾、白虾。蟹极肥。以无特点，故不及。

野鸭·鹌鹑·斑鸠·鵽

过去我们那里野鸭子很多。水乡，野鸭子自然多。秋冬之际，天上有时"过"野鸭子，黑乎乎的一大片，在地上可以听到它们鼓翅的声音，呼呼的，好像刮大风。野鸭子是枪打的（野鸭肉里常常有很细的铁砂子，吃时要小心），但打野鸭子的人自己不进城来卖。卖野鸭子有专门的摊子。有时卖鱼的也卖野鸭子，把一个养活鱼的木盆翻过来，野鸭一对一对地摆在盆底，卖野鸭子是不用秤约的，都是一对一对地卖。野鸭子是有一定分量的。依分量大小，有一定的名称，如"对鸭"、"八鸭"。哪一种有多大分量，我现在已经记不清了。卖野鸭子都是带毛的。卖野鸭子的可以代客当场去毛，拔野鸭毛是不能用开水烫的。野鸭子皮薄，一烫，皮就破了。干拔，卖野鸭子的把一只鸭子放入一个麻袋里，一手提鸭，一手拔毛，一会儿就拔净了。——放在麻袋里拔，是防止鸭毛飞散。代客拔毛，不另收费，卖野鸭子的只要那一点鸭毛。——野鸭毛是值钱的。

野鸭的吃法通常是切块红烧。清炖大概也可以吧，我没有吃过。野鸭子肉的特点是：细、"酥"，不像家鸭每每肉老。野鸭烧咸菜是我们那里的家常菜。里面的咸菜尤其是佐粥的妙品。

现在我们那里的野鸭子很少了。前几年我回乡一次，偶有，卖得很贵。原因据说是因为县里对各乡水利做了全面综合治理，过去的水荡子、荒滩少了，野鸭子无处栖息，而且，野鸭子过去是吃收割后遗撒在田里的谷粒的，现在收割得很干净，颗粒归仓，野鸭子没有什么可吃的，不来了。

鹌鹑是网捕的。我们那里吃鹌鹑的人家少，因为这东西只有由乡下的亲戚送来，市面上没有卖的。鹌鹑大都是用五香卤了吃。也有用油炸了的。鹌鹑能斗，但我们那里无斗鹌鹑的风气。

我看见过猎人打斑鸠。我在读初中的时候。午饭后，我到学校后面的野地里去玩。野地里有小河，有野蔷薇，有金黄色的茼蒿花，有苍耳（苍耳子有小钩刺，能挂在衣裤上，我们管它叫"万把钩"），有才抽穗的芦荻。在一片树林里，我发现一个猎人。我们那里猎人很少，我从来没有见过猎人，但是我一看见他，就知道：他是一个猎人。这个猎人给我一个非常猛厉的印象。他穿了一身黑，下面却缠了鲜红的绑腿。他很瘦。他的眼睛黑，而冷。他握着枪。他在干什么？树林上面飞过一只斑鸠。他在追逐这只斑鸠。斑鸠分明已经发现猎人了。它想逃脱。斑鸠飞到北面，在树上落一落，猎人一步一步往北走。斑鸠连忙往南面飞，猎人仰头看了一眼，斑鸠落定了，猎人又一步一步往南走，非常冷静。这是一场无声的，然而非常紧张的、坚持的较量。斑鸠来回飞，猎人来回走。我很奇怪，为什么斑鸠不往树林外面飞。这样几个来回，斑鸠慌了神了，它飞得不稳了，歪歪倒倒的，失去了原来均匀的节奏。忽然，砰，——枪声一响，斑鸠应声而落。猎人走过去，拾起斑鸠，看了看，装在猎袋里。他的眼睛很黑，很冷。

我在小说《异秉》里提到王二的熏烧摊子上，春天，卖一种叫作"鹩"的野味，鹩这种东西我在别处没看见过。"鹩"这个字很多人也不认得。多数字典里不收。《辞海》里倒有这个字，标音为（duo 又读 zhua）。zhua 与我乡读音较近，但我们那里是读入声的，这只有用国际音标才标得出来。即使用国际音标标出，在不知道"短促急收藏"的北方人也是读不出来的。《辞海》"鹩"字条下注云："见鹩鸠"，似以为"鹩"即"鹩鸠"，而在"鹩鸠"条下注云："鸟名。雉属。即'沙鸡'。"这就不对了。沙鸡我是见过的，吃过的。内蒙、张家口多出沙鸡。《尔雅·释鸟》郭璞注："出北方沙漠地"，不错。北京冬季偶尔也有卖的。沙鸡嘴短而红，腿也短。我们那里的鹩却是水鸟，嘴长，腿也长。鹩的滋味和沙鸡有天渊之别。沙鸡肉较粗，略带酸味；鹩肉极细，非常香。我一辈子没吃过比鹩更香的野味。

蒌蒿·枸杞·荠菜·马齿苋

小说《大淖记事》："春初水暖，沙洲上冒出很多紫红色的芦芽和灰绿色的蒌蒿，很快就是一片翠绿了。"我在书页下方加了一条注："蒌蒿是生于水边的野草，粗如笔管，有节，生狭长的小叶，初生二寸来高，叫作'蒌蒿薹子'，加肉炒食极清香。……"蒌蒿的蒌字，我小时不知怎么写，后来偶然看了一本什么书，才知道的。这个字音"吕"。我小学有一个同班同学，姓吕，我们就给他起了个外号，叫"蒌蒿薹子"（蒌蒿薹子家开了一爿糖坊，小学毕业后未升学，我们看见他坐在糖坊里当小老板，觉得很滑稽）。但我查了几本字典，"蒌"都音"楼"，我有点恍惚了。"楼"、"吕"一声之转。许多从"娄"的字都读"吕"，如"屡"、"缕"、"褛"……这本来无所谓，读"楼"读"吕'，关系不大。但字典上都说蒌蒿是蒿之一种，即白蒿，我却有点不以为然了。我小说里写的蒌蒿和蒿其实不相干。读苏东坡《惠崇春江晚景》诗："竹外桃花三两枝，春江水暖鸭先知。蒌蒿满地芦芽短，正是河豚欲上时。"此蒌蒿生于水边，与芦芽为伴，分明是我的家乡人所吃的蒌蒿，非白蒿。或者"即白蒿"的蒌蒿别是一种，未可知矣。深望懂诗、懂植物学，也懂吃的博雅君子有以教我。

我的小说注文中所说的"极清香"，很不具体。嗅觉和味觉是很难比方，无法具体的。昔人以为荔枝味似软枣，实在是风马牛不相及。我所谓"清香"，即食时如坐在河边闻到新涨的春水的气味。这是实话，并非故作玄言。

枸杞到处都有。开花后结长圆形的小浆果，即枸杞子。我们叫它"狗奶子"，形状颇像。本地产的枸杞子没有入药的，大概不如宁夏产的好。枸杞是多年生植物。春天，冒出嫩叶，即枸杞头。枸杞头是容易采到的。偶尔也有近城的乡村的女孩子采了，放在竹篮里叫卖："枸杞头来！……"枸杞头可下油盐炒食；或用开水焯了，切碎，加香油、酱油、醋，凉拌了吃。那滋味，也只能说"极清香"。春天吃枸杞头，云可以清火，如北方人吃苣荬菜一样。

"三月三，荠菜花赛牡丹"。俗谓是日以荠菜花置灶上，则蚂蚁不上锅台。

北京也偶有荠菜卖。菜市上卖的是园子里种的，茎白叶大，颜色较野生者浅淡，无香气。农贸市场间有南方的老太太挑了野生的来卖，则又过于细瘦，如一团乱发，制熟后强硬扎嘴。总不如南方野生的有味。

江南人惯用荠菜包春卷，包馄饨，甚佳。我们家乡有用来包春卷的，用来包馄饨的没有，——我们家乡没有"菜肉馄饨"。一般是凉拌。荠菜焯熟剁碎，界首茶干切细丁，入虾米，同拌。这道菜是可以上酒席作凉菜的。酒席上的凉拌荠菜都用手拌成一座尖塔，临吃推倒。

马齿苋现在很少有人吃。古代这是相当重要的菜蔬。苋分人苋、马苋。人苋即今苋菜，马苋即马齿苋。我的祖母每于夏天摘肥嫩的马齿苋晾干，过年时做馅包包子。她是吃长斋的，这种包子只有她一个人吃。我有时从她的盘子里拿一个，蘸了香油吃，挺香。马齿苋有点淡淡的酸味。

马齿苋开花，花瓣如一小囊。我们有时捉了一个哑巴知了，——知了是应该会叫的，捉住一个哑巴，多么扫兴！于是就摘了两个马齿苋的花瓣套住它的眼睛，——马齿苋花瓣套知了眼睛正合适，一撒手，这知了就拼命往高处飞，一直飞到看不见！

三年自然灾害，我在张家口沙岭子吃过不少马齿苋。那时候，这是宝物！

豆　腐

豆腐点得比较老的，为北豆腐。听说张家口地区有一个堡里的豆腐能用秤钩钩起来，扛着秤杆走几十里路。这是豆腐么？点的较嫩的是南豆腐。再嫩即为豆腐脑。比豆腐脑稍老一点的，有北京的"老豆腐"和四川的豆花。比豆腐脑更嫩的是湖南的水豆腐。

豆腐压紧成型，是豆腐干。

卷在白布层中压成大张的薄片，是豆腐片。东北叫干豆腐。压得紧而且更薄的，南方叫百页或千张。

豆浆锅的表面凝结的一层薄皮撩起晾干，叫豆腐皮，或叫油皮。我的家乡则简单地叫作皮子。

豆腐最简便的吃法是拌。买回来就能拌。或入开水锅略烫，去豆腥气。不可久烫，久烫则豆腐收缩发硬。香椿拌豆腐是拌豆腐里的上上品。嫩香椿头，芽叶未舒，颜色紫赤，嗅之香气扑鼻，入开水稍烫，梗叶转为碧绿，捞出，揉以细盐，候冷，切为碎末，与豆腐同拌（以南豆腐为佳），下香油数滴。一箸入口，三春不忘。香椿头只卖得数日，过此则叶绿梗硬，香气大减。其次是小葱拌豆腐。北京有歇后语："小葱拌豆腐——

一青二白",可见这是北京人家家都吃的小菜。拌豆腐特宜小葱,小葱嫩,香。葱粗如指,以拌豆腐,滋味即减。我和林斤澜在武夷山,住一招待所。斤澜爱吃拌豆腐,招待所每餐皆上拌豆腐一大盘,但与豆腐同拌的是青蒜。青蒜炒回锅肉甚佳,以拌豆腐,配搭不当。北京人有用韭菜花、青椒糊拌豆腐的,这是侉吃法,南方人不敢领教。而南方人吃的松花蛋拌豆腐,北方人也觉得岂有此理。这是一道上海菜,我第一次吃到却是在香港的一家上海饭馆里,是吃阳澄湖大闸蟹之前的一道凉菜。北豆腐、松花蛋切成小骰子块,同拌,无姜汁蒜泥,只少放一点盐而已。好吃么?用上海话说:蛮崭格!用北方话说:旱香瓜——另一个味儿。咸鸭蛋拌豆腐也是南方菜,但必须用敝乡所产"高邮咸蛋"。高邮咸蛋蛋黄色如朱砂,多油,和豆腐拌在一起,红白相间,只是颜色即可使人胃口大开。别处的咸鸭蛋。尤其是北方的,蛋黄色浅,又无油,却不中吃。

烧豆腐大体可分为两大类:用油煎过再加料烧的;不过油煎的。

北豆腐切成厚二分的长方块,热锅温油两面煎。油不必多,因豆腐不吃油。最好用平底锅煎。不要煎得太老,稍结薄壳,表面发皱,即可铲出,是名"虎皮"。用已备好的肥瘦各半熟猪肉,切大片,下锅略煸,加葱、姜、蒜、酱油、绵白糖,兑入原猪肉汤,将豆腐推入,加盖猛火煮二三开,即放小火咕嘟。约十五分钟,收汤,即可装盘。这就是"虎皮豆腐"。如加冬菇、虾米、辣椒及豆豉即是"家乡豆腐"。或加菌油,即是湖南有名的"菌油豆腐"——菌油豆腐也有不用油煎的。

"文思和尚豆腐"是清代扬州有名的素菜,好几本菜谱著录,但我在扬州一带的寺庙和素菜馆的菜单上都没有见到过。

不知道文思和尚豆腐是过油煎了的，还是不过油煎的。我无端地觉得是油煎了的，而且无端地觉得是用黄豆芽吊汤，加了上好的口蘑或香蕈、竹笋，用极好秋油，文火熬成。什么时候材料凑手，我将根据想象，试做一次文思和尚豆腐。我的文思和尚豆腐将是素菜荤做，放猪油，放虾籽。

虎皮豆腐切大片，不过油煎的烧豆腐则宜切块，六七分见方。北方小饭铺里肉末烧豆腐，是常备菜。肉末烧豆腐亦称家常豆腐。烧豆腐里的翘楚，是麻婆豆腐。相传有陈婆婆，脸上有几粒麻子，在乡场上摆一个饭摊，挑油的脚夫路过，常到她的饭摊上吃饭，陈婆婆把油桶底下剩的油刮下来，给他们烧豆腐。后来大人先生也特意来吃她烧的豆腐。于是麻婆豆腐名闻遐迩。陈麻婆是个值得纪念的人物，中国烹饪史上应为她大书一笔，因为麻婆豆腐确实很好吃。做麻婆豆腐的要领是：一要油多。二要用牛肉末。我曾做过多次麻婆豆腐，都不是那个味儿，后来才知道我用的是瘦猪肉末。牛肉末不能用猪肉末代替。三是要用郫县豆瓣。豆瓣须剁碎。四是要用文火，俟汤汁渐渐收入豆腐，才起锅。五是起锅时要撒一层川花椒末。一定得用川花椒，即名为"大红袍"者。用山西、河北花椒，味道即差。六是盛出就吃。如果正在喝酒说话，应该把说话的嘴腾出来。麻婆豆腐必须是：麻、辣、烫。

昆明最便宜的小饭铺里有小炒豆腐。猪肉末，肥瘦，豆腐捏碎，同炒，加酱油，起锅时下葱花。这道菜便宜，实惠，好吃。不加酱油而用盐，与番茄同炒，即为番茄炒豆腐。番茄须烫过，撕去皮，炒至成酱，番茄汁渗入豆腐，乃佳。

砂锅豆腐须有好汤，骨头汤或肉汤，小火炖，至豆腐起蜂窝，方好。砂锅鱼头豆腐，用花鲢（即胖头鱼）头，劈为两半，下冬菇、扁尖（腌青笋）、海米，汤清而味厚，非海参鱼翅可及。

"汪豆腐"好像是我的家乡菜。豆腐切成指甲盖大的小薄片，推入虾子酱油汤中，滚几开，勾薄芡，盛大碗中，浇一勺熟猪油，即得。叫作"汪豆腐"，大概因为上面泛着一层油。用勺舀了吃。吃时要小心，不能性急，因为很烫。滚开的豆腐，上面又是滚开的油，吃急了会烫坏舌头。我的家乡人喜欢吃烫的东西，语云："一烫抵三鲜"。乡下人家来了客，大都做一个汪豆腐应句。周巷汪豆腐很有名。我没有到过周巷，周巷汪豆腐好，我想无非是虾籽多，油多。近年高邮新出一道名菜：雪花豆腐，用盐，不用酱油。我想给家乡的厨师出个主意：加入蟹白（雄蟹白的油即蟹的精子），这样雪花豆腐就更名贵了。

不知道为什么，北京的老豆腐现在见不着了，过去卖老豆腐的摊子是很多的。老豆腐其实并不老，老，也许是和豆腐脑相对而言。老豆腐的作料很简单：芝麻酱、腌韭菜末。爱吃辣的浇一勺青椒糊。坐在街边摊头的矮脚长凳上，要一碗老豆腐，就半斤旋烙的大饼，夹一个薄脆，是一顿好饭。

四川的豆花是很妙的东西，我和几个作家到四川旅游，在乐山吃饭。几位作家都去了大馆子，我和林斤澜钻进一家只有穿草鞋的乡下人光顾的小店，一人要了一碗豆花。豆花只是一碗白汤，啥都没有。豆花用筷子夹出来，蘸"味碟"里的作料吃。味碟里主要是豆瓣。我和斤澜各吃了一碗热腾腾的白米饭，很美。豆花汤里或加切碎的青菜，则为"菜豆花"。北京的豆花庄的豆花乃以鸡汤煨成，过于讲究，不如乡坝头的豆花存其本味。

北京的豆腐脑过去浇羊肉口蘑渣熬成的卤。羊肉是好羊肉，口蘑渣是碎黑片蘑，还要加一勺蒜泥水。现在的卤，羊肉极少，不放口蘑，只是一锅稠糊糊的酱油黏汁而已。即便是过去浇卤的豆腐脑，我觉得也不如我们家乡的豆腐脑。我们那里的豆腐脑温在紫铜扁钵的锅里，用紫铜平勺盛在碗里，加秋油、滴醋、一点点麻油，小虾米、榨菜末、芹菜（药芹即水芹菜）末。清清爽爽，而多滋味。

中国豆腐的做法多矣，不胜记载。四川作家高缨请我们在乐山的山上吃过一次豆腐宴，豆腐十好几样，风味各别，不相雷同。特别是豆腐的质量极好。掌勺的老师傅从磨豆腐到烹制，都是亲自为之，绝不假手旁人。这一顿豆腐宴可称寰中一绝！

豆腐干南北皆有。北京的豆腐干比较有特点的是熏干。熏干切长片拌芹菜，很好。熏干的烟熏味和芹菜的芹菜香相得益彰。花干、苏州干是从南边传过来的，北京原先没有。北京的苏州干只是用味精取鲜，苏州的小豆腐干是用酱油、糖、冬菇汤煮出后晾得半干的，味长而耐嚼。从苏州上车，买两包小豆腐干，可以一直嚼到郑州。香干亦称茶干。我在小说《茶干》中有较细的描述：

> ……豆腐出净渣，装在一个小蒲包里，包口扎紧，入锅，码好，投料，加上好抽油，上面用石头压实，文火煨煮。要煮很长时间。煮得了，再一块一块从蒲包里倒出来。这种茶干是圆形的，周围较厚、中间较薄，周身有蒲包压出来的细纹，……这种茶干外皮是深紫黑色的，掰开了，里面是浅褐色的。很结实，嚼起来很有咬劲，越嚼越香，是佐茶的妙品，所以叫作"茶干"。

茶干原出界首镇，故称"界首茶干"。据说乾隆南巡，过界首，曾经品尝过。

干丝是淮扬名菜。大方豆腐干，快刀横片为片，刀工好的师傅一块豆腐干能片十六片；再立刀切为细丝。这种豆腐干是特制的，极坚致，切丝不断，又绵软，易吸汤汁。旧本只有拌干丝。干丝入开水略煮，捞出后装高足浅碗，浇麻油酱醋。青蒜切寸段，略焯，五香花生米搓去皮，同拌，尤妙。煮干丝的兴起也就是五六十年的事。干丝母鸡汤煮，加开阳（大虾米），火腿丝。我很留恋拌干丝，因为味道清爽，现在只能吃到煮干丝了。干丝本不是"菜"，只是吃包子烧麦的茶馆里，在上点心之前喝茶时的闲食。现在则是全国各地淮扬菜系的饭馆里都预备了。我在北京常做煮干丝，成了我们家的保留节目。北京很少遇到大白豆腐干，只能用豆腐片或百页切丝代替。口感稍差，味道却不逊色，因为我的煮干丝里下了干贝。煮干丝没有什么诀窍，什么鲜东西都可往里搁。干丝上桌前要放细切的姜丝，要嫩姜。

臭豆腐是中国人的一大发明。我在上海、武汉都吃过。长沙火宫殿的臭豆腐毛泽东年轻时常去吃。后来回长沙，又特意去吃了一次，说了一句话："火宫殿的臭豆腐还是好吃。"这就成了"最高指示"，写在照壁上。火宫殿的臭豆腐遂成全国第一。油炸臭豆腐干，宜放辣椒酱、青蒜。南京夫子庙的臭豆腐干是小方块，用竹签像冰糖葫芦似的串起来卖，一串八块。昆明的臭豆腐不用油炸，在炭火盆上搁一个铁篾子，臭豆腐干放在上面烤焦，别有风味。

在安徽屯溪吃过霉豆腐、长条豆腐，长了二寸长的白色的绒毛，在平底锅中煎熟，蘸酱油辣椒青蒜吃。凡到屯溪者，都要去尝尝。

豆腐乳各地都有。我在江西进贤参加土改，那里的农民家家都做腐乳。进贤原来很穷，没有什么菜吃，顿顿都用豆腐乳下饭。做豆腐乳，放大量辣椒面，还放柚子皮，味道非常强烈。广西桂林、四川忠县、云南路南所出豆腐乳都很有名，各有特点。腐乳肉是苏州松鹤楼的名菜，肉味浓醇，入口即化。广东点心很多都放豆腐乳，叫作"南乳××饼"。

南方人爱吃百页。百页结烧肉是宁波、上海人家常吃的菜。上海老城隍庙的小吃店里卖百页结：百页包一点肉馅，打成结，煮在汤里，要吃，随时盛一碗。一碗也就是四五只百页结。北方的百页缺韧性，打不成结，一打结就断。百页可入臭卤中腌臭，谓之"臭千张"。

杭州知味观有一道名菜：炸响铃。豆腐皮（如过干，要少润一点水），瘦肉剁成细馅，加葱花细姜末，入盐，把肉馅包在豆腐皮内，成一卷，用刀剁成寸许长的小段，下油锅炸得馅熟皮酥，即可捞出。油温不可太高，太高豆皮易糊。这菜嚼起来发脆响，形略似铃，故名响铃。做法其实并不复杂。肉剁极碎，成泥状（最好用刀背剁），平摊在豆腐皮上，折叠起来，如小钱包大，入油炸，亦佳。不入油炸，而以酱油冬菇汤煮，豆皮层中有汁，甚美。北京东安市场拐角处解放前有一家肉店宝华春，兼卖南味熟肉，卖一种酒菜：豆腐皮切细条，在酱肉汤中煮透，捞出，晾至微干，很好吃，不贵。现在宝华春已经没有了。豆腐皮可做汤。炖酥腰（猪腰炖汤）里放一点豆腐皮，则汤色雪白。

干　丝

　　南京、镇江、扬州、高邮、淮安都有干丝。发源地我想是扬州。这是淮扬菜系的代表作之一，很多菜谱都著录。但其实这不是"菜"。干丝不是下饭的，是佐茶的。

　　扬州一带人有吃早茶的习惯。人说扬州人"早上皮包水，晚上水包皮"。"水包皮"是洗澡，"皮包水"是喝茶。"扬八属"各县都有许多茶馆。上茶馆不只是喝茶，是要吃包子点心。这有点像广东的"饮茶"。不过广东的茶楼是由服务员（过去叫"伙计"）推着小车，内置包点，由茶客手指索要，扬州的茶馆是由客人一次点齐，陆续搬上。包点是现做现蒸，总是等一些时候，一般上茶馆的大都要一个干丝。一边喝茶，吃干丝，既消磨时间，也调动胃口。

　　一种特制的豆腐干，较大而方，用薄刃快刀片成薄片，再切为细丝，这便是干丝。讲究一块豆腐干要片十六片，切丝细如马尾，一根不断。

　　最初似只有烫干丝。干丝在开水锅中烫后，滗去水，在碗里堆成宝塔状，浇以麻油、好酱油醋，即可下箸。过去盛干丝的碗是特制的，白地青花，碗足稍高，碗腹较深，敞口，这样拌起干丝来好拌。现在则是一只普通的大碗了。我父亲常带了一包五香花生米，搓去外皮，携青蒜一把，嘱堂倌切寸段，稍烫一烫，与干丝同拌，别有滋味。这大概是他的发明。干丝喷香，茶泡两开正好，吃一箸干丝，喝半杯茶，很美！扬州人喝茶爱喝"双拼"，倾龙井、香片各一包，入壶同泡，殊不足取。总算还好，没有把乌龙茶和龙井掺和在一起。

　　煮干丝不知起于何时，用小虾米吊汤，投干丝入锅，下火腿丝、鸡丝，煮至入味，即可上桌。不嫌夺味，亦可加冬菇丝。有冬笋的季节，可加冬笋丝。总之烫干丝味要清纯，煮干丝则不妨浓厚。但也不能搁螃蟹、蛤蜊、海蛎子、蛏，那样就是喧宾夺主，吃不出干丝的味了。

　　北京没有适于切干丝的豆腐干。偶有"大白干"，质地松泡，切丝易断。不得已，以高碑店豆腐片代之，细切如扬州方干一样，但要选片薄而有韧性者。这道菜已经成了我偶设家宴的保留节目。

　　美籍华人女作者聂华苓和她的丈夫保罗·安格尔来北京。指名要在我家吃一顿饭，由我亲自做。我给她掂配了几个菜。几个什么菜，我已经忘了，只记得有一大碗煮干丝。华苓吃得淋漓尽致，最后端起碗来把剩余的汤汁都喝了。华苓是湖北人，年轻时是吃过煮干丝的。但在美国不易吃到。美国有广东馆子、四川馆子、湖南馆子，但淮扬馆子似很少。我做这个菜是有意逗引她的故国乡情！我那道煮干丝自己也感觉不错，是用干贝吊的汤。前已说过，煮干丝不厌浓厚。

手把羊肉

到了内蒙，不吃几回手把羊肉，算是白去了一趟。

到了草原，进蒙古包做客，主人一般总要杀羊。蒙古人是非常好客的。进了蒙古包，不论识与不识，坐下来就可以吃喝。有人骑马在草原上漫游，身上只背了一只羊腿。到了一家，主人把这只羊腿解下来。客人吃喝一晚，第二天上路时，主人给客人换一只新鲜羊腿，背着。有人就这样走遍几个盟旗，回家，依然带着一只羊腿。蒙古人诚实，家里有什么，都端出来。客人醉饱，主人才高兴。你要是虚情假意地客气一番，他会生气的。这种风俗的形成，和长期的游牧生活有关。一家子住在大草原上，天苍苍，野茫茫，多见牛羊少见人，他们很盼望来一位远方的客人谈谈说说。一坐下来，先是喝奶茶，吃奶食。奶茶以砖茶熬成，加奶，加盐。这种略带咸味的奶茶香港人大概是喝不惯的，但为蒙古人所不可或缺。奶食有奶皮子、奶豆腐、奶渣子。这时候，外面已经有人动手杀羊了。

蒙古人杀羊极利索。不用什么利刃，就是一把普通的折刀就行了。一会儿的工夫，一只整羊剔剥出来了，羊皮晾在草地上，羊肉已经进了锅。杀了羊，草地上连一滴血都不沾。羊血和内脏喂狗。蒙古狗极高大凶猛，样子怕人，跑起来后爪搭至前爪之前，能追吉普车！

手把羊肉就是白煮的带骨头的大块羊肉。一手攥着，一手用蒙古刀切割着吃。没有什么调料，只有一碗盐水，可以蘸蘸。这样的吃法，要有一点技巧。蒙古人能把一块肉搜剔得非常干净，吃完，只剩下一块雪白的骨头，连一丝肉都留不下。咱们吃了，总要留下一些筋头把脑。蒙古人一看就知道：这不是一个牧民。

吃完手把肉，有时也用羊肉汤煮一点挂面。蒙古人不大吃粮食，他们早午喝奶茶时吃一把炒米，——黄米炒熟了，晚饭有时吃挂面。蒙古人买挂面不是论斤，而是一车一车地买。蒙古人搬家，——转移牧场，总有几辆勒勒车——牛车。牛车上有的装的是毛毯被褥，有一车装的是整车的挂面。蒙古人有时也吃烙饼，牛奶和的，放一点发酵粉，极香软。

我们在达茂旗吃了一次"羊贝子"，羊贝子即全羊。这是招待贵客才设的。整只的羊，在水里煮四十五分钟就上来了。吃羊贝子有一套规矩。全羊趴在一个大盘子里，羊蹄剁掉了，羊头切下来放在羊的颈部，先得由最尊贵的客人，用刀子切下两条一定部位的肉，斜十字搭在羊的脊背上，然后，羊头撤去，其他客人才能拿起刀来各选自己爱吃的部位片切了吃。我们同去的人中有的对羊贝子不敢领教。因为整只的羊才煮四十五分钟，有的地方一刀切下去，会沁出血来。本人则是"照吃不误"。好吃么？好吃极了！鲜嫩无比，人间至味。蒙古人认为羊肉煮老了不好吃！也不好消化；带一点生，没有关系。

我在新疆吃过哈萨克族的手把肉，肉块切得较小，和面条同煮，吃时用右手抓了羊肉和面条同时入口，风味与内蒙的不同。

豆汁儿

没有喝过豆汁儿，不算到过北京。

小时看京剧《豆汁记》（即《鸿鸾禧》，又名《金玉奴》，一名《棒打薄情郎》），不知"豆汁"为何物，以为即是豆腐浆。

到了北京，北京的老同学请我吃了烤鸭、烤肉、涮羊肉，问我："你敢不敢喝豆汁儿？"我是个"有毛的不吃掸子，有腿的不吃板凳，大荤不吃死人，小荤不吃苍蝇"的，喝豆汁儿，有什么不"敢"？他带我去到一家小吃店，要了两碗，警告我说："喝不了，就别喝。有很多人喝了一口就吐了。"我端起碗来，几口就喝完了。我那同学问："怎么样？"我说："再来一碗。"

豆汁儿是制造绿豆粉丝的下脚料。很便宜。过去卖生豆汁儿的，用小车推一个有盖的木桶，串背街、胡同。不用"唤头"（招徕顾客的响器），也不吆喝。因为每天串到哪里，大都有准时候。到时候，就有女人提了一个什么容器出来买。有了豆汁儿，这天吃窝头就可以不用熬稀粥了。这是贫民食物。《豆汁记》的金玉奴的父亲金松是"杆儿上的"（叫花头），所以家里有吃剩的豆汁儿，可以给莫稽盛一碗。

卖熟豆汁儿的，在街边支一个摊子。一口铜锅，锅里一锅豆汁，用小火熬着。熬豆汁儿只能用小火，火大了，豆汁儿一翻大泡，就"澥"了。豆汁儿摊上备有辣咸菜丝——水疙瘩切细丝浇辣椒油、烧饼、焦圈——类似油条，但做成圆圈，焦脆。卖力气的，走到摊边坐下，要几套烧饼焦圈，来两碗豆汁儿，就一点辣咸菜，就是一顿饭。

豆汁儿摊上的咸菜是不算钱的。有保定老乡坐下，掏出两个馒头，问"豆汁儿多少钱一碗"，卖豆汁儿的告诉他，"咸菜呢？"——"咸菜不要钱。"——"那给我来一碟咸菜。"

常喝豆汁儿，会上瘾。北京的穷人喝豆汁儿，有的阔人家也爱喝。梅兰芳家有一个时候，每天下午到外面端一锅豆汁儿，全家大小，一人喝一碗。豆汁儿是什么味儿？这可真没法说。这东西是绿豆发了酵的，有股子酸味。不爱喝的说是像泔水，酸臭。爱喝的说：别的东西不能有这个味儿——酸香！这就跟臭豆腐和启司一样，有人爱，有人不爱。

豆汁儿沉底，干糊糊的，是麻豆腐。羊尾巴油炒麻豆腐，加几个青豆嘴儿（刚出芽的青豆），极香。这家这天炒麻豆腐，煮饭时得多量一碗米，——每人的胃口都开了。

面　茶

　　面茶和茶汤是两回事，虽然原料可能是一样的，都是糜子面。茶汤是把糜子面炒熟，放在碗里，从烧得滚开的大铜嘴里倒出开水，浇在碗里，即得。卖茶汤的"茶汤李"、"茶汤陈"……的摊子上都有一把很大的紫铜大壶，擦得锃亮，即"茶汤壶"。有的铜壶嘴是龙头的，龙头上还缀了两个鲜红的小绒球，称为"龙嘴大茶汤壶"。大茶汤壶常是传了几代的，制作精工，是摊主的骄傲，茶汤有什么好吃？有点糜子香，如此而已。有的在茶汤加了核桃仁、青梅、葡萄干、青红丝……称为"八宝茶汤"，也只是如此而已。北京人、天津人爱喝茶汤，我对他们的感情不能理解，只能说这是一种文化积淀。面茶是糊糊状的，颜色嫩黄，盛满一碗，撒芝麻盐，以手托碗，转着圈儿喝，——会喝茶汤的不使勺筷，都是转着碗喝。这东西有什么好喝的？有一点芝麻盐的香味，如此而已。熬面茶的锅也是铜锅，也都是擦得锃亮的。这种锅就叫作"面茶锅"。

　　面茶锅里是不能煮什么别的东西的，但是北京人却于想象中在面茶锅里煮各种东西。

　　"面茶锅里煮元宵——混蛋。"

我在昆明时曾在一中学教学，这中学是西南联大同学办的，主持校务的是两个同学，他们自任为校长和教导主任。教员也都是联大同学。学校无经费，学期开始时收的一点学生交的学费，很快就叫他们折腾光了，教员的薪水发不出。他们二位四处活动，仍是没有办法，只能弄到一点买米的钱，能使教员开出饭来。菜，实在对不起，于是我们就挖野菜——灰菜、野苋菜、扫帚苗……用一点油滑锅，哗啦一声把野菜倒在锅里，半生不熟，即以就饭。有时他们说是有办法了，等他们进城活动活动，回来就可以发一点儿钱。不料回来时依旧两手空空。教员生气了，骂他们是混蛋，是面茶锅里煮的球：一个是"面茶锅里煮铁球——混蛋到底带砸锅"；一个是"面茶锅里煮皮球——说你混蛋你还一肚子气！"当然面茶锅里是不能煮球的，不论是皮球还是铁球，教员们不过是于无可奈何之中用此形象的语言以泄愤耳。

如果单说"面茶"，不煮什么东西，意思是糊涂。

"文化大革命"来了，谁都不知道是怎么回事。剧团尤其是这样，演员队党小组开会。有一个党员说外面有些单位已经夺权，咱们也应该夺权。他以为党委应该把权交出来，主动下台。另一党员，党小组组长，认为不对，指着主张夺权的党员的鼻子说："群众面茶，你也面茶？！"其实他自己倒真面茶，他领导小组学习，读报，读到"美帝国主义陷于一片癞疮……"大家有些奇怪。拿过报纸看看，原来不是"一片癞疮"，而是"一片瘫痪"。又有一次，他读毛主席诗词，把"战士指看南粤，更加郁郁葱葱"读成"更加悠悠忽忽"。

然而他是共产党员。

贴秋膘

人到夏天，没有什么胃口，饭食清淡简单，芝麻酱面（过水，抓一把黄瓜丝，浇点花椒油）；烙两张葱花饼，熬点绿豆稀粥……两三个月下来，体重大都要减少一点。秋风一起，胃口大开，想吃点好的，增加一点营养，补偿补偿夏天的损失，北方人谓之"贴秋膘"。

北京人所谓"贴秋膘"有特殊的含意，即吃烤肉。

烤肉大概源于少数民族的吃法。日本人称烤羊肉为"成吉思汗料理"（青木正《中华腌菜谱》里提到），似乎这是蒙古人的东西。但我看《元朝秘史》，并没有看到烤肉。成吉思汗当然是吃羊肉的，"秘史"里几次提到他到了一个什么地方，吃了一只"双母乳的羊羔"。羊羔而是"双母乳"（两只母羊喂奶）的，想必十分肥嫩。一顿吃一只羊羔，这食量是够可以的。但似乎只是白煮，即便是烤，也会是整只的烤，不会像北京的烤肉一样。果是北京的烤肉，他吃起来大概也不耐烦，觉得不过瘾。我去过内蒙几次，也没有在草原上吃过烤肉。那么，这是不是蒙古料理，颇可存疑。北京卖烤肉的，都是回民馆子。

"烤肉宛"原来有齐白石写的一块小匾,写得明白:"清真烤肉宛",这块匾是写在宣纸上的,嵌在镜框里,字写得很好,后面还加了两行注脚:"诸书无烤字,应人所请自我作古。"我曾写信问过语言文字学家朱德熙,是不是古代没有"烤"字,德熙复信说古代字书上确实没有这个字。看来"烤"字是近代人造出来的字了。这是不是回民的吃法?我到过回民集中的兰州,到过新疆的乌鲁木齐、伊犁、吐鲁番,都没有见到如北京烤肉一样的烤肉。烤羊肉串是到处有的,但那是另外一种。北京的烤肉起源于何时,原是哪个民族的,已不可考。反正它已经在北京生根落户,成了北京"三烤"(烤肉,烤鸭,烤白薯)之一,是"北京吃儿"的代表作了。

北京烤肉是在"炙子"上烤的。"炙子"是一根一根铁条钉成的圆板,下面烧着大块的劈材,松木或果木。羊肉切成薄片(也有烤牛肉的,少),由堂倌在大碗里拌好作料——酱油、香油、料酒、大量的香菜,加一点水,交给顾客,由顾客用长筷子平摊在炙子上烤。"炙子"的铁条之间有小缝,下面的柴烟火气可以从缝隙中透上来,不但整个"炙子"受火均匀,而且使烤着的肉带柴木清香;上面的汤卤肉屑又可填入缝中,增加了烤炙的焦香。过去吃烤肉都是自己烤。因为炙子颇高,只能站着烤,或一只脚踩在长凳上。大火烤着,外面的衣裳穿不住,大都脱得只穿一件衬衫。足蹬长凳,解衣磅礴,一边大口地吃肉,一边喝白酒,很有点剽悍豪霸之气。满屋子都是烤炙的肉香,这气氛就能使人增加三分胃口。平常食量,吃一斤烤肉,问题不大。吃斤半,二斤,二斤半的,有的是。自己烤,嫩一点,焦一点,可以随意。而且烤本身就是个乐趣。

北京烤肉有名的三家:烤肉季,烤肉宛,烤肉刘。烤肉宛在宣武门里，我住在国会街时，几步就到了，常去。有时懒得去等炙子（因为顾客多，炙子常不得空），就派一个孩子带个饭盒烤一饭盒，买几个烧饼，一家子一顿饭，就解决了。烤肉宛去吃过的名人很多。除了齐白石写的一块匾，还有张大千写的一块。梅兰芳题了一首诗，记得第一句是"宛家烤肉旧驰名"，字和诗当然是许姬传代笔。烤肉季在什刹海，烤肉刘在虎坊桥。

从前北京人有到野地里吃烤肉的风气。玉渊潭就是个吃烤肉的地方。一边看看野景，一边吃着烤肉，别是一番滋味。听玉渊潭附近的老住户说，过去一到秋天，老远就闻到烤肉香味。

北京现在还能吃到烤肉，但都改成由服务员代烤了端上来，那就没劲了。我没有去过。内蒙也有"贴秋膘"的说法，我在呼和浩特就听到过。不过似乎只是汉族干部或说汉语的蒙族干部这样说。蒙语有没有这说法，不知道。呼市的干部很愿意秋天"下去"考察工作或调查材料。别人就会说："哪里是去考察、调查，是去'贴秋膘'去了。"呼市干部所说"贴秋膘"是说下去吃羊肉去了。但不是去吃烤肉，而是去吃手把羊肉。到了草原，少不了要吃几顿羊肉。有客人来，杀一只羊，这在牧民实在不算什么。关于手把羊肉，我曾写过一篇文章，收入《蒲桥集》，兹不重述。那篇文章漏了一句很重要的话，即羊肉要秋天才好吃，大概要到阴历九月，羊才上膘，才肥。羊上了膘，人才可以去"贴"。

韭菜花

　　五代杨凝式是由唐代的颜柳欧褚到宋四家苏黄米蔡之间的一个过渡人物。我很喜欢他的字。尤其是"韭花帖"。不但字写得好，文章也极有风致。文不长，录如下：

　　　　昼寝乍兴，朝饥正甚，忽蒙简翰，猥赐盘飧。当一叶报秋之初，乃韭花逞味之始。助其肥羜，实谓珍羞。充腹之余，铭肌载切，谨修状陈谢，伏惟鉴察，谨状。

　　　　　　　　　　　　　　　　七月十一日　凝式状

　　使我兴奋的是：
　　一、韭花见于法帖，此为第一次，也许是唯一的一次。此帖即以"韭花"名，且文字完整，全篇可读，读之如今人语，至为亲切。我读书少，觉韭花见之于"文学作品"，这也是头一回。韭菜花这样的虽说极平常，但极有味的东西，是应该出现在文学作品里的。
　　二、杨凝式是梁、唐、晋、汉、周五朝元老，官至太子太保，是个"高干"，但是收到朋友赠送的一点韭菜花，却是那样的感激，正儿八经地写了一封信（杨凝式多作草书，黄山谷说："谁知洛阳杨风子，下笔便到乌丝阑"，"韭花帖"却是行楷），这使我们想到这位太保在口味上和老百姓的离脱不大。彼时亲友之间的馈赠，也不过是韭菜花这样的东西。今天，恐怕是不行的了。

三、这韭菜花不知道是怎样做成的，是清炒的，还是腌制的？但是看起来是配着羊肉一起吃的。"助其肥羜"，"羜"是出生五个月的小羊，杨凝式所吃的未必真是五个月的羊羔子，只是因为《诗·小雅·伐木》有"既有肥羜"的成句，就借用了吧。但是以韭花与羊肉同食，却是可以肯定的。北京现在吃涮羊肉，缺不了韭菜花，或以为这办法来自蒙古或西域回族，原来中国五代时已经有了。杨凝式是陕西人，以韭菜花蘸羊肉吃，盖始于中国西北诸省。

北京的韭菜花是腌了后磨碎了的，带汁。除了是吃涮羊肉必不可少的调料外，就这样单独地当咸菜吃也是可以的。熬一锅虾米皮大白菜，佐以一碟韭菜花，或臭豆腐，或卤虾酱，就着窝头、贴饼子，在北京的小家户，就是一顿不错的饭食。从前在科班里学戏，给饭吃，但没有菜，韭菜花、青椒糊、酱油，拿开水在大木桶里一沏，这就是菜。韭菜花很便宜，拿一只空碗，到油盐店去，三分钱、五分钱，售货员就能拿铁勺子舀给你多半勺。现在都改成用玻璃瓶装，不卖零，一瓶要一块多钱，很贵了。

过去有钱的人家自己腌韭菜花，以韭花和沙果、京白梨一同治为碎齑，那就很讲究了。

云南的韭菜花和北方的不一样。昆明韭菜花和曲靖韭菜花不同。昆明韭菜花是用酱腌的，加了很多辣子。曲靖韭菜花是白色的，乃以韭花和切得极细的、风干了的萝卜丝同腌成，很香，味道不很咸而有一股说不出来淡淡的甜味。曲靖韭菜花装在一个浅白色的茶叶筒似的陶罐里。凡到曲靖的，都要带几罐送人。我常以为曲靖韭菜花是中国咸菜里的"神品"。

我的家乡是不懂得把韭菜花腌了来吃的，只是在韭花还是骨朵儿，尚未开放时，连同掐得动的嫩薹，切为寸段，加瘦猪肉，炒了吃，这是"时菜"，过了那几天，菜薹老了，就没法吃了，做虾饼，以爆炒的韭菜骨朵儿衬底，美不可言。

宋朝人的吃喝

唐宋人似乎不怎么讲究大吃大喝。杜甫的《丽人行》里列叙了一些珍馐，但多系夸张想象之辞。五代顾闳中所绘《韩熙载夜宴图》主人客人面前案上所列的食物不过八品，四个高足的浅碗，四个小碟子。有一碗是白色的圆球形的东西，有点像外面滚了米粒的蓑衣丸子。有一碗颜色是鲜红的，很惹眼，用放大镜细看，不过是几个带蒂的柿子！其余的看不清是什么。苏东坡是个有名的馋人，但他爱吃的好像只是猪肉。他称赞"黄州好猪肉"，但还是"富者不解吃，贫者不解煮"。他爱吃猪头，也不过是煮得稀烂，最后浇一勺杏酪——杏酪想必是酸里咕叽的，可以解腻。有人"忽出新意"以山羊肉为玉糁羹，他觉得好吃得不得了。这是一种什么东西？大概只是山羊肉加碎米煮成的糊糊罢了。当然，想象起来也不难吃。

宋朝人的吃喝好像比较简单而清淡。连有皇帝参加的御宴也并不丰盛。御宴有定制，每一盏酒都要有歌舞杂技，似乎这是主要的，吃喝在其次。幽兰居士《东京梦华录》载《宰执亲王宗室百官入内上寿》，使臣诸卿只是"每分列环饼、油饼、枣塔为看盘，次列果子。惟大辽加之猪羊鸡鹅兔连骨熟肉为看盘，皆以小绳束之。又生葱韭蒜醋各一碟。三五人共列浆水一桶，立杓数枚”。“看盘”只是摆样子的，不能吃的。“凡御宴至第三盏，方有下酒肉、咸豉、爆肉、双下驼峰角子。”第四盏下酒的肏子骨头、索粉、白肉胡饼；第五盏是群仙、开花饼、太平毕罗、干饭、缕肉羹、莲花肉饼；第六盏假圆鱼、密浮酥捺花；第七盏排炊羊、胡饼、炙金肠；第八盏假沙鱼、独下馒头、肚羹；第九盏水饭、簇饤下饭。如此而已。

宋朝市面上的吃食似乎很便宜。《东京梦华录》云：“吾辈入店，则用一等玻璃浅棱碗，谓之‘碧碗’，亦谓之‘造羹’，菜蔬精细，谓之‘造’，每碗十文。”《会仙楼》条载：“止两人对坐饮酒……即银近百两矣”，初看吓人一跳。细看，这是指餐具的价值——宋人餐具多用银。

几乎所有记两宋风俗的书无不记“市食”。钱塘吴自牧《梦粱录·分茶酒店》最为详备。宋朝的肴馔好像多是“快餐”，是现成的。中国古代人流行吃羹。“三日入厨下，洗手作羹汤”，不说是洗手炒肉丝。《水浒传》林冲的徒弟说自己“安排得好菜蔬，端整得好汁水”，“汁水”也就是羹。《东京梦华录》云“旧只用匙。今皆用箸矣”，可见本都是可喝的汤水。其次是各种爊菜、爊鸡、爊鸭、爊鹅。再次是半干的肉脯和全干的肉䏑。几本书里都提到“影戏䏑”，我觉得这就是四川的灯影牛肉一类的东西。炒菜也有，如炒蟹，但极少。

宋朝人饮酒和后来有些不同的，是总要有些鲜果干果，如柑、梨、蔗、柿、炒栗子、新银杏，以及莴苣、“姜油多”之类的菜蔬和玛瑙饧、泽州饧之类的糖稀。《水浒传》所谓“铺下果子按酒”，即指此类东西。

宋朝的面食品类甚多。我们现在叫作主食，宋人却叫“从食"。面食主要是饼。《水浒》动辄说"回些面来打饼"。饼有门油、菊花、宽焦、侧厚、油锅、新样满麻……《东京梦华录》载武成王庙前海州张家、皇建院前郑家最盛，每家有五十余炉。五十几个炉子一起烙饼，真是好家伙！

通检《东京梦华录》《都城纪胜》《西湖老人繁胜录》《梦粱录》《武林旧事》，都没有发现宋朝人吃海参、鱼翅、燕窝的记载。吃这种滋补性的高蛋白的海味，大概从明朝才开始。这大概和明朝人的纵欲有关系，记得鲁迅好像曾经说过。

宋朝人好像实行的是"分食制"。《东京梦华录》云"用一等琉璃浅棱碗……每碗十文"，可证。《韩熙载夜宴图》上画的也是各人一份，不像后来大家合坐一桌，大盘大碗，筷子勺子一起来。这一点是颇合卫生的，因不易传染肝炎。

葵·薤

小时读汉乐府《十五从军征》，非常感动。

> 十五从军征，八十始得归。道逢乡里人，"里中
> 有阿谁？"——"遥望是君家，松柏冢累累。"兔从
> 狗窦入，雉从梁上飞，中庭生旅谷，井上生旅葵。舂
> 谷持作饭，采葵持作羹，羹饭一时熟，不知贻阿谁。
> 出门东向望，泪落沾我衣。

诗写得平淡而真实，没有一句迸出呼天抢地的激情，但是
惨切沉痛，触目惊心。词句也明白如话，不事雕饰，真不像是
两千多年前的人写出的作品，一个十来岁的孩子也完全能读懂。
我未从过军，接触这首诗的时候，也还没有经过长久的乱离，
但是不止一次为这首诗流了泪。

然而有一句我不明白，"采葵持作羹"。葵如何可以为羹
呢？我的家乡人只知道向日葵，我们那里叫作"葵花"。这东
西怎么能做羹呢？用它的叶子？向日葵的叶子我是很熟悉的，
很大，叶面很粗，有毛，即使是把它切碎了，加了油盐，煮熟

之后也还是很难下咽的。另外有一种秋葵，开淡黄色薄瓣的大花，叶如鸡脚，又名鸡爪葵。这东西也似不能做羹。还有一种蜀葵，又名锦葵，内蒙、山西一带叫作"蜀蜀"。我们那里叫作端午花，因为在端午节前后盛开。我从来也没听说过端午花能吃，——包括它的叶、茎和花。后来我在济南的山东博物馆的庭院里看到一种戎葵，样子有点像秋葵，开着耀眼的朱红的大花，红得简直吓人一跳。我想，这种葵大概也不能吃。那么，持以做羹的葵究竟是一种什么东西呢？

后来我读到吴其浚的《植物名实图考长编》和《植物名实图考》。吴其浚是个很值得叫人佩服的读书人。他是嘉庆进士，自翰林院修撰官至湖南等省巡抚。但他并没有只是做官，他留意各地物产丰瘠与民生的关系，依据耳闻目见，辑录古籍中有关植物的文献，写成了《长编》和《图考》这样两部巨著。他的著作是我国十九世纪植物学极重要的专著。直到现在，西方的植物学家还认为他绘的画十分精确。吴其浚在《图考》中把葵列为蔬菜的第一品。他用很激动的语气，几乎是大声疾呼，说葵就是冬苋菜。

然而冬苋菜又是什么呢？我到了四川、江西、湖南等省才见到。我有一回住在武昌的招待所里，几乎餐餐都有一碗绿色的叶菜做的汤。这种菜吃到嘴是滑的，有点像莼菜。但我知道这不是莼菜，因为我知道湖北不出莼菜，而且样子也不像。我问服务员："这是什么菜？"——"冬苋菜！"第二天我过到一个巷子，看到有一个年轻的妇女在井边洗菜。这种菜我没有见过。叶片圆如猪耳，颜色正绿，叶梗也是绿的。我走过去问她洗的这是什么菜，——"冬苋菜！"我这才明白：这就是冬苋菜，这就是葵！那么，这种菜做羹正合适，——即使是旅生的。

从此，我才算把《十五从军征》真正读懂了。

吴其濬为什么那样激动呢？因为在他成书的时候，已经几乎没有人知道葵是什么了。

蔬菜的命运，也和世间一切事物一样，有其兴盛和衰微，提起来也可叫人生一点感慨，葵本来是中国的主要蔬菜。《诗·豳风·七月》："七月烹葵及菽"，可见其普遍。后魏《齐民要术》以《种葵》列为蔬菜第一篇。"采葵莫伤根"、"松下清斋折露葵"，时时见于篇咏。元代王祯的《农书》还称葵为"百菜之王"。不知怎么一来，它就变得不行了。明代的《本草纲目》中已经将它列入草类，压根儿不承认它是菜了！葵的遭遇真够惨的！到底是什么原因呢？我想是因为后来全国普遍种植了大白菜。大白菜取代了葵。齐白石题画中曾提出"牡丹为花之王，荔枝为果之王，独不论白菜为菜中之王，何也？"其实大白菜实际上已经成了"菜之王"了。

幸亏南方几省还有冬苋菜，否则吴其濬就死无对证，好像葵已经绝了种似的。吴其濬是河南固始人，他的家乡大概早已经没有葵了，都种了白菜了。他要是不到湖南当巡抚，大概也弄不清葵是啥。吴其濬那样激动，是为葵鸣不平。其意若曰：葵本是菜中之王，是很好的东西；它并没有绝种！它就是冬苋菜！您到南方来尝尝这种菜，就知道了！

北方似乎见不到葵了。不过近几年北京忽然卖起一种过去没见过的菜：木耳菜。你可以买一把来，做个汤，尝尝。就是那样的味道，滑的。木耳菜本名落葵，是葵之一种，只是葵叶为绿色，而木耳菜则带紫色，且叶较尖而小。

由葵我又想到薤。

我到内蒙去调查抗日战争时期游击队的材料，准备写一个戏。看了好多份资料，都提到部队当时很苦，时常没有粮食吃，吃"荄荄"，下面多于括号中注明"（音害害）"。我想"荄荄"是什么东西？再说"荄"读 gai，也不读"害"呀！后来在草原上有人给我找了一棵实物，我一看，明白了：这是薤。薤音 xie。内蒙、山西人每把声母为 X 的字读成 H 母，又好用叠字，所以把"薤"念成了"害害"。

薤叶极细。我捏着一棵薤，不禁想到汉代的挽歌《薤露》，"薤上露，何易晞，露晞明朝还落复，人死一去何时归？"不说葱上露、韭上露，是很有道理的。薤叶上实在挂不住多少露水，太易"晞"掉了。用此来比喻人命的短促，非常贴切。同时我又想到汉代的人一定是常常食薤的，故尔能近取譬。

北方人现在极少食薤了。南方人还是常吃的。湖南、湖北、江西、云南、四川都有。这几省都把这东西的鳞茎叫作"藠头"。"藠"音"叫"。南方的年轻人现在也有很多不认识这个藠字的。我在韶山参观，看到说明材料中提到当时用的一种土造的手榴弹，叫作"洋藠古"，一个讲解员就老实不客气地读成"洋晶古"。湖南等省人吃的藠头大都是腌制的，或入醋，味道酸甜；或加辣椒，则酸甜而极辣，皆极能开胃。

南方人很少知道藠头即是薤的。

北方城里人则连藠头也不认识。北京的食品商场偶尔从南方运了藠头来卖，趋之若鹜的都是南方几省的人。北京人则多用不信任的眼光端详半天，然后望望然而去之。我曾买了一些，请几位北方同志尝尝，他们闭着眼睛嚼了一口，皱着眉头说："不好吃！——这哪有糖蒜好哇"我本想长篇大论地宣传一下藠头的妙处，只好咽回去了。

哀哉，人之成见之难于动摇也！

我写这篇随笔，用意是很清楚的。

第一，我希望年轻人多积累一点生活知识。古人说诗的作用：可以观，可以群，可以怨，还可以多识于草木虫鱼之名。这最后一点似乎和前面几点不能相提并论，其实这是很重要的。草木虫鱼，多是与人的生活密切相关。对于草木虫鱼有兴趣，说明对人也有广泛的兴趣。

第二，我劝大家口味不要太窄，什么都要尝尝，不管是古代的还是异地的食物，比如葵和薤，都吃一点。一个一年到头吃大白菜的人是没有口福的。许多大家都已经习以为常的蔬菜，比如菠菜和莴笋，其实原来都是外国菜。西红柿、洋葱，几十年前中国还没有，很多人吃不惯，现在不是也都很爱吃了么？许多东西，乍一吃，吃不惯，吃吃，就吃出味儿来了。

你当然知道，我这里说的，都是与文艺创作有点关系的问题。

《旅食与文化》题记

"旅食"作为词语见于杜甫诗。杜甫《奉赠韦左丞文二十二韵》：

……
骑驴十三载，
旅食京华春。
朝扣富儿门，
暮随肥马尘。
残杯和冷炙，
到处潜悲辛。

我没有杜甫那样的悲辛，这里的"旅食"只是说旅行和吃食。

我是喜欢旅行的，但是近年脚力渐渐不济。人老先从腿上老。六十岁时就有年轻人说我走路提不起脚后跟。七十岁生日作诗抒怀，有句云：

悠悠七十犹耽酒，

唯觉登山步履迟。

七十以后有相邀至外边走走，我即声明："遇山而止，逢高不上"了。前年重到雁荡，我就不能再登观音阁，只是在山下平地上看看，走走。即使司马光的见道之言："登山亦有道，徐行则不蹶"也不能奉行。甚矣吾衰也！岁数不饶人，不服老是不行的。

老了，胃口就差。有人说装了假牙，吃东西就不香了。有人不以为然，说：好吃不好吃，决定于舌上的味蕾，与牙无关。但是剥食螃蟹，咔嚓一声咬下半个心里美萝卜，总不那么利落，那么痛快了。虽然前几年在福建云霄吃的血蚶，我还是兴致勃勃，吃了的空壳在面前堆成一座小山，但这样时候不多矣。因为这里那里有点故障，医生就嘱咐这也不许吃，那也不许吃，立了很多戒律。肝不好，白酒已经戒断。胆不好，不让吃油炸的东西。前几月做了一次"食道造影"，坏了！食道有一小静脉曲张，医生命令不许吃硬东西，怕碰破曲张部分流血，连烙饼也不能吃，吃苹果要搅碎成糜。这可怎么活呢？不过，幸好还有"世界第一"的豆腐，我还是能鼓捣出一桌豆腐席来的，不怕！

舍伍德·安德森的《小城畸人》记一老作家，"他的躯体是老了，不再有多大用处了，但他身体内有些东西却是全然年轻的"。我希望我能像这位老作家，童心常绿。我还写一点东西，还能陆陆续续地写更多的东西，这本《旅食与文化》会逐年加进一点东西。

活着多好呀。我写这些文章的目的也就是使人觉得：活着多好呀！

昆明的吃食

几家老饭馆

东月楼。东月楼在护国路，这是一家地道的云南饭馆。其名菜是锅贴乌鱼。乌鱼两片，去其边皮，大小如云片糕，中夹宣威火腿一片，于平铛上文火烙熟，极香美。宜酒宜饭，也可作点心。我在别处未吃过，在昆明别家饭馆也未吃过，信是人间至味。

东月楼另一名菜是酱鸡腿。入味，而鸡肉不"柴"。

映时春。映时春在武成路东口，这是一家不大不小的饭馆。最受欢迎的菜是油淋鸡。生鸡剁为大块，以热油反复浇灼，至熟，盛以一尺二寸的大盘，蘸花椒盐吃，皮酥肉嫩。一盘上桌，顷刻无余。

映时春还有两道菜为别家所无。一是雪花蛋。乃以温油慢炒鸡蛋清，上撒火腿细末。雪花蛋比北方饭馆的芙蓉鸡片更为细嫩。然无宣腿细末则无以发其香味。如用蛋黄，以同法炒之，则名桂花蛋。

这是一个两层楼的饭馆。楼下散座，卖冷荤小菜，楼上卖热炒。楼上有两张圆桌，六张大八仙桌，座位经常总是满的。招呼那么多客人，却只有一个堂倌。这位堂倌真是能干。客人点了菜，他记得清清楚楚（从前的饭馆是不记菜单的），随即向厨房里大声报出菜名。如果两桌先后点了同一样菜，就大声追加一句："番茄炒鸡蛋一作二"（一锅炒两盘）。听到厨房里锅铲敲炒的声音。知道什么菜已经起锅，就飞快下楼，（厨房在楼下，在店堂之里，菜炒得了，由墙上一方窗口递出）转眼之间，又一手托一盘菜，飞快上楼，脚踩楼梯，噔噔噔噔，麻溜之至。他这一天上楼下楼，不知道有多少趟。累计起来，他一天所走的路怕有几十里。客人吃完了，他早已在心里把账算好，大声向楼下账桌报出钱数：下来几位，几十元几角。他的手、脚、嘴、眼一刻不停，而头脑清晰灵敏，从不出错。这真是个有过人精力的堂倌。看到一个精力旺盛的人，是叫人高兴的。

过桥米线·汽锅鸡

这似乎是昆明菜的代表作，但是今不如昔了。

原来卖过桥米线最有名的一家，在正义路近文庙街拐角处，一个牌楼的西边。这一家的字号不大有人知道，但只要说去吃过桥米线，就知道指的是这一家，好像"过桥米线"成了这家的店名。这一家所以有名，一是汤好。汤面一层鸡油，看似毫无热气，而汤温在一百度以上。据说有一个"下江人"司机不懂吃过桥米线的规矩，汤上来了，他咕咚喝下去，竟烫死了。二是片料讲究，鸡片、鱼片、腰片、火腿片，都切得极薄，而又完整无残缺，推入汤碗，即时便熟，不生不老，恰到好处。

专营汽锅鸡的店铺在正义路近金碧路处。这家的字号也不大有人知道，但店里有一块匾，写的是"培养正气"，昆明人碰在一起，想吃汽锅鸡，就说："我们去培养一下正气。"中国人吃鸡之法有多种，其最著者有广州盐焗鸡、常熟叫花鸡，而我以为应数昆明汽锅鸡为第一。汽锅鸡的好处在哪里？曰：最存鸡之本味。汽锅鸡须少放几片宣威火腿，一小块三七，则鸡味越"发"。走进"培养正气"，不似走进别家饭馆，五味混杂，只是清清纯纯，一片鸡香。

为什么现在的汽锅鸡和过桥米线不如从前了？从前用的鸡不是一般的鸡，是"武定壮鸡"。"壮"不只是肥壮而已，这是经过一种特殊的技术处理的鸡。据说是把母鸡骟了。我只听说过公鸡有骟了的，没有听说母鸡也能骟。母鸡骟了，就使劲长肉，"壮"了。这种手术只有武定人会做。武定现在会做的人也不多了，如不注意保存，可能会失传的。我对母鸡能骟，始终有点将信将疑。不过武定鸡确实很好。前年在昆明，佤佤族女作家董秀英的爱人，特意买到一只武定壮鸡，做出汽锅鸡来，跟我五十年前在昆明吃的还是一样。

南道街鸡㙡。鸡㙡之名甚怪。为什么叫"鸡㙡"，到现在还没有人解释清楚。这是一种菌子，它生长的地方也怪，长在田野间的白蚁窝上。为什么专在白蚁窝上生长，到现在也还没有人解释清楚。鸡㙡的菌盖不大，而下面的菌把甚长而粗。一般菌子中吃的部分多在菌盖，而鸡㙡好吃的地方正在菌把。鸡㙡可称菌中之王。鸡㙡的味道无法比方。不得已，可以说这是"植物鸡"。味似鸡，而细嫩过之，入口无渣，甚滑，且有一股清香。如果用一个字形容鸡㙡的口感，可以说是：腴。甬道街有一家中等本地饭馆，善做鸡㙡，极有名。

这家还有一个特别处，用大锅煮了一锅苦菜汤。这苦菜汤是奉送的，顾客可以自己拿了大碗去盛。汤甚美，因为加了一些洗净的小肠同煮。

昆明是菌类之乡。除鸡枞外，干巴菌、牛肝菌、青头菌，都好吃。

小西门马家牛肉馆。马家牛肉馆只卖牛肉一种，亦无煎炒烹炸，所有牛肉都是头天夜里蒸煮熟了的，但分部位卖。净瘦肉切薄片，整齐地在盘子里码成两溜，谓之"冷片"，蘸甜酱油吃。甜酱油我只在云南见过，别处没有。冷片盛在碗里浇以热汤，则为"汤片"，也叫"汤冷片"。牛肉切成骨牌大的块，带点筋头巴脑，以红曲染过，亦带汤，为"红烧"。有的名目很奇怪，外地人往往不知道这是什么部位的。牛肚叫作"领肝"，牛舌叫"撩青"。"撩青"之名甚为形象。牛舌头的用处可不是撩起青草往嘴里送么？不大容易吃到的是"大筋"，即牛鞭也。有一次我陪一位女同学上马家牛肉馆，她问："这是什么东西？"我真没法回答她。

马家隔壁是一家酱园。不时有人托了一个大搪瓷盘，摆七八样酱菜，放在小碟子里，藠头、韭菜花、腌姜……供人下饭（马家是卖白米饭的）。看中哪几样，即可点要，所费不多。这颇让人想起《东京梦华录》之类的书上所记的南宋遗风。

护国路白汤羊肉。昆明一般饭馆里是不卖羊肉的。专卖羊肉的只有不多的几家，也是按部位卖，如"拐骨"（带骨腿肉）、"油腰"（整羊腰，不切）、"灯笼"（羊眼）……都是用红曲染了的。只有护国路一家卖白汤羊肉，带皮，汤白如牛乳，蘸花椒盐吃。

奎光阁面点。奎光阁在正义路，不卖炒菜米饭，只卖面点，昆明似只此一家。卖葱油饼（直径五寸，葱甚多，猪油煎，两面焦黄）、锅贴、片儿汤（白菜丝、蛋花、下面片）。

玉溪街蒸菜。玉溪街有一家玉溪人开的饭馆，只卖蒸菜，不卖别的。好几摞小笼，一屋子热气腾腾。蒸鸡，蒸骨、蒸肉……"瓢（读去声）小瓜"甚佳。小南瓜挖去瓢（此读平声），塞入切碎的猪肉，蒸熟去笼盖，瓜香扑鼻。这家蒸菜的特点是衬底不用洋芋、白薯，而用皂角仁。皂角仁这东西，我的家乡女人绣花时用来"光"（去声）绒，绒沾皂仁黏液，则易入针，且绣出的花有光泽。云南人却拿来吃，真是闻所未闻。皂仁吃起来细腻软糯，很有意思。皂角仁不可多吃。我们过腾冲时，宴会上有一道皂角仁做的甜菜，一位河北老兄一勺又一勺地往下灌。我警告他：这样吃法不行，他不信。结果是这位老兄才离座席，就上厕所。皂角仁太滑了，到了肠子里会飞流直下。

米线饵块

米线属米粉一类。湖南米粉、广东的沙河粉，都是带状，扁而薄。云南的米线是圆的，粗细如线香，是用压饸饹似的办法压出来的。这东西本来就是熟的，临吃加汤及配料，煮两开即可。昆明讲究"小锅米线"。小铜锅，置炭火上，一锅煮两三碗，甚至只煮一碗。

米线的配料最常见的是"焖鸡"。焖鸡其实不是鸡，而是加酱油花椒大料煮出的小块净瘦肉（可能过油炒过）。本地人爱吃焖鸡米线。我们刚到昆明时，昆明的电影院里放的都是美国电影，有一个略懂英语的人坐在包厢（那时的电影院都有包厢）的一角以意为之的加以译解，叫作"演讲"。有一次在大众电影院，影片中有一个情节，是约翰请玛丽去"开餐"，"演讲"的人说："玛丽呀，你要哪样？"楼下观众中有一个西南联大的同学大声答了一句："两碗焖鸡米线！"这本来是开开玩笑，不料"演讲"人立即把电影停住，把全场的灯都开了，厉声问："是哪个说的？哪个说的！"差一点打了一次群架。"演讲"人认为这是对云南人的侮辱。其实焖鸡米线是很好吃的。

另一种常见的米线是"爨肉米线"，即在米线锅中放入肉末。这个"爨"字实在难写。但是昆明的米线店的价目表上都是这样写的。大概云南有《爨宝子》《爨龙颜》两块名碑，云南人对它很熟悉，觉得这样写很亲切。

巴金先生在写怀念沈从文先生的文章中，说沈先生请巴老吃了两碗米线，加一个鸡蛋，一个西红柿，就算一顿饭。这家卖米线的铺子，就在沈先生住的文林街宿舍的对面。沈先生请我吃过不止一次。他们吃的大概是"爨肉米线"。

米线也还有别的配料。和文林街另一家卖米线的就有：鳝鱼米线，鳝鱼切片，酱油汤煮，加很多蒜瓣，叶子米线，猪肉皮晾干油炸过，再用温水发开，切成长片，入汤煮透，这东西有的地方叫"响皮"，有的地方叫"假鱼肚"，昆明叫"叶子"。

芡忠寺坡有一家卖"爨肉米线"。大块肥瘦猪肉，煮极烂，置大瓷盆中，用竹片刮下少许，置米线上，浇以滚开的白汤。

青莲街有一家卖羊血米线。大锅煮羊血，米线煮开后，舀半生羊血一大勺，加芝麻酱、辣椒、蒜泥。这种米线吃法甚"野"，而鄙人照吃不误。

护国路有一家卖炒米线。小锅，放很多猪油，小量的汤汁，加大量的辣椒炒。甚咸而极辣。

凉米线。米线加一点绿豆芽之类的配菜，浇作料。加作料前堂倌要问"吃酸醋吗甜醋?"一般顾客都说:"酸甜醋。"即两样醋都要。甜醋别处未见过。

　　米粉揉成小枕头状的一坨,蒸熟,是为饵块。切成薄片,可加肉丝青菜同炒,为炒饵块;加汤煮,为煮饵块。云南人认为腾冲饵块最好。腾冲人把炒饵块叫作"大救驾"。据说明永历帝被吴三桂追赶,将逃往缅甸,至腾冲,没吃的,饿得走不动了,有人给他送了一盘炒饵块,万岁爷狼吞虎咽,吃得精光,连说:"这可救了驾了!"我在腾冲吃过"大救驾",没吃出所以然,大概我那天也不太饿。

　　饵块切成火柴棍大小的细丝,叫作饵丝。饵丝缅甸也有。我曾在中缅交界线上吃过一碗饵丝。那地方的国界没有山,也没有河,只是在公路上用白粉画一道三寸来宽的线,线以外是缅甸,线以内是中国。紧挨着国境线,有一个缅甸人摆的饵丝摊。这边把钱(人民币)递过去,那边就把饵丝递过来。手过国界没关系,只要脚不过去,就不算越境。缅甸饵丝与中国饵丝味道一样!

　　还有一种饵块是米面的饼,形状略似北方的牛舌饼,但大一些,有一点像鞋底子。用一盆炭火,上置铁箅子,将饵块饼摊在箅子上烤,不停地用油纸扇扇着,待饵块起泡发软,用竹片涂上芝麻酱、花生酱、甜酱油。油辣子,对折成半月形,谓之"烧饵块"。入夜之后,街头常见一盆红红的炭火,听到一声悠长的吆唤:"烧饵块!"给不多的钱,一"块"在手,边走边吃,自有一种情趣。

点心和小吃

火腿月饼。昆明吉庆祥火腿月饼天下第一。因为用的是"云腿"（宣威火腿），做工也讲究。过去四个月饼一斤，按老秤说是四两一个，称为"四两砣"。前几年有人从昆明给我带了两"四两砣"来，还能保持当年的质量。

破酥包子。油和的发面做的包子。包子的名称中带一个"破"字，似乎不好听。但也没有办法，因为蒸得了皮面上是有一些小小裂口。糖馅肉馅皆有，吃是很好吃的，就是太"油"了。你想想，油和的面，刚揭笼屉，能不"油"么？这种包子，一次吃不了几个，而且必须喝很浓的茶。

玉麦粑粑。卖玉麦粑粑的都是苗族的女孩。玉麦即苞谷。昆明的汉人叫苞谷，而苗人叫玉麦。新玉麦，才成粒，磨碎，用手拍成烧饼大，外裹玉麦的箨片（粑粑上还有手指的印子），蒸熟，放在漆木盆里卖，上覆杨梅树叶。玉麦粑粑微有咸味，有新玉麦的清香。苗族女孩子吆唤："玉麦粑粑……"，声音娇娇的，很好听。如果下点小雨，尤有韵致。

洋芋粑粑。洋芋学名马铃薯，山西、内蒙叫山药，东北河北叫土豆，上海叫洋山芋，云南叫洋芋。洋芋煮烂，捣碎，入花椒盐、葱花，于铁勺中按扁，放在油锅里炸片时，勺底洋芋微脆，粑粑即漂起，捞出，即可拈吃。这是小学生爱吃的零食，我这个大学生也爱吃。

摩登粑粑。摩登粑粑即烤发面饼，不过是用松毛（马尾松的针叶）烤的，有一种松针的香味。这种面饼只有凤翥街一家现烤现卖。西南联大的女生很爱吃。昆明人叫女大学生为"摩登"，这种面饼也就被叫成"摩登粑粑"，而且成了正式的名称。前几年我到昆明，提起这种粑粑，昆明人说：现在还有，不过不在凤翥街了，搬到另外一条街上去了，还叫作"摩登粑粑"。

米线和饵块

　　未到昆明之前，我没有吃过米线和饵块。离开昆明以后，也几乎没有再吃过米线和饵块。我在昆明住过将近七年，吃过的米线饵块可谓多矣。大概每个星期都得吃个两三回。

　　米线是米粉像压饸饹似的压出来的那么一种东西，粗细也如张家口一带的莜面饸饹。口感可完全不同。米线洁白，光滑，柔软。有个女同学身材细长，皮肤很白，有个外号，就叫米线。这东西从作坊里出来的时候就是熟的，只需放入配料，加一点水，稍煮，即可食用。昆明的米线店都是用带把的小铜锅，一锅只能煮一两碗，多则三碗，谓之"小锅米线"。昆明人认为小锅煮的米线才好吃。米线配料有多种，除了爨肉之外，都是预先熟制好了的。昆明米线店很多，几乎每条街都有。文林街就有两家。

　　一家在西边，近大西门，坐南朝北。这家卖的米线花样多，有焖鸡米线、爨肉米线、鳝鱼米线、叶子米线。焖鸡其实不是鸡，是瘦肉，煸炒之后，加酱油香料煮熟。爨肉即鲜肉末。米线煮开，拨入肉末，见两开，即得。昆明人不知道为什么把这种做法叫作爨肉，这是个多么复杂难写的字！云南因有二爨（《爨宝子》《爨龙颜》）碑，很多人能认识这个字，外省人多不识。云南人把荤菜分为两类，大块炖猪肉以及鸡鸭牛羊肉，谓之"大荤"，炒蔬菜而加一点肉丝或肉末，谓之"爨荤"。"爨荤"者零碎肉也。爨肉米线的名称也许是这样引申出来的。鳝鱼米线的鳝鱼是鳝鱼切段，加大蒜焖酥了的。"叶子"即炸猪皮。这东西有的地方叫"响皮"，很多地方叫"假鱼肚"，叫作"叶子"，似只有云南一省。

街东的一家坐北朝南，对面是西南联大教授宿舍，沈从文先生就住在楼上临街的一间里面。这家房屋桌凳比较干净，米线的味道也较清淡，只有焖鸡和爨肉两种，不过备有鸡蛋和西红柿，可以加在米线里。巴金同志在纪念沈先生文中说沈先生经常以两碗米线，加鸡蛋西红柿，就算是一顿饭了，指的就是这一家。沈先生通常吃的是爨肉米线。这家还卖鸡头脚（卤煮）和油炸花生米，小饮极便。

昃忠寺坡有一家卖肉米线。白汤。大块臀肩肥瘦肉煮得极烂，放大瓷盘中。米线烫热浇汤后，用包馄饨用的竹片扒下约半两烂肉，堆在米线上面。汤肥，味厚。全城卖肉米线者只此一家。

青云街有一家卖羊血米线。大锅两口，一锅开水，一锅煮着生的羊血。羊血并不凝结，只是像一锅嫩豆腐。米线放在漏勺里在开水锅中冒得滚烫，羊血一大勺盖在米线上，浇芝麻酱，撒上香菜蒜泥，吃辣的可以自己加。有的同学不敢问津，或望然而去之，因为羊血好像不熟，我则以为是难得的异味。

正义路有一个奎光阁，门面颇大，有楼，卖凉米线。米线，加好酱油，酸甜醋（昆明的醋有两种，酸醋和甜醋，加醋时店伙都要问："吃酸醋嘛甜醋？"通常都答曰："酸甜醋"，即两样都要）、五辛生菜、辣椒。夏天吃凉米线，大汗淋漓，然而浑身爽快。奎光阁在我还在昆明时就关张了。

护国路附近有一条老街，有一家专卖干烧米线，门面甚小，座位靠墙，好像摆在一个半截胡同里，没几张小桌子。干烧米线放大量猪油，酱油，一点儿汤，加大量的辣椒面和川花椒末，烧得之后，无汁水，是盛在盘子里吃的。颜色深红，辣椒和花椒的香气冲鼻子。吃了这种米线得喝大量的茶，——最好是沱茶，因为味道极其强烈浓厚，"叫水"；而且麻辣味在舌上久留不去，不用茶水涮一涮，得一直张嘴哈气。

最为名贵的自然是过桥米线。过桥米线和汽锅鸡堪称昆明吃食的代表作。过桥米线以正义路牌楼西侧一家最负盛名。这家也卖别的饭菜，但是顾客多是冲过桥米线来的。入门坐定，叫过菜，堂倌即在每人面前放一盘生菜（主要是豌豆苗）；一盘（九寸盘）生鸡片、腰片、鱼片、猪里脊片、宣威火腿片，平铺盘底，片大，而薄几如纸；一碗白胚米线。随即端来一大碗汤。汤看来似无热气，而汤温高于一百摄氏度，因为上面封了厚厚的一层鸡油。我们初到昆明，就听到不止一个人的警告：这汤万万不能单喝。说有一个下江人司机，汤一上来，端起来就喝，竟烫死了。把生片推入汤中，即刻就都熟了；然后把米线、生菜拨入汤碗，就可以吃起来。鸡片腰片鱼片肉片都极嫩，汤极鲜，真是食品中的尤物。过桥米线有个传说，说是有一秀才，在村外小河对岸书斋中苦读，秀才娘子每天给他送米线充饥，为保持鲜嫩烫热，遂想出此法。娘子送吃的，要过一道桥。秀才问："这是什么米线？"娘子说："过桥米线！""过桥米线"的名称就是这样来的。此恐是出于附会。"过桥"之名我于南宋人笔记中即曾见过，书名偶忘。

饵块有两种。

一种是汤饵块和炒饵块。饵块乃以米粉压成大坨，于大甑内蒸熟，长方形，一坨有七八寸长，五寸来宽，厚约寸许，四角浑圆，如一小枕头。将饵块横切成薄片，再加几刀，切如骨牌大，入汤煮，即汤饵块；亦可加肉片青菜炒，即炒饵块。我们通常吃汤饵块，吃炒饵块时少。炒饵块常在小饭馆里卖，汤饵块则在较大的米线店里与米线同卖。饵块亦可以切成细条，名曰饵丝。米线柔滑，不耐咀嚼，连汤入口，便顺流而下，一直通过喉咙入肚。饵块饵丝较有咬劲。不很饿，吃米线；倘要充腹耐饥，吃饵块或饵丝。汤饵块饵丝，配料与米线同。青莲街逼死坡下，有一家本来是卖甜品的，忽然别出心裁，添卖牛奶饵丝和甜酒饵丝，生意颇好。或曰：饵丝怎么可以吃甜的？然而，饵丝为什么不能吃甜的呢？既然可以有甜酒小汤圆，当然也可以有甜酒饵丝。昆明甜酒味浓，甜酒饵丝香、醇、甜、糯。据本省人说：饵块以腾冲的最好。腾冲炒饵块别名"大救驾"。传南明永历帝朱由榔，败走滇西，至腾冲，饥不得食，土人进炒饵块一器，朱由榔吞食罄尽，说："这可真是救了驾了！"遂有此名。腾冲的炒饵块我吃过，只觉得切得极薄，配料讲究，吃起来与昆明的炒饵块也无多大区别。据云腾冲的饵块乃专用某地出的上等大米舂粉制成，粉质精细，为他处所不及。只有本省人能品尝各地的米质精粗，外省吃不出所以然。

烧饵块的饵块是米粉制的饼状物，"昆明有三怪，粑粑叫饵块……"指的就是这东西。饵块是椭圆形的，形如北方的牛舌饼大，比常人的手掌略长一些，边缘稍厚。烧饵块多在晚上卖。远远听见一声吆唤："烧饵块……"声音高亢，有点凄凉。走近了，就看到一个火盆，置于交脚的架子上，盆中炽着木炭，上面是一个横搭于盆口的铁篦子，饵块平放在篦子上，卖烧饵的用一柄柿油纸扇扇着木炭，炭火更旺了，通红的。昆明人不用葵扇，扇火多用状如葵扇的柿油纸扇。铁箅子前面是几个搪瓷把缸，内装不同的酱，平列在一片木板上。不大一会儿，饵块烧得透了，内层绵软，表面微起薄壳，即用竹片从搪瓷缸中刮出芝麻酱、花生酱、甜面酱、泼了油的辣椒面，依次涂在饵块的一面，对折起来，状如老式木梳，交给顾客。两手捏着，边吃边走，咸、甜、香、辣，并入饥肠。四十余年，不忘此味。我也忘不了那一声凄凉而悠远的吆唤："烧饵块……"

　　一九八六年，我重回了一趟昆明。昆明变化很大。就拿米线饵块来说，也有了很大的变化。我住在圆通街，出门到青云街、文林街、凤翥街、华山西路、正义路各处走了走。我没有见到焖鸡米线、爨肉米线、鳝鱼米线、叶子米线，问之本地老人，说这些都没有了。代之而起的是到处都卖肠旺米线。"肠"是猪肠子，"旺"是猪血，西南几省都把猪血叫作"血旺"或"旺子"。肠旺米线四十多年前昆明是没有的，这大概是贵州传过来的。什么时候传来的？为什么肠旺米线能把焖鸡爨肉……都打倒，变成肠旺米线的一统天下呢？是焖鸡、爨肉没人爱吃？费工？不赚钱？好像也都不是。我实在百思不得其解。

　　我没有去吃过桥米线，因为本地人告诉我，现在的过桥米线大大不如从前了。没有那样的鸡片、腰片——没有那样的刀工。没有那样的汤。那样的汤得用肥母鸡才煨得出，现在没有那样的肥母鸡。

　　烧饵块的饵块倒还有，但是不是椭圆的，变成了圆的。也不像从前那样厚实，镜子样的薄薄一个圆片，大概是机制的。现在还抹那么多种酱么？还用栎碳火来烧么？

　　这些变化是怎么发生的？为什么会发生？

萝 卜

　　杨花萝卜即北京的小水萝卜。因为是杨花飞舞时上市卖的，我的家乡名之曰："杨花萝卜"。这个名称很富于季节感。我家不远的街口一家茶食店的檐下有一个岁数大的女人摆一个小摊子，卖供孩子食用的便宜的零吃。杨花萝卜下来的时候，卖萝卜。萝卜一把一把地码着。她不时用炊帚洒一点水，萝卜总是鲜红的。给她一个铜板，她就用小刀切下三四根萝卜。萝卜极脆嫩，有甜味，富水分。自离家乡后，我没有吃过这样好吃的萝卜。或者不如说自我长大后没有吃过这样好吃的萝卜。小时候吃的东西都是最好吃的。

　　除了生嚼，杨花萝卜也能拌萝卜丝。萝卜斜切为薄片，再切为细丝，加酱油、醋、香油略拌，撒一点青蒜，极开胃。小孩的顺口溜唱道：

　　　　人之初，
　　　　鼻涕拖，
　　　　油炒饭，

拌萝菔。[1]

油炒饭加一点葱花，在农村算是美食，佐以拌萝卜丝一碟，吃起来是很香的。

萝卜丝与细切的海蜇皮同拌，在我的家乡是上酒席的，与香干拌荠菜、盐水虾、松花蛋同为凉碟。

北京的拍水萝卜也不错，但宜少入白糖。

北京人用水萝卜切片，氽羊肉汤，味鲜而清淡。

烧小萝卜，来北京前我没有吃过（我的家乡杨花萝卜没有熟吃的），很好。有一位台湾女作家来北京，要我亲自做一顿饭请她吃。我给她做了几个菜，其中一个是烧小萝卜。她吃了赞不绝口。那当然是不难吃的：那两天正是小萝卜最好吃的时候，都长足了，但还很嫩，不糠；而且我是用干贝烧的。她说台湾没有这种水萝卜。

我的家乡有一种穿心红萝卜。粗如黄酒盏，长可三四寸，外皮深紫红色，里面的肉有放射形的紫红纹，紫白相间，若是横切开来，正如中药里的槟榔片（卖时都是直切），当中一线贯通，色极深，故名穿心红。卖穿心红萝卜的挑担，与山芋（红薯）同卖，山芋切厚片。都是生吃。

紫萝卜不大，大的如一个大衣扣子，为扁圆形，皮色乌紫。据说这是五倍子染的。看来不是本色，因为它掉色，吃了，嘴唇牙肉也是乌紫乌紫的。里面的肉却是嫩白的。这种萝卜非本地所产，产在泰州。每年秋末，就有泰州人来卖紫萝卜，都是女的，挎一个柳条篮子，沿街吆唤："紫萝——卜"

我在淮安第一回吃到青萝卜。曾在淮安中学借读过一个学

___

[1] 我的家乡称萝卜为萝菔。

期，一到星期日，就买了七八个青萝卜，一堆花生，几个同学，尽情吃一顿。后来我到天津吃过青萝卜，觉得淮安青萝卜比天津的好。大抵一种东西第一回吃，总是最好的。

天津吃萝卜是一种风气。五十年代初，我到天津，一个同学的父亲请我们到天华景听曲艺。座位之前有一溜长案，摆得满满的，除了茶壶茶碗，瓜子花生米碟子，还有几大盘切成薄片的青萝卜。听"玩意儿"吃萝卜，此风为别处所无。天津谚云："吃了萝卜喝热茶，气得大夫满街爬"，吃萝卜喝茶，此风亦为别处所无。

心里美萝卜是北京特色。一九四八年冬天，我到了北京，街头巷尾，每每听到吆唤："哎——萝卜，赛梨来——辣来换……"声音高亮打远。看来在北京做小买卖的，都得有条好嗓子。卖"萝卜赛梨"的，萝卜都是一个一个挑选过的，用手指头一弹，当当的；一刀切下去，咔嚓嚓的响。

我在张家口沙岭子劳动，曾参加过收心里美萝卜。张家口土质于萝卜相宜，心里美皆甚大。收萝卜时是可以随便吃的。和我一起收萝卜的农业工人起出一个萝卜，看一看，不怎么样的，随手就扔进了大堆。一看，这个不错，往地下一扔，叭嚓，裂成了几瓣，"行！"于是各拿一块啃起来，甜，脆，多汁，难可名状。他们说："吃萝卜，讲究吃'棒打萝卜'。"

张家口的白萝卜也很大。我参加过张家口地区农业展览会的布置工作，送展的白萝卜都特大。白萝卜有象牙白和露八分。露八分即八分露出土面，露出土面部分外皮淡绿色。

我的家乡无此大白萝卜，只是粗如小儿臂而已。家乡吃萝卜只是红烧，或素烧，或与臀肩肉同烧。

江南人特重白萝卜炖汤，常与排骨或猪肉同炖。白萝卜耐久炖，久则出味。或入淡菜，味尤厚。沙汀《淘金记》写幺吵吵每天用牙巴骨炖白萝卜，吃得一家脸上都是油光光的。天天吃是不行的，隔几天吃一次，想亦不恶。

四川人用白萝卜炖牛肉，甚佳。

扬州人、广东人制萝卜丝饼，极妙。北京东华门大街曾有外地人制萝卜丝饼，生意极好。此人后来不见了。

北京人炒萝卜条，是家常下饭菜。或入酱炒，则为南方人所不喜。

白萝卜最能消食通气。我们在湖南体验生活，有位领导同志，接连五天大便不通，吃了各种药都不见效，憋得他难受得不行。后来生吃了几个大白萝卜。一下子畅通了。奇效如此，若非亲见，很难相信。

萝卜是腌制咸菜的重要原料。我们那里，几乎家家都要腌萝卜干。腌萝卜干的是红皮圆萝卜。切萝卜时全家大小一齐动手。孩子切萝卜。觉得这个一定很甜，尝一瓣，甜，就放在一边，自己吃。切一天萝卜，每个孩子肚子里都装了不少。萝卜干盐渍后须在芦席上摊晒，水气干后，入缸，压紧、封实，一两月后取食。我们那里说在商店学徒（学生意）要"吃三年萝卜干饭"，谓油水少也。学徒不到三年零一节，不满师，吃饭须自觉，筷子不能往荤菜盘里伸。

扬州一带酱园里卖萝卜头，乃甜面酱所腌，口感甚佳。孩子们爱吃，一半也因为它的形状很好玩，圆圆的，比一个鸽子蛋略大。此北地所无，天源、六必居都没有。

北京有小酱萝卜，佐粥甚佳。大腌萝卜咸得发苦，不好吃。

四川泡菜什么萝卜都可以泡，红萝卜、白萝卜。

湖南桑植卖泡萝卜。走几步，就有个卖泡萝卜的摊子。萝卜切成大片，泡在广口玻璃瓶里，给毛把钱即可得一片，边走边吃。峨嵋山道边也有卖泡萝卜的，一面涂了一层稀酱。

萝卜原产中国，所以中国的为最好。有春萝卜、夏萝卜、秋萝卜、四季萝卜，一年到头都有。可生食、煮食、腌制。萝卜所惠于中国人者亦大矣。美国有小红萝卜，大如元宵，皮色鲜红可爱，吃起来则淡而无味。异域得此，聊胜于无。爱伦堡小说写几个艺术家吃奶油蘸萝卜，喝伏特加，不知是不是这种红萝卜。我在爱荷华南朝鲜人开的菜铺的仓库里看到一堆心里美，大喜。买回来一吃，味道满不对，形似而已，日本人爱吃萝卜，好像是煮熟蘸酱吃的。

栗 子

栗子的形状很奇怪，像一个小刺猬。栗有"斗"，斗外长了长长的硬刺，很扎手。栗子在斗里围着长了一圈，一颗一颗紧挨着，很团结。当中有一颗是扁的，叫作脐栗。脐栗的味道和其他栗子没有什么两样。坚果的外面大都有保护层，松子有鳞瓣，核桃、白果都有苦涩的外皮，这大概都是为了对付松鼠而长出来的。

新摘的生栗子很好吃，脆嫩，只是栗壳很不好剥，里面的内皮尤其不好去。

把栗子放在竹篮里，挂在通风的地方吹几天，就成了"风栗子"。风栗子肉微有皱纹，微软，吃起来更为细腻有韧性。不像吃生栗子会弄得满嘴都是碎粒，而且更甜。贾宝玉为一件事生了气，袭人给他打岔，说："我想吃风栗子了。你给我取去。"怡红院的檐下是挂了一篮风栗子的。风栗子入《红楼梦》，身价就高起来，雅了。这栗子是什么来头，是贾蓉送来的？刘姥姥送来的？还是宝玉自己在外面买的？不知道，书中并未交待。

栗子熟食的较多。我的家乡原来没有炒栗子，只是放在火里烤。冬天，生一个铜火盆，丢几个栗子在通红的炭火里，一会儿，砰的一声，蹦出一个裂了壳的熟栗子，抓起来，在手里来回倒，连连吹气使冷，剥壳入口，香甜无比，是雪天的乐事。不过烤栗子要小心，弄不好会炸伤眼睛。烤栗子外国也有，西方有"火中取栗"的寓言，这栗子大概是烤的。

北京的糖炒栗子，过去讲究栗子是要良乡出产的。良乡栗子比较小，壳薄，炒熟后个个裂开，轻轻一捏，壳就破了，内皮一搓就掉，不"护皮"。据说良乡栗子原是进贡的，是西太后吃的（北方许多好吃的东西都说是给西太后进过贡）。

北京的糖炒栗子其实是不放糖的，昆明的糖炒栗子真的放糖。昆明栗子大，炒栗子的大锅都支在店铺门外，用大如玉米豆的粗砂炒，不时往锅里倒一碗糖水。昆明炒栗子的外壳是黏的，吃完了手上都是糖汁，必须洗手。栗肉为糖汁沁透，很甜。

炒栗子宋朝就有。笔记里提到的"爊栗"，我想就是炒栗子。汴京有个叫李和儿的，爊栗有名。南宋时有一使臣（偶忘其名姓）出使，有人遮道献爊栗一囊，即汴京李和儿也。一囊爊栗，寄托了故国之思，也很感人。

日本人爱吃栗子，但原来日本没有中国的炒栗子。有一年我在广交会的座谈会上认识一个日本商人，他是来买栗子的（每年都来买）。他在天津曾开过一家炒栗子的店，回国后还卖炒栗子，而且把他在天津开的炒栗子店铺的招牌也带到日本去，一直在东京的炒栗子店里挂着。他现在发了财，很感谢中国的炒栗子。

北京的小酒铺过去卖煮栗子。栗子用刀切破小口，加水，入花椒大料煮透，是极好的下酒物。现在不见有卖的了。

栗子可以做菜。栗子鸡是名菜，也很好做，鸡切块，栗子去皮壳，加葱、姜、酱油，加水淹没鸡块，鸡块熟后，下绵白糖，小火焖二十分钟即得。鸡须是当年小公鸡，栗须完整不碎。罗汉斋亦可加栗子。

我父亲曾用白糖煨栗子，加桂花，甚美。

北京东安市场原来有一家卖西式蛋糕、冰点心的铺子卖奶油栗子粉。栗子粉上浇稀奶油，吃起来很过瘾。当然，价钱是很贵的。这家铺子现在没有了。

羊羹的主料是栗子面。"羊羹"是日本话，其实只是潮湿的栗子面压成长方形的糕，与羊毫无关系。

河北的山区缺粮食，山里多栗树，乡民以栗子代粮。栗子当零食吃是很好吃的，但当粮食吃恐怕胃里不大好受。

多年父子成兄弟

这是我父亲的一句名言。

父亲是个绝顶聪明的人。他是画家，会刻图章，画写意花卉。图章初宗浙派，中年后治汉印。他会摆弄各种乐器，弹琵琶，拉胡琴，笙箫管笛，无一不通。他认为乐器中最难的其实是胡琴，看起来简单，只有两根弦，但是变化很多，两手都要有功夫。他拉的是老派胡琴，弓子硬，松香滴得很厚——现在拉胡琴的松香都只滴了薄薄的一层，他的胡琴音色刚亮。胡琴码子都是他自己刻的，他认为买来的不中使。他养蟋蟀养金铃子，他养过花，他养的一盆素心兰在我母亲病故那年死了，从此他就不再养花。我母亲死后，他亲手给她做了几箱子冥衣——我们那里有烧冥衣的风俗。按照母亲生前的喜好，选购了各种花素色纸作衣料，单夹皮棉，四时不缺。他做的皮衣能分得出小麦穗、羊羔、灰鼠、狐肷。

父亲是个很随和的人，我很少见他发过脾气，对待子女，从无疾言厉色。他爱孩子，喜欢孩子，爱跟孩子玩，带着孩子玩。我的姑妈称他为"孩子头"。春天，不到清明，他领一群孩子到麦田里放风筝。放的是他自己糊的蜈蚣（我们那里叫"百脚"），是用染了色的绢糊的。放风筝的线是胡琴的老弦。老弦结实而轻，这样风筝可笔直地飞上去，没有"肚儿"。用胡琴弦放风筝，我还未见过第二人。清明节前，小麦还没有"起身"，是不怕践踏的，而且越踏会越长得旺。孩子们在屋里闷了一冬天，在春天的田野里奔跑跳跃，身心都极其畅快。他用钻石刀把玻璃裁成不同形状的小块，再一块一块逗拢，接缝处用胶水粘牢，做成小桥、小亭子、八角玲珑水晶球。桥、亭、球是中空的，里面养了金铃子。从外面可以看到金铃子在里面自在爬行，振翅鸣叫。他会做各种灯。用浅绿透明的"鱼鳞纸"扎了一只纺织娘，栩栩如生。用西洋红染了色，上深下浅，通草做花瓣，做了一个重瓣荷花灯，真是美极了。用小西瓜（这是拉秧的小瓜，因其小，不中吃，叫作"打瓜"或"笃瓜"）上开小口，挖净瓜瓤，在瓜皮上雕镂出极细的花纹，做成西瓜灯。我们在这些灯里点了蜡烛，穿街过巷，邻居的孩子都跟过来看，非常羡慕。

父亲对我的学业是关心的，但不强求。我小时候，国文成绩一直是全班第一。我的作文，时得佳评，他就拿出去到处给人看。我的数学不好，他也不责怪，只要能及格，就行了。他画画，我小时也喜欢画画，但他从不指点我。他画画时，我在旁边看。其余时间由我自己乱翻画谱，瞎抹。我对写意花卉那时还不大会欣赏，只是画一些鲜艳的大桃子，或者我从来没有见过的瀑布。我小时字写得不错，他倒是给我出过一点主意。在我写过一阵《圭峰碑》和《多宝塔》以后，他建议我写写《张猛龙》。这建议是很好的，到现在我写的字还有《张猛龙》的影响。我初中时爱唱戏，唱青衣，我的嗓子很好，高亮甜润。在家里，他拉胡琴，我唱。我的同学里有几个能唱戏的。学校开同乐会，他应我的邀请，到学校去伴奏。几个同学都只是清唱，有一个姓费的同学借到一顶纱帽，一件蓝官衣，扮起来唱《朱砂井》，但是没有配角，没有衙役，没有犯人，只是一个赵廉，摇着马鞭在台上走了两圈，唱了一段"郿坞县在马上心神不定"，便完事下场。父亲那么大的人陪着几个孩子玩了一下午，还挺高兴。我十七岁初恋，暑假里，在家写情书，他在一旁瞎出主意！我十几岁就学会了抽烟喝酒。他喝酒，给我也倒一杯。抽烟，一次抽出两根他一根我一根。他还总是先给我点上火。我们的这种关系，他人或以为怪。父亲说："我们是多年父子成兄弟。"

我和儿子的关系也是不错的。我戴了"右派分子"的帽子下放张家口农村劳动，他那时还从幼儿园刚毕业，刚刚学会汉语拼音，用汉语拼音给我写了一封信。我也只好赶紧学会汉语拼音，好给他写回信。"文化大革命"期间，我被打成"黑帮"，送进"牛棚"。偶尔回家，孩子们对我还是很亲热。我的老伴告诫他们"你们要和爸爸'划清界限'"，儿子反问母亲："那你怎么还给他打酒？"只有一件事，两代之间，曾有分歧。他下放山西忻县"插队落户"，按规定，春节可以回京探亲。我们等着他回来。不料他同时带回了一个同学。他这个同学的父亲是一位正受林彪迫害，搞得人囚家破的空军将领。这个同学在北京已经没有家。按照大队的规定是不能回北京的，但是孩子很想回北京，在一伙同学的秘密帮助下，我的儿子就偷偷地把他带回来了。他连"临时户口"也不能上，是个"黑人"，我们留他在家住，等于"窝藏"了他。公安局随时可以来查户口，街道办事处的大妈也可能举报。当时人人自危，自顾不暇，儿子惹了这么一个麻烦，使我们非常为难。我和老伴把他叫到我们的卧室，对他的冒失行为表示不满，我责备他："怎么事前也不和我们商量一下！"我的儿子哭了，哭得很委屈，很伤心。

我们当时立刻明白了：他是对的，我们是错的。我们这种怕担干系的思想是庸俗的。我们对儿子和同学之间的义气缺乏理解，对他的感情不够尊重。他的同学在我们家一直住了四十多天，才离去。

对儿子的几次恋爱，我采取的态度是"闻而不问"。了解，但不干涉。我们相信他自己的选择，他的决定。最后，他悄悄和一个小学时期女同学好上了，结了婚。有了一个女儿，已近七岁。

我的孩子有时叫我"爸"，有时叫我"老头子！"连我的孙女也跟着叫。我的亲家母说这孩子"没大没小"。我觉得一个现代的、充满人情味的家庭，首先必须做到"没大没小"。父母叫人敬畏，儿女"笔管条直"，最没有意思。

儿女是属于他们自己的。他们的现在，和他们的未来，都应由他们自己来设计。一个想用自己理想的模式塑造自己的孩子的父亲是愚蠢的，而且，可恶！另外，作为一个父亲，应该尽量保持一点童心。

文人与食事

胡嚼文人（汪朗）

胡嚼文人

中国人常给饮食做招牌的，一为皇帝，二为文人。前者用其贵，后者则借其雅。普普通通红烧肉，换个名字改叫东坡肉，吃进肚子都有大江东去的感觉。

说起来，中国文人也确有担任这种角色的资格。比起一般人，文人更讲究吃喝，也更重视吃喝。唐朝新科进士高中之后，第一件大事便是集资筹款，在长安的杏园举办宴会，向主考谢恩，与同年结识，编织关系网。待到通过吏部的考试（关试），取得做官资格后，进士们还要在曲江边举行更盛大的告别宴会，吃喝完毕，还要泛舟游乐，然后各自东西，当好官或是当坏官，发大财或是发小财。曲江关宴比现在的明星演出还有吸引力，皇上要登楼看热闹，"长安仕女，倾都纵观，车马填咽，公卿家率以是日择婿矣"。除了吃喝玩乐，这曲江关宴还是个婚姻速配的地方。

比起一般人，文人更精于品味，而且还喜欢公开发表意见，哼哼。有得吃要哼哼，如李白的"烹牛宰羊且为乐，会须一饮三百杯"。没得吃也要哼哼，如杜甫的"二年客东都，所历厌机巧。野人对膻腥，蔬食每不饱。岂无青精饭，使我颜色好。

苦无大药资，山林迹如扫"。这青精饭是道家发明的一种保健食品，将南烛木（又名乌饭草）叶子捣烂，取其汁液浸米，将米九蒸九晒，再添加一些滋补药材，然后食用。其色青绿可人，又有丰富营养，据说久服可以使人容颜焕发，益寿延年。杜甫的祖父杜审言做过膳部员外郎，伺候武则天的饮食，因此他也应该是会吃的主。只是后来囊中羞涩，求美食而不得，才会向李白发牢骚（此诗是写给李白的），才会有"朱门酒肉臭"的慨叹。

自诗仙诗圣以降，文人谈吃论喝之风一直绵延不绝，其间还有不少专论专著问世，如李笠翁的《闲情偶寄》，袁子才的《随园食单》。这也算是中国的一大特色。林语堂说过："中国人领受食物像领受性、女人和生活一样。没有一个英国诗人或作家肯屈尊俯就，去写一本有关烹调的书，他们认为这种书不属于文学之类，只配让苏珊姨妈去尝试一下。然而，伟大的戏曲家和诗人李笠翁却并不以为写一本有关蘑菇或者其他荤素食物烹调方法的书，会有损于自己的尊严。"

正因有这样的传统，中国饮馔才会拿文人说事儿，也才有了各种以文人命名的菜点。什么云林鹅、眉公饼、笠翁糕、组庵鱼翅、潘先生鱼、马先生汤……拥有冠名权最多的是东坡居士。除了人们熟知的东坡肘子、东坡肉之外，还有东坡腿、东坡豆腐、东坡玉糁羹、东坡芹芽脍、东坡墨鲤、东坡酥……足可以开一桌。其中有多少是东坡先生原创或是品评过的？又有多少是后人附会的？说不清。比较可信的是玉糁羹，有东坡题诗为佐证。不过，这玉糁羹虽然名字挺好听，又有东坡先生亲自推介，今天却没什么人欣赏，味道太寡淡，只是清水煮蔓菁、萝卜，再加点米粒而已。看来，文人对中国百姓肠胃的影响力还是有限度的。

比起皇帝，文人要给饮食做招牌，条件要更严格。谁都知道慈禧是个什么东西，可仿膳的小窝头还是要拿她编故事，吃的人也都认账。文人则不同，除了要有专业水平，还要有操守。最为典型就是周氏兄弟。鲁迅的一篇小说，招惹来多少家咸亨酒店，据说什么地方还有"鲁迅饼"在卖；周作人谈吃的文章其实也很有味道，但饭馆却不见有知堂菜、知堂羹出售。盖因知堂先生曾经给日本人做过事，大节有亏，自然不被认同。因此，一入文人行列，便须谨言慎行，处处小心，不然连招牌也没得做。

中国文人精于品味，也喜谈吃，但大都是君子——远庖厨。袁枚能把烹饪说得头头是道，又是二十须知，又是十四戒，自己却未曾掌过勺，只是空谈而已。他的家厨一死，便没有美味吃，只好大哭。现在的文人好一点，在撰文谈吃之外也能做上几道菜。不过，多数人写吃的文章要比烧出的饭菜更有滋味，毕竟这才是本行。因此，拉文人给饮食做幌子，应用其长而掩其短，如此才不致漏底儿。

说这些话，是因为前些日子回了趟高邮老家，得知当地居然搞出了"汪氏家宴"，依据便是老爹诸篇文章中所涉及的食物及做法。呜呼！汪氏老头儿虽然号称美食家，也确实会烧几样菜，但实在还不具备举办家宴的水平。硬把他的作品当菜谱看，比着葫芦画瓢，效果可想而知。其实，要搞"汪氏家宴"也简单，只要把当地的饮食精华归拢起来，放到汪曾祺名下就行了。这样肯定能搞出名堂，因为高邮的饭菜确实好，比汪曾祺做得好。

因汪氏家宴，做胡嚼文人。

乱啃皇帝

中国的不少吃喝都有说道，后面往往跟着一大串名人，其最高者自然是皇帝。

江苏沛县的鼋汁狗肉，据说刘邦在家乡当混混时，常吃不厌，而且还是樊哙亲炙。扬州的狮子头，据说是隋炀帝游览当地名胜葵花冈后，命令御厨照此创制出来的，因此也叫葵花献肉。苏州的松鼠鳜鱼，据说乾隆爷下江南时曾御口亲尝，大加赞赏。杭州的吴山酥油饼，据说原是北宋官中点心，本名"大救驾"。当年赵匡胤在后周当大将时，一次进攻南唐颇费气力，与守军纠缠数月之久后方取胜。搞得老赵心力交瘁，不思饮食。还是厨师做了这酥油点心呈上，才使他食欲大振，康复了"候补"龙体。老赵登基之后，遂将酥油饼御封为"大救驾"。一道点心，居然和千军万马一样具有救驾功能，也算是风光到家了。

不过，这些都只是据说而已，正史不载。《史记》倒是记述过刘邦未曾发迹时的表现，还有过政审意见："好酒及色。"也证实过樊哙的职业："舞阳侯樊哙者，沛人也。以屠狗为事，与高祖俱隐。"但所述不过如此。只凭这两句话，居然能演绎出一段故事，让刘邦、樊哙和狗肉三位一体，也算是功夫。

中国人对于历代君主，一向分为两类，桀纣自是桀纣，尧舜自是尧舜，两者泾渭分明。但是每逢论及吃喝，这泾渭便合流了。只要是皇上，吃过的东西一概受到尊崇，再不管什么昏君明主，甚至昏君还更为吃香。谁都知道隋炀帝是有名的亡国之君，可是扬州狮子头还是要跟他扯在一起，以壮门面。杭州有一道宋嫂鱼羹，已有八百多年历史。据宋人《武林旧事》记载，淳熙六年三月十五日，太上皇游西湖时曾经品尝过宋五嫂烹制的这道菜，赞赏有加，并赐以金银绢匹。宋嫂鱼羹由此名闻天下，流传至今。这个太上皇不是别人，正是当年伙同秦桧杀害岳飞的南宋高宗赵构。可今人在推介宋嫂鱼羹时，却还要用这个赵构来贴金。真不知是何道理。

细细琢磨，其实不难找到答案。昏君的一个标志便是骄奢淫逸，把老百姓的肚子问题放在了一边，自己却想方设法搜寻天下美味，满足口腹之欲。如果将他们吃过的东西一概排斥，那中国饮食精华就得少去大半，未免可惜。再说，昏君之昏是在为政方面，而对于美食的感觉，由于时时讲究，处处留心，反能高于常人也高于明君，其实并不昏。让他们出任看馔评委，更具权威性。政绩较好的君主，吃喝上则往往难有太多的说道。北宋仁宗赵祯夜晚在宫中加班，肚子饿了，想吃的东西不过"烧羊"，实在不够档次。一次仁宗要在宫中宴客，有一道菜是螃蟹，他一看二十八只螃蟹每只要价一千文，便斥去不用，嫌贵。这样的人，候选帝王节俭典型还马马虎虎，出任美食专家则差着火候，远不如赵构之类。这个赵构，虽然治下只剩下半壁江山，但在吃喝上却一点也不半壁。他在位时，曾经因厨子煮馄饨不熟而将其送往大理寺问罪；逊位后，一次钦定接班人宋孝宗为他祝寿，他竟然因为寿宴不够丰盛而大发其火。这种人，倒还真有资格给佳肴名点当当招牌。

中国的吃喝愿意和各类皇帝挂钩，其中的一个原因，就是满足人们向上看齐的心理需求。中国过去在饮食上的等级规定相当森严，最高执政者的吃喝，总要刻意高人一等。周代就明文规定，诸侯可以吃牛肉，大夫等而下之，可以吃羊肉，士只有狗肉猪肉可吃，而平头百姓平时只好吃素。在这种制度下，皇上享用的东西，臣民如有幸跟着沾沾光，身价就能涨出一截，十分荣耀。欧阳修做官二十多年，得到御用的一饼小龙团贡茶，不仅小心珍藏，还要撰文纪念，广为传播，便是例证。文人尚且如此，何况凡夫俗子。可惜一般人获得御赐的机会是少之又少，无奈之下只好在市面上挖掘代用品，是真是假且由他去，只要能借此和皇上们套套近乎，风光风光，目的就达到了，心里就舒坦了。

这种向上看齐的民众心理，并非中国特色，外国更邪乎。法国的太阳王路易十四，是个饕餮之徒，由于暴饮暴食，消化不良，终于寡人有疾，得了地地道道的肛瘘。虽医治多时而未见效果，最后还是一刀割下去了事。消息传开，肛瘘顿时成为朝野议论的热门话题，外科医生的家里挤满了人，都说有肛瘘，都要动手术。当医生告知病情不重无须开刀时，这些人竟然大发雷霆，因为失去了和国王同挨一刀的机会，就少了一份对外炫耀的资本。

法国的国王没有了，争着要效仿国王在屁股上来一刀的故事已成为笑料；中国的皇帝也没有了，许多吃喝则还在拿皇帝正经说事儿。有点意思。

调味要义

　　世上有许多事情难有标准答案，什么东西好吃便是一例。比如蛇肉，广东张三认为美味之至，湖南李四觉得不过如此，北京王五表示尚可忍受，而陕西赵六则判定不如狗屎。至于西洋的约翰，则可能来上一句："这种东西还能吃？我的上帝！"除了原料，东西南北各色人等，于口味上的要求更是千差万别，所谓众口难调是也。

　　虽说众口难调，在有些场合还非调不行，那只好使劲想辙。最常用的法子是把可能遭致各种人反对的用料和味道全部舍弃废除，只留下大家都可以接受的内容，跟联合国开会达成协议的办法差不多。曾在报纸上看到一篇介绍国宴的文章，其烹饪原则即如此。为了让亚细亚欧罗巴亚美利加各国来宾都能受用，人民大会堂国宴创立了"堂菜"风格，上席的川菜要少麻辣，苏锡菜品要少放糖，"以清淡、软烂为主，口感嫩滑、酥脆、香醇，以咸为主，较温和的口味辅之"。国宴咱虽然无缘参加，去人大会堂参加各种活动时倒是尝过几次"堂菜"，用料十分考究，但滋味确如此文中所说的那样，温文尔雅，中正平和。无强辣，无大酸，更无凉拌鱼腥草、油炸臭豆腐干之类的嘎味儿。

亏得办国宴的地方不多，不然饮食王国大概就剩下王国而无饮食了。

在饮食上其实还有一种调适之道，而且更为简单有效，那就是弃众口而尊一人。其他人一边凉快去，照说话算数的人的口味办事就齐活儿。唐朝诗人王建深谙此理，其《新嫁娘词》云："三日入厨下，洗手作羹汤。未谙姑食性，先遣小姑尝。"刚过门的儿媳妇，不按婆婆的口味行事，能行么？小叔子小姑子再满意也是白搭。所以必须抓住主要矛盾。方履新职之人，要讨当家人欢心，那捷径自然是找到一家之长最亲近的人细细讨教，探究其喜好什么，口儿咸口儿淡。

王建没当过新媳妇，也未必下过厨房，他能把这调味中的门道写得如此贴切，应该是把为官要诀套用过来了。这烹政两坛之中，本来就有不少相通的地方，要不怎么说"治大国若烹小鲜"呢。

既要让"婆婆"满意，就必须处处顺其心思行事，有时还要揣着明白装糊涂。这是为厨之道也是为官之道。汉语中用来比喻独自占有而不容别人分享的东西，有个词叫"禁脔"。这其中还有典故："晋元帝渡江，在建业，公私窘困。每得一豚，群下不敢食，辄以进帝，项上一脔尤美，人呼为禁脔。"由此后人便以"禁脔"形容为美好的事物。又引申为他人不得染指之物。原来，这"禁脔"只不过是猪脖子上的一块肉。北京人称这个地方为"血脖"，因为杀猪时要从脖子处一刀子捅下去，血涌出时便在此处肉中积存。这血脖是猪肉各部位中最不成样的一块，肉老质差，肥瘦不分，即便在三年困难北京买肉凭本的时候，也只是用来绞肉馅儿，不然卖不出去，如今市场上已然不见踪迹。

这晋元帝司马睿放着里脊臀肩不吃，非要把这血脖当宝贝，今天看来实在有些不可思议。我觉得，众多御厨未必不知道这"禁脔"滋味其实不佳，但圣上既然好之，便装傻充愣，由他去享用。因为说了实话，可能招来祸灾。司马睿准备称帝时，一个叫周嵩的上书劝他先整备军事，收复失地，根基稳固之后再称帝也不迟，结果差一点儿被砍了头。这就是说实话的下场。政坛的事情难免影响到烹坛。糊涂人不明白，明白人又不得不装傻，于是便有了"禁脔"，中国版的"皇帝的新衣"。

为婆婆做羹汤自然要多些规矩，如果自己吃饭，则还是本色一点为好，犯不上非要向圣贤高官名人的口味看齐。一来这样做你也成不了圣贤高官名人，二来弄不好自己的肚子还要受罪。

北京有一传统小吃豆汁儿，得到过许多名人的推崇。梁实秋认定，不能喝豆汁儿的人算不得北平人。还有人写文章说，当年老佛爷在颐和园的时候，就有专人照看豆汁儿锅，熬制时要小火，砂锅，先将一小勺生豆汁儿入锅，见开后再放入一小勺，如此豆汁儿方不澥，喝起来更有滋味。至于老佛爷是否喝过豆汁儿，没说。不过，祖父给老佛爷唱过戏的梅兰芳大师，却是豆汁儿爱好者，在上海唱戏时还让人从北京乘飞机往回捎，一次要带四暖瓶。不过，喜爱梅派的人如果非要在饮食上也追随先贤，把豆汁尝上一尝，等于没事找"禁脔"吃。这豆汁儿是绿豆制作淀粉之后留下的浆水，味道强烈，酸中带馊，能喝惯的人，少矣。

世上什么东西好吃，一百个人有一百种说法。要寻美味，必先得把自己的嘴巴真正当成自己的嘴巴。

"烹"、"治" 异同

中国从古到今，拿吃喝说事儿的很有一些。

有往小里说的。唐宣宗时有一宰相，仗着皇上恩宠，嫉贤妒能。他的儿子靠着老子的关系中了进士，而且还干预干部任命，一些受气多时的官员这下抓住了把柄，联手狠参了几本。皇上虽有意庇护，但毕竟事出有因，于是让他出镇淮扬，换个地方当官去吧。这也是官场上常有的事情。孰料，此公就任之后还不忘上书申冤，奏折中有这样几句话："一从先帝，久次中书，得臣恩者谓臣好，不得臣恩者谓臣弱。臣非美酒美肉，安能啖众人之口？"自比美酒美肉，设喻可谓尖新，不知是不是淮扬菜给的灵感。宰相复姓令狐，事见《北梦琐言》。

也有往大里说的。最著名的就是老子的那句话："治大国，若烹小鲜。"老子那年头还不懂得把文章抻长了挣稿费，这话说得实在有些苟简，叫人摸不着头脑。后人的解释还明白些。宋代范应元的注解是："治大国者，譬若烹小鳞。夫烹小鳞者，不可扰，扰之则鱼烂。治大国者，当无为，为之则民伤。盖天下神器，不可为也。"原来小鲜是指小鱼。小鱼在锅中煎熬时，不能经常翻动，否则就成了一锅粥。治理大国，也要如此，不可随意干涉人民的行动，也不可常常改换号令，因为国大民多，稍有变动，便会惹起绝大的扰乱。这倒是与现在某些的说法暗合，让看不见的手主事儿，政府不要瞎搅和。

不过，老子大约也属于远庖厨的君子，不晓得即便是烹小鲜也不能完全听之任之，无为而治。否则，这鱼一面焦黑了，另一面还是生的，怎么吃？因此，司厨者必要时也得翻腾翻腾，时髦话叫调控。

中国的厨师虽然没有把自己的行当与治国方略硬扯在一块，其实却颇知调控之道。国剧大师兼美食家齐如山先生当年在家中宴客，席间有一道小吃爆肚儿。齐先生见厨师做毕，不禁问了一句："是不是生了点？"厨师答道，爆肚出锅后，从厨房到餐厅要走过几道院，此时正值盛夏，路途之上还能保温催熟，等到上桌时，正好。如冬天则不能如此。一道爆肚儿，制作时竟然还要顾及天时地利，瞻前而顾后，就其运作的精细而言，恐怕格林斯潘老先生调控美国经济也不过如此。

北京有许多小吃，像熏猪头肉、白水羊头、炒肝儿、卤煮火烧、杂碎汤，都取自头蹄下水。经过有心人多年琢磨，精心烹制，这些下脚料居然成为大众美味。其中佼佼者，为爆肚儿。当年梁实秋先生留学美国，心中最念念不忘的就是此君。待到他学成回京，居然连家也顾不上回，把行李寄存在车站，先跑到馆子要了三个爆肚儿，盐爆、油爆、汤爆各一份，酒足饭饱之后，这才起驾回家。梁先生认为这顿饭是"平生快意之餐，隔五十余年犹不能忘"。可见，当年爆肚儿的吸引力并不亚于时下四大天王之类的明星。

盐爆也称芫爆，因在烹制时要加入香菜即芫荽。芫爆与油爆同属爆肚儿系列中的贵族，多在饭馆中制作，真正的平民小吃是汤爆也称水爆。其制法是将肚子分割加工，放到滚水中滚几下，迅即起锅，蘸作料食之。

虽说是平民小吃，水爆肚儿在制作上却不容马虎。原料要用当日的鲜肚，不经冷冻，而且以羊肚为上。将鲜肚仔细洗净之后，分割成肚板、肝仁、肝领、食信、散丹、葫芦、蘑菇、蘑菇头等不同部位，然后分而爆之。爆时必须水大火旺，各个部位在滚水之中逗留时间，多则十几秒，少则只有几秒，因此非经多年历练难胜其任。当年爆肚界也有"四大天王"：东安市场的爆肚冯、爆肚王以及前门外门框胡同的爆肚杨、天桥的爆肚石。各靠一技之长，占据一方市场。像爆肚儿冯能把牛羊肚分解成十三样供食客选用，配制的调料绝对不加味精，保证原汁原味。前几年爆肚儿冯的后人在北京东直门里再树招牌时，不少七十多岁的老者赶来重温旧味，用牙床与爆肚儿较劲儿，那股执着精神着实令人感动。

吃爆肚儿也有讲究，肚子的不同部位食之齿感不同。有的脆，比如肚板、食信，食之齿间嘎嘎有声；有的韧，如肚蘑菇，吃起来像嚼胶皮，只能囫囵吞下；也有的嫩，像散丹、肚仁。吃时应该从粗到精，嚼不烂的在前，细嫩者殿后，如此方能渐入佳境。只选散丹、肚仁之类的细货，那是外行吃法。

从爆肚儿烹制上，确可悟出不少治国之道。不过，如果让精于此术者去当总统，一准儿砸锅。北京有两句话说得透彻，一句是隔行不隔理；另一句，隔行如隔山。

官高食难俭

当官当大了，吃吃喝喝的事情自然就会多起来。有时候，想节俭一点简直都难做到。

难做到，当然不是做不到。历朝历代，大臣之中不尚奢华者，总能扒拉出几个来。汉武帝时的丞相公孙弘，原来是个"贫下中农"，曾经在海边放过猪。他四十多岁时才开始学习《春秋》杂说，六十岁被刚即位的汉武帝招到朝中，这把年纪搁到现在都该退休了。当官之后，公孙弘一度也是磕磕绊绊的，后来总算得到皇上的赏识，七老八十地当上了丞相，还封了个平津侯。也许是因为多年在基层受苦，了解民情的缘故，公孙弘当了宰相之后，照样吃小米饭，盖粗布被，"常称以为人主病不广大，人臣病不俭节"。这样的主儿实在不多，所以《史记》才有如此评价："维汉兴以来，股肱宰臣身行俭约，轻财重义，较然著明，未有若故丞相平津侯公孙弘者也。"

清末尽管吏治大坏，奢靡成风，但大臣中仍不乏以清操自励者。如阎敬铭、陶模、李秉衡。阎敬铭刚刚担任军机大臣时，逢到有人送来吃食，必定留下待客。这些菜肴经宿之后往往变味，让那些吃惯河鲜海鲜的客人无从下箸，可是阎敬铭却浑然不觉，照吃不误。李秉衡被罢官后，自己在园中种菜，让夫人下厨烧饭，全然一个农民。后来他复职当上山东巡抚，"山东人闻其将至，酒馆、衣庄同时歇业者有十几家"。因为知道实在赚不到钱。不过，《国闻备乘》的作者胡思敬虽然记载了这些大臣的"先进"事迹，但认为其所作所为实在是难以扭转潮流，"大抵国愈穷则愈奢，愈奢则官常愈败"。说来说去，还是官高食难俭。

官高何以食难俭？难在皇上对高官的奢侈之风睁一只眼闭一只眼，有时甚至纵容之，助长之。中国历代朝廷在服饰上始终有着森严的等级规定，如有臣子敢在穿着上向皇上看齐，肯定是活得不耐烦了。但是在吃喝上，尺度则要宽泛得多，很少有高干因为胡吃海喝而获罪，即便超过皇上的伙食水准也不打紧。西晋时，一次晋武帝司马炎跑到司徒何曾家吃饭，席间有一道蒸乳猪味道甚美。武帝打听制作方法，何曾回答说此猪是用人奶喂大的。司马炎虽然不悦，觉得这家伙实在是过于奢靡，但既然何曾已经"坦白"，由他去吧。这个司马炎还曾赞助自己的母舅王恺与石崇斗富，把大秦即罗马帝国进献的十缶蜜渍食品匀出三缶，送给王恺，以使他能够在饮食大赛上超过石崇。皇上态度如此，大臣自然可以放胆大吃了。

北宋时的权臣王黼，也是个吃货。他借主管贡品之机，中饱私囊，"凡四方水土珍异之物，悉苛取于民，进帝所者不能什一，余皆入其家"。就是这么一个货色，靠着花言巧语，虚报战功，把宋徽宗哄得团团转，几年之中连升八级，当上了宰相。王黼后来被贬职处死，其罪并不是吃到了万岁爷的头上，而是干预立储之事，威胁到赵桓即后来的宋钦宗的地位。所以赵桓即位之后，立刻把他办了。王黼虽是佞臣，但在吃喝上却十分了得。据《养疴漫笔》记载："王黼宅与一寺为邻。有一僧每日于黼宅旁沟中漉取流出雪色饭，洗净晒干，数年积成一囷。靖康城破，黼宅骨肉绝食，此僧即用所积干饭，复用水浸，蒸熟送人，黼宅老幼赖之无馁。"

如此暴殄天物者在北宋并非王黼一人。与其同朝为官的另一权相蔡京，一次在家中召客饮酒，让下人拿"咸豉"来佐餐，库吏马上送来十瓶。众人一看，原来是极为稀罕的"黄雀胙"。此物一般人能有一瓶便不得了，而蔡京一下拿出十瓶还不当回事，接着又问管库的："尚有几何？"吏对曰："犹余八十有奇。"乖乖！蔡京后来失宠，被抄了家，库中仅黄雀鲊一种食品"自地至栋者三楹"。中国虽有"螳螂捕蝉黄雀在后"的古语，但后人很难看到这一实况，盖因黄雀都让蔡京之流吃掉了。蔡京家的"咸豉"，倒不是从皇上那儿顺来的，而是"江西官员所送"。由是观之，官高食难俭，还难在马屁精太多。

另外，小人告刁状也是一道难关。前面提到的公孙弘，就曾遇上过小人。据《西京杂记》记载，公孙弘当了丞相后，"故人齐贺从之。弘食以脱粟，覆以布衣"。于是齐贺抱怨说："何用故人富贵乎？脱粟布衣我自有之。"齐贺还到处散布流言，说公孙弘里面穿的是貂皮裘服和薄如蝉翼的帛衣，外面却套上粗布麻衣；在家里吃的是五鼎之食，有了外人则只吃两样菜。如此表里不一，"岂可示天下哉？"害得老头儿还得向皇上解释，自己确实是廉洁自律，并非有意邀买人心，实在是累得很，于是叹曰："宁逢恶宾，不逢故人。"

要想官高而食俭，其实未必有多难。让小民来说说谁最有资格当官，一准行。

御膳未必佳

世上许多事情往往与身份地位不成正比，比如说皇上的饭食就未见得是天下第一。

要说皇上的吃喝不如寻常百姓，自然没人相信，起码场面之壮观就非一般人可比。《周礼·天官·膳夫》记载，周天子的伙食标准是："食用六谷，膳用六牲，饮用六清，羞用百二十品，珍用八物，酱用百有二十瓮。"六谷即黍、稷、稻、粱、麦、菰（薏米）；六牲即豕、牛、羊、鸡、鱼、雁（鹅）；六清即稻、黍、粱三种粮食酿的清酒及连糟之酒；八物即"八珍"。看来，周天子吃一顿饭，手下人且得忙活一阵，光这一百二十瓮酱，搬来倒去的，也得费把子力气。按照编制，周代宫廷之中，管酱的有六十四人，估计其中不少是专门负责倒腾酱缸的。周代之酱与今天不同，是将鱼、肉、蔬菜、水果甚至蚂蚁卵等之类的东西，剁巴剁巴腌制而成的。其味道究竟如何？无从考证。因为以后再无人肯吃。

到了清朝，皇上吃饭场面依然壮观。据《清代十三朝宫闱秘史》载：清初御膳，定例有一百二十品。至嘉庆道光年间，御膳减为六十四品，以示节俭。至咸丰末年，内忧外患不断，御膳又减至三十二品。至同治初年，又复减去其八，据说这是慈安太后的懿旨。即便如此，几十样饭菜也得摆好几张桌子。待到慈安过世，慈禧大权独揽，吃喝上便又大发起来。

不过，尽管御膳样数不少，质量却未必有多高。乾隆四十七年（一七八二年），福隆安等官员曾经三次向皇上呈报伙食账。其中正月初一至初十的十天中，内外膳房用："五十斤猪五十五口、猪肉三千九百三十五斤八两、文蹄二百七斤、肚子四十个、心肺三十二个、猪油四十九斤八两、大肠四十根半、小肠五十五根半、腰子二十二个、管子一百五十根、肥鸡三十五只半、肥鸭五十八只、菜鸡一百十七只半、菜鸭一百三十五只、当年鸡七只。以上十五项，共用银五百三十四两二钱二分六厘零。"内外膳房是专供帝后嫔妃吃喝的，本应由宫廷事务管理局即内务府负责，福隆安是兵部尚书兼管工部事务，与此根本不搭界。想必因为他是乾隆的女婿，老丈人想查查有没有人揩自己的油，只有找自家人帮忙。

单看这笔伙食账，乾隆爷吃得很是一般，连肠子肚子之类的下水都往上招呼，实在有悖健康。当然，御膳之中确乎也有燕窝、海参、猴头、鹿肉之类的稀罕物，例由各地大员进贡，用不着皇上掏腰包。不过，其中确乎没有鱼翅、鲍鱼、老鼠斑、帝王蟹这些让人一看价钱就眼晕的玩意儿，因此，现在的一些人实在是比皇上更有口福，而且同样不用自掏腰包。

御膳未必佳的另一原因，是皇上吃饭的方式很成问题。中国饮食讲究现做现吃，袁枚在《随园食单》中对此有经典论述："物味取鲜，全在起锅时，及锋而试。略为停顿，便如霉过衣裳，虽锦绣绮罗，亦晦闷而旧气可憎矣！尝见性急主人，每摆菜，必一齐搬出。于是厨人将一席之菜，都放蒸笼中，候主人催取，通行齐上。此中尚得有佳味哉！"可是，清朝的皇上太后吃饭却偏偏要一齐搬出，全然不讲进食之道。

当年慈禧太后的吃食，都是由厨师事先做好，装进食盒，再放入"被窝"保温。"被窝"是太监们的叫法，其实是用黄云缎做成的棉袱子。等到老佛爷传膳，太监们便立马到膳房将食盒请出"被窝"，送至餐桌，待饭菜全部摆齐后，才能恭请太后用膳。这套规矩是朱家溍先生一九五〇年时从伺候过慈禧的太监耿进喜那里打探来的，并非道听途说。末代皇帝溥仪吃饭时还是这套规矩，只不过太监将菜肴摆齐后，还得哈喝一声"打碗盖"，将数十种菜肴的碟碗之盖一齐掀开，劈里啪啦，很是热闹。热闹归热闹，可这样的"霉过衣裳"，未免倒人胃口，绝无佳味可言。

同为爱新觉罗的子孙，清朝王爷的吃喝有时倒比御膳强些。据睿亲王的后人金寄水先生回忆，当年睿王府有一道特色菜"煎串黄花鱼"：将新鲜黄花鱼拾掇干净，在背上划三刀，抹上酱油，候其微干，放入油锅煎至微黄，然后每两尾置于一碗，浇高汤，加入清酱肉丝，熏鸡丝或瘦猪肉丝，放香菇、海米、玉兰片、姜葱等和适量盐、糖，最后撒上新鲜的花椒蕊，将鱼放入笼中蒸一下入味儿，即可食用。"老北京"把已熟之物放入蒸锅再加热称为"串"，故此鱼按其做法称为"煎串"。煎而后串可以将鱼的香气、汤的香气和花椒蕊的香气融为一体，算是一道佳肴。此菜串后即食，方能得其鲜美，如果成菜之后硬要它去钻什么"被窝"，肯定玩儿完。

世间万物皆有道，吃饭亦然。偏要反其道而行之，任凭你是皇帝老儿，到头来也只有吃瘪的份儿。

权臣腹中物

　　左文襄在甘肃时，一日值盛夏，解衣卧便榻上，自摩其腹。一材官侍侧，公顾之曰："汝知此腹中所仁何物？"对曰："皆燕窝、鱼翅也。"公笑斥曰："恶！是何言？"则又曰："然则鸭子、火腿耳。"公大笑而起曰："汝不知此中皆绝大经纶耶？"材官出，与其曹曰："何等金轮，能吞诸腹中？况又为绝大者？"闻者皆捧腹。

　　材官，即勇武之士。左文襄，即左宗棠，"文襄"是他死后皇上给的谥号。

　　清人孙静安《栖霞阁野乘》中的这段文字，很有些意思。当官的肚子里究竟装的什么货色，不同人的看法大不相同。

　　左文襄公不是混饭吃的主儿，一生之中干过几件大事。平西北，定东南，倡洋务，全都有些模样。说是满腹经纶，倒也当得。只是，肚子之中，也难免有小九九。

　　清朝惯例，进士出身的一品大员，给谥时才可赐一"文"字。纪晓岚为文达，曾国藩为文正，林则徐、胡林翼、李鸿章的谥号同为文忠，均合此例。左宗棠虽然做过总督、军机大臣，级别不低，但只是举人出身，死后若想往"文"上靠，总有点不牢靠。于是他老人家使出了一招。在陕甘总督任上时，老左突然给北京上了个折子，说是手下进士出身官员太多，自己这个举人未免没面子，请朝廷速速派人替代，好让他进京赶考，弄个进士玩儿玩儿。慌得皇上连忙降旨，说是陕甘接近边疆，至关重要，该督未便擅离，着赏给贡士，准其一体殿试，并将试卷试题驰寄督署，毋庸来京。折子一递，进士到手，齐活儿。这主意，大约是左文襄公自摩其腹想出来的。

材官说左宗棠肚子装的全是燕窝鱼翅，虽属合理想象，却不尽符合事实。尽管左宗棠有个大肚子，为官却还清廉节俭。他浙江巡抚任上给家人写信时说："非宴客不用海菜，穷冬犹衣缊袍。"清史稿对他的评价是，廉不言贫，勤不言劳。又说宗棠初出治军，胡林翼为书告湖南曰："左公不顾家，请岁筹三百六十金以赡其私。"做官做到这个份儿上，不易。从一介布衣挣蹦至当朝一品，还能保持廉洁，更不易。须知，暴发户胡造起来往往更邪乎。

东晋时的刘穆之，虽说是西汉齐悼惠王刘肥的后代，但到了他这一代却是穷得叮当响，一点也不肥了。偏偏刘穆之又好酒肉，只好厚着脸皮到老婆的兄弟家里蹭吃蹭喝，日子长了，未免惹得大舅子小舅子心烦。一次刘穆之又去蹭饭，饭后还要槟榔吃，诸位舅子讥讽他说："槟榔是用来消食的。你老兄连饭都吃不饱，嚼这玩意儿干什么？"也许是受此刺激，刘穆之投奔了以后成了刘宋开国皇帝的刘裕的门下，当上了谋士，最后升至前将军，管辖两万人马，一年经费一万匹布，三百万钱。这下刘穆之可来了劲，每次吃饭都要摆满一桌子，而且顿顿要十个人陪餐。刘穆之知道，如此奢靡会让老板不高兴，因为刘裕的节俭是有名的，于是赶紧给刘裕递话，说是过去家里太穷，吃不上喝不上，如今有条件了总得改善改善，"朝夕所须，微为过丰，此外无一毫负公"。话说到这个份儿上，刘裕也没得话说。

刘穆之者，总还为刘裕创立新朝立过大功，不是纯粹饭桶。等而下之的是那些重权在握却不干正经事，光知道混一副好下水的人。

清道光年间，黄河设二河督，北督驻济宁，南督驻清江浦。南河岁修经费有五六百万两银子，可十之八九让主管官员吃喝挥霍掉了。某河督一次请客，席间有一盘炒猪肉，味道绝佳，迥非凡品。一客人吃多了去上厕所，见数十只死猪枕藉院中。一打听，才知刚才那道菜就是取自这些猪的背肉。杀猪时要将其关在屋中，由数十人各持一竿追而笞其背，至猪力竭而毙，急将背上的一块肉割下来。接着鞭笞另一只。做一盘菜，要用五十多只猪的背肉。据说活猪在挨打之后，会集中全身精华保护背脊，使之甘脆无比，不过其余部位的肉则腥恶失味，只能弃之。该客人听得目瞪口呆，杀猪的却笑他不开眼，说自己在此处当厨子不过两个月，已经杀了一千多头猪，"此区区者，何足顾问耶？"这等吃法，若非公款，岂能为之？清代黄河多次出险，与这帮官员的肚子是大有关系。

乾隆年间，刘墉（就是那个刘罗锅）被皇上提拔到军机处上班。一次军机大臣们会餐，说起了唐宋宰相的堂餐即公款午餐制度，刘墉忽朗吟曰："但使下民无殿屎，何妨宰相有堂餐。"一座为之喷饭。这殿屎，其实与排泄物并无干系，其本意为呻吟。《诗经·大雅·生民之什》曰："民之方殿屎，则我莫敢葵。"意思是人民正在呻吟叹息，我们不敢揆度其实。客观一点说，"但使下民无殿屎，何妨宰相有堂餐"，就算得盛世之兆了。

满汉无全席

　　中国筵席中，名气最大的大约就是满汉全席了。一是花样多，各种佳肴美点加在一起，多的有一百八十二种，少的也有六十四种，据说可以连吃三天不重样；二是出身好，据说源自清朝宫廷，皇上太后朝廷大员享用过的。因此，不少人一听说满汉全席，便会全身僵直，肃然起敬。由于满汉全席来头颇大，各地因此繁衍出不少版本，有扬州版、广东版、四川版、香港版，当然更少不了北京版。前两天，一家饭馆还在做广告，声称可制作满汉全席，而且还是"正宗"的。

　　了解内情的人却知道，这种说法纯粹是老虎闻鼻烟——没影儿的事。宫中从来就没有过满汉全席。

　　清朝宫中的饭局确实很多。每逢朝廷大典，重要节日，皇上都要宴请文武百官。不过，这类宴会一向分为"满席筵桌"与"汉席筵桌"，各有规格，互不相混。满席定六等，汉席分五级。一等满席，一般用于帝后大殡之后的答谢招待会，大家辛苦了不少时候，得吃上一顿以示慰问。其标准为每桌白银八两。一等汉席，主要是朝廷开科时宴请主考官，为国取士，责任非同一般，也得来一顿。一等汉席没说用多少银子，但上菜则有规定，每桌内馔二十三碗，另有果食八碗，蒸食三碗，蔬食四碗。内馔用料，不过鱼、鸡、鸭、猪等平常之物，至于燕窝鱼翅之类，想都甭想。

无论从花费还是从原料看，清朝官中的满席汉席，实在很平常。更何况这些菜肴还不是现做现吃，要在宴会举办的前一天制作停当，用盘盘碗碗盛好，放在红漆矮桌上，待膳食主管部门光禄寺的官员亲自验看之后，再"按桌缠红布，覆以红袱"，指派专人把守一夜，第二天才送到宴会举办地点。只等圣上令下，大家一起开吃！这种大路菜本来就稀松，又是隔夜货色，不闹你个跑肚拉稀，就算不错，哪里还有滋味可言。对这种"宫廷大宴"，当时的北京人已经将其列入京城"十可笑"之首。这"十可笑"是：光禄寺茶汤，太医院药方，神乐观祈禳，武库司刀枪，营缮司作场，养济院衣粮，教坊司婆娘，都察院宪纲，国子监学堂，翰林院文章。这"十可笑"，几乎都具有官方色彩。

尽管清代的满席汉席就是这么一种货色，但众多饱餍山珍海味的官员仍以一赴宫廷大宴为人生最高目标。食客之意不在吃，在于品尝浩荡之皇恩也。他们所咂摸的，是政治待遇，饭菜味道其实并不重要。古今中外，人同此心，心同此理。当然，不是所有人。

清代朝廷宴会从未见满汉全席，不过皇上太后们的一日三餐，倒确乎是满汉一体，不分彼此的。吃的也较外面的大锅饭精致。据说，慈禧太后吃过一道"清汤虎丹"，是用小兴安岭雄虎的睾丸制成的，有小碗口大小。制作时需要将虎丹在微开不沸的鸡汤中浸泡三个小时，然后剥去皮膜，放在调有作料的汁水中渍透，再用特制的利刃平片成纸一样的薄片，在盘中摆成牡丹花状，佐以蒜泥、香菜末食之。但这只是外界传说，即便有之，也不可能经常进用。上哪儿找那么多公老虎去？有那么多公老虎，老佛爷的身子骨儿也消受不起。

　　其实，清宫帝后日常吃喝固然花样不少，但不少还是挺"家常"的。像光绪七年的正月十五，是个大节，皇上进膳按例要添加菜肴。就是这一天，光绪皇帝的晚膳，连菜带汤也不过四十道左右。其中虽有荸荠制火腿、鸡丝煨鱼翅、口蘑溜鸡片这些较为精致的菜肴，但也不乏肉片炖白菜、肉片焖豇豆、油渣炒菠菜、豆芽菜炒肉、醋溜白菜……这些菜，与普通百姓所吃并无大异，很难上得席面。此时光绪还没有与老佛爷撕破脸，在饮食上不致受到克扣，因此这个膳单应该具有代表性。

　　至于各地满汉全席中的鲜蛏萝卜丝羹、梨片拌蒸果子狸、糟蒸鲥鱼、西施乳、凤肝拼螺片、奶油鲍鱼、婆参蚬鸭、松子烩龙胎等，实在于宫中找不到根据。有些则纯粹是瞎掰。像香港版满汉全席中的松子烩龙胎，也就是炖鲨鱼肠，皇上自称真龙天子，哪能用这样的菜名，自己吃自己？再如扬州版满汉全席中的蒸鲥鱼，也不可能源自清宫。鲥鱼确实曾入贡宫廷，为保其鲜，还要快马从江南连夜驰赴京城，三千里路程限三日赶到。后来有官员奏明此举实在劳民伤财，康熙皇帝于是一纸令下，"永免进贡"。以后的皇上便再也没有鲥鱼可吃了。

　　虽说满汉全席于史无征，不过是"拉大旗作虎皮"的作品，但各种版本的满汉全席毕竟荟萃了当地的饮食精华，较之宫廷吃喝还要高出一筹，因此不可全盘否定之。去其虚名而求其美味，如此就算吃通了"满汉全席"。

皇粮难吃

中国的官吏似乎一向有皇粮可吃。

春秋战国时，秦国中层以上的干部为"有秩吏"，按官职大小配给粮食。一年领取皇粮六百石以上，属于"显大夫"，相当于现在的高干。"有秩吏"因公出差，还另有补助，可以享受由沿途驿站供应的饭食。否则，让领导干部背着个米袋子到处跑，也不成话。高干上朝加班，还有工作餐可吃，基本标准是两只鸡。这是见诸《左传》的："公膳，日双鸡。"这样的伙食自然无法和现在的公款吃喝相比，但在当时已经很不错了。那年头的平头百姓，混得好，"七十者可以食肉矣"，岁数小一点的平日连荤腥也难见，只能吃饭喝汤。

据专家考证，秦之一石相当于今天的三十公斤，六百石就是一万八千公斤，相当可观。不过，官做大了也有麻烦，当时国家禁止粮食自由买卖，也不准官吏经商。守着这么多粮食，虫吃鼠咬不说，光是生蛾子就够烦心的。好在朝廷网开一面，准许用粮食买爵或赎罪，如此一来做大官才算有些滋味。只要不是谋逆，小小不言的罪过，称点儿粮食交上去就算两清了。这规定，会让今天许多人羡慕不已。

有无皇粮可吃，后果大不一样。东晋时的陶渊明当过八十多天的彭泽县令，因不愿意拍上司马屁，"为五斗米折腰向乡里小儿"，于是挂冠归隐，写他的田园诗去了。这"五斗米"并非虚指，而是他一天的禄米定量。当时县令的年薪是四百斛米，一半发现金，一半领粮食，平均每月可得粮十五斛，一斛十斗，正好合一天五斗。告别皇粮，免受俗务羁绊，陶老先生写出了不少好诗，但日子也真是苦，最后竟然落到"夏日抱长饥，寒夜无被眠"的地步。一般文人受不了这份罪，因此多数还是当命官，吃皇粮。

唐朝初年文武官员俸禄中也有禄米一项，从正一品的七百石，到从九品的三十石。仅供养百官，一年就需要粮食五十万一千五百斛。岑参有诗："三月灞陵春已老，故人相逢开口笑。瓮头春酒黄花脂，禄米只充沽酒资。"看来他是有资格领皇粮的。流浪中的杜甫则没有这等待遇，只好吃别人的皇粮，吃完还得给施主高使君写感谢信："古寺僧牢落，空房客寓居。故人分禄米，邻舍与园蔬。双树容听法，三车肯载书。草玄吾岂敢，赋或似相如。"这诗实在不怎么样，不过感谢信也只能如此。

吃皇粮人数最多的大概要算清朝。除了文武官员外，北京城里的八旗子弟，无论当不当兵，做不做事，或多或少都能领一份钱粮，俗称"铁杆庄稼"。为了供养这许多"吃货"，朝廷在北京东城建了十三座大粮仓，专门存放通过京杭大运河从南方运来的米粮。吃饭的闲人多了，干事的俸禄就少了。清朝京官，一品年俸不过白银一百八十两，二品一百五十五两，最低的九品只有三十五两。每两俸银同时配给俸米一斛。到了咸丰光绪年间，国库吃紧，京官工资还要打八折，日子更清苦，于是，手中有权者便用尽心思捞钱。左宗棠任陕甘总督平定新疆内乱时，连军饷都要被户部克扣。他倒是十分大度，写信给办事的人说："京饷三十万，花费两千余两，不为多。部书索取，本成定例。"这种事情一旦成为定例，大清国的日子也就快到头了。

清朝的皇粮是老米，市面上见不到。官仓的大米长期存放之后，颜色转黄，米质变糟，这便是"老米"。这本来明显属于变质食品，但管仓者却照样发放：白给的东西，爱要不要。因此，这老米原先只是没钱人家才吃，毕竟聊胜于无。后来，不知哪个吃饱了撑的主儿发现，老米长年存放，去了油性，因此又开胃又爽口，比新米还要好吃。此"老米优越论"一出，迅即得到更多吃饱了撑的主儿的响应，就连皇上都把老米摆上了餐桌。光绪七年元宵节那天，万岁爷一天三顿饭，顿顿都有"老米膳、老米溪膳"，而且排名在素粳米粥、薏仁米粥之前。由于最高当局倡导，本来不值一提的老米顿时身价百倍，某位爷到朋友家串门，进门就嚷嚷："今儿带了一小口袋老米，给我单做上。"以此来显示自己与众不同。一些粮行还专门向贫困八旗人家收购还未到期的米券，到期后到官仓领取老米后转手出售给那些慕名求购者，售价比新米还要高。

大清国一完，老米也跟着掉价，虽然还有遗老遗少留恋这一口儿，但一般人家是决计不会再问津了。如今，如果有谁再把变色发糟的老米拿到市场上兜售，肯定会被扭送到工商局，告你一个出售劣质商品，危害大众健康。世上许多事情，是不可以随意刮风的，一刮风，难免把老米这样的糟粕当作精华，闹出笑话。

皇上请客

古今中外，但凡皇上请客，这饭一般都不好下肚。

说不好下肚，倒不是因为饭菜的滋味。帝王请客，确实有稀松的。像中国清廷的满席汉席，不过拿些饽饽点心、生冷猪肉凑数。但也有相当丰盛的。像法国国王路易十五设宴，美味佳肴有二百余种，什么鹰舌、乌脑、骆驼腿、大象鼻，全都上了席。外国人老说中国人吃得杂，其实当年他们的头儿有过之而无不及。说帝王请客的饭不好下肚，主要是啰唆事儿太多。

首先是礼节繁琐。十八世纪时奥地利皇帝弗兰茨一世和皇后玛丽亚·特蕾西亚，特别喜欢请客，据说七七八八的宴会一年有上千次。每逢举行宴会时，皇帝皇后要端坐在巨大的华盖之下，等人把食物跪着送上餐桌。一个碟子，要转二十四道手才递到皇帝和皇后手中。

有幸参加这类宴会者，必须熟悉宫廷礼节，不得穿长统靴，当然也不能光脚丫子，进得餐厅必须按照等级顺序恭恭敬敬在餐桌旁边站着，皇帝皇后入座后也不许动窝。只有等到高贵的主人挺直脖子咽下第一口饭菜时，众人才能入座，开吃。这种饭吃着实在是麻烦。

再有是难得吃饱。英国伊丽莎白一世举行宫廷宴会，先要上演序曲，由一位皇亲与一位女伯爵担任试尝官，为女王检验食物是否有毒。按规定，此二人必须是已婚者一，未婚者一。这实在是不知出于什么考虑。因为婚姻状况似乎与毒性反应并无关联，何况试尝官本人却并不用亲尝食物，只是将饭食用刀切下一部分，送进周围侍卫的嘴中，让他们当幸运儿或是倒霉蛋。也许，这样做是为了让结过婚的和没结过婚的，都有机会获得为女王服务的殊荣。等到侍卫尝过食物又没有口吐白沫后，仪仗兵便会鼓乐齐鸣，以此宣布餐宴准备完毕，赴宴者此时才可登场。有幸与女王共进大餐的人必须时刻牢记，一旦女王饭毕起身离去，其他人必须立即跟着离席。如果女王心情不好或是积食，前脚进来后脚出去，哪怕你连口汤还没喝也得麻溜儿走人，回家另找吃的。

外国宫廷吃饭再折腾，吃者毕竟还是站着承受，一到中国，可就没那么舒服了。清朝时规定元旦、冬至和万寿节即皇上的生日，为国家三大节。逢到元旦和冬至，皇上要到太和殿升座，接受皇亲国戚和文武百官的庆贺，礼成，皇上便会传旨请大家喝茶。这茶喝着实在不易。喝茶前，亲王大臣们要按照品级高低，下跪叩头行一次礼。叩头之后，皇上自己先喝上茶，同时让王公百官就坐，此时大家又得叩头行礼一次。叩完头，才能领取光禄寺官员送上的茶，端茶就座后，还得再叩头谢恩一次。喝完茶，接着叩头。就为这一碗茶，跪下起来起来跪下得折腾四道，腿脚不灵便的老臣们差不多就得趴下来。

不过，要说起礼数，清朝还排不上号，以前的规矩复杂多了。北宋时，皇帝在元旦也要举行隆重庆典，群臣不但要三叩九拜，而且还得念念有词，拣好听的说。像高俅这样的太尉一级干部献给皇上的吉祥话是："元正启祚，万物咸新。伏惟皇帝陛下应乾纳佑，与天同休。"其他各级官员也都有相应的套话。其间还有鼓乐助兴。这些话都有标准版本，不得随意发挥。此事可查《宋史·礼志》。

这些好话说了并不白说，皇帝听过之后要有所表示，不能光喝茶，要请客吃饭，官方用语叫赐食。于是，庆典结束之后，高级干部进入大殿，在皇帝的御座前按文臣武将的序列就餐，次高级干部，只能在大殿外面的东西廊下凑合了。吃皇上的饭绝不能非礼，不然一旦被查出可就惨了。宋太宗淳化三年，曾明确规定"廊下食行坐失仪"要受到惩处，"犯者夺俸一月，有司振举不伏者，录奏贬降"。此后，逢到吃皇餐时，御史们要巡回检查，发现吃相不合要求者，立即举报。为了一顿饭，弄不好得罚上一个月的工资，如果不认错还得来个降级处分，真是好家伙。

宋代皇上请客吃什么不太清楚，明代永乐年间皇上元旦请客的菜单，却流传了下来。计有：茶食，像生花果子五盘，烧碟五盘，凤鸡，双棒子骨，大银锭，大油饼，按酒五盘，菜四色，汤三品，簇二大馒头，马牛羊胙肉，饭酒五种。看起来，一般般。说来也怪，尽管吃皇餐有风险，其味道未必佳，但多少人仍以一赴"国宴"为荣。元代萨都剌中进士之后曾经被赐赴宴，于是感动得诗兴大发，赋得《赐恩荣宴》："内侍传宣下玉京，四方多士被恩荣。宫花压帽金牌重，舞妓当筵翠袖轻。银瓮春分官寺酒，玉杯香赐御厨羹。小臣涓滴皆君赐，惟有丹心答圣明。"此诗颇有意味。

说皇上的饭不好下肚，其实只是今天一些人的看法，局外之人。

皇上吃请

历朝历代皇帝国王，不管赵钱孙李，还是路易亨利，逢到与臣民会餐这样的事儿，总是请客的时候多，吃请的时候少。道理很简单，皇上有钱有权，要请客只是一句话的事，用不着跟谁请示汇报，也没有监察部门管着。若是有人瞎得啵，说请客多了影响经济发展，高兴了用一句"与民同乐"堵你的嘴，不高兴时下道圣旨把你"咔嚓"了。请客既有如此便利条件，又何乐而不为？

皇上请客，并不单为混个肚儿圆，主要是想一饱耳福，听听臣子们说好话。像"英明伟大万寿无疆"之类的谀词，朝堂之上说起来总有些生硬，在饭堂上带着酒味说出来，就柔和自然多了。不过，碰上不识时务的，皇上也得自认倒霉。晋武帝司马炎平定东吴之后，把投降的吴国末代皇帝孙皓封为归命侯。一次武帝请客，席间想拿孙皓逗哏，便对他说："听说江南人爱作尔汝歌，你行吗？"孙皓张口便来："昔与汝为邻，今与汝为臣。上汝一杯酒，祝汝寿万春。"歌中有骨头不说，还把皇上"汝"来"汝"去的，整个一个大逆不道。但孙皓是奉旨行事，武帝心中恼怒却不便发作，只好灰溜溜地拉倒。这顿饭，算是赔了。幸好，像孙皓这样敢耍光棍儿的亡国之君甚少，臣子们吃皇上的饭都会拣好听的说，所以这客还能继续请下去。

　　说起皇上吃请，次数虽然不多，场面却着实不小。其中最甚者大约是隋炀帝。隋炀帝杨广即位后曾诏告天下，其中有言："是知非天下以奉一人，乃一人以主天下也。民惟国本，本固邦宁，百姓足，孰与不足！今所营构，务从节俭，无令雕墙峻宇复起于当今，欲使卑宫菲食将贻于后世。"话说得实在是漂亮，但其所作所为却是另一套。据史书记载，他外出巡行时，"每之一所，辄数道置顿，四海珍馐殊味，水陆必备焉，求市者无远不至。郡县官人，竞为献食，丰厚者进擢，疏俭者获罪。"把进奉吃喝的丰俭与官员的升迁直接挂钩，吏治焉能不大坏？据说杨广沿运河出巡扬州时，船队首尾相衔达二百余里，所经州县，五百里之内的居民都要献食。有的州县一次献食多达一百多台，嫔妃侍从们吃不完，启航时便把食物埋入土坑之中。许多百姓因此倾家荡产，不得不以树皮草根充饥。隋朝二世而亡，与杨广吃请之毫无节制大有干系。

　　五代时，由于战乱频仍，国库空虚，皇上的好吃好喝于是成了问题。一些大臣便主动凑份子请皇上，是为买宴。清泰二年（九三五年）三月，便有宰臣、学士、皇子、枢密宣徽史、侍卫、马步都指挥等中央官员，集资钱五十万、绢五百匹，宴请皇上。以后，地方官员也有同样举措。清泰是后唐末帝李从珂的年号，他在位只有三年，一上台便要河南百姓出资劳军，接着又要预征税赋，日子过得紧紧巴巴。即便如此，君臣照样吃吃喝喝。这饭钱虽然不用皇上出，但同样是民脂民膏。没吃几顿，这个李从珂就因兵败而自焚了。

对臣子而言，皇上如能到自己家中吃顿饭，可是莫大的荣幸。南宋绍兴二十一年（一一五一年），清河郡王张俊便有幸在府邸宴请宋高宗赵构一回。为了这一荣幸，张俊可没少折腾。光是正宴之前的干鲜果品，蜜饯小吃就有一百多种，包括香圆、真桔、石榴、鹅梨、荔枝、圆眼、番葡萄、小橄榄等等。菜品更是丰富，共一百二十款。仅下酒菜就有十五盏。第一盏：花炊鹌子，荔枝白腰子；第二盏：奶房签，三脆羹；第三盏：羊舌签，萌芽肚胘；第四盏：肫掌签，鹌子羹……此外，还有插食六样，厨劝酒十味，对食十盏二十分等等。张俊率兵跟随赵构几十年，曾为其称帝立下劝进之功。赵构对他恩宠有加，花钱给他修宅子，遣中使就第赐宴；另一方面对他也有戒心，让他读《郭子仪传》，不要功高震主。因此，宋高宗这顿饭既是示恩，也有现场考察张俊的意思。好在张俊是个明白人，总算应对得宜，平安过关。五百年后另一个请皇上吃饭的人，就没那么幸运了。

一六六一年八月十七日，法国财政大臣富凯遵从路易十四的旨意，请他到新建的沃勒维特孔宫吃饭。这次宴会是法国历史上最豪华的一次，六千名宾客均使用金银餐具，一次酒宴花了十二万里弗尔。富凯原想伺候好国王以升任宰相，不料是赔了夫人又折兵。路易十四看到富凯的宫殿如此富丽，远胜于己，不禁怒从心头起。一个月后，富凯被捕，沃宫遭抄。路易十四利用汉宫图纸和查抄的各种物品，给自己修了一座宫殿，这就是著名的凡尔赛宫。不过，如果就此断言，皇上吃请实乃促进文化事业发展之重要途径，此人不是白痴，便是浑球儿。

皇上挨宰

可叹剃头者，人亦剃其头，世上的事情往往如此。就拿执掌天下生杀予夺大权的皇上来说，自己有时也难免挨上一刀。在吃吃喝喝上。

明朝皇上的吃喝没有独立预算，与文武百官的例宴、早朝大臣的早点、犒劳功臣的羊酒、下属患病赐给的米肉酱菜等慰问品搅和在一起，由光禄寺一体操办。光禄寺厨役少则上千，多则超过八千人。这么多张嘴伙着吃饭，难免把皇上啃几口。嘉靖年间，光禄寺一年耗银三十六万两，宫中伙食却差劲得很。皇上于是不高兴了，让内阁大臣彻查。上谕中有这样的话："朕日用膳品，悉下料无堪御者，十坛供品，不当一次茶饭。朕不省此三十余万安所用也？"看来，嘉靖皇帝一定是嘴里淡出鸟来了，不然才懒得翻腾伙食账。

阁臣们倒是不敢怠慢，很快写出了调查报告，认为各衙门饭局太滥，虚支冒领太多，下人侵盗无算，固定资产（餐具）投资失控，挤占了皇上的伙食费。但宰皇上的人实在太多，此事只能不了了之。

清朝后宫倒是有自己的御膳房，但想给皇上一刀的仍大有人在。道光皇帝一场鸦片战争就赔款二千一百万银元，算不得明君，但自己的吃喝却较为节俭，宫廷每年支出不过二十万两银子，在清帝中算是最少的。伺候他的亲随觉得穷得要死了，总想寻机弄点银子花。一次，皇上想吃碗片儿汤，第二天负责皇上吃穿的内务府便递上了折子，要另设一御膳房，专供片儿汤。开办费需要银子几万两，常年经费又需银子几千两。道光皇帝倒还明白点市场行情，答复说："无尔。前门外某饭馆制此最佳，一碗值四十文耳。"

打报告的人过了半日又来禀告："某饭馆已关闭多年矣。"不让宰一刀，让你连片儿汤也喝不上。道光对此也无可奈何，只好发发牢骚："朕终不以口腹之故，妄费一钱而已。以万乘之尊，欲求一食物而不得，可慨也。"

大权旁落的皇上，挨宰的事情更多。光绪皇帝五岁进宫，虽然在名义上是全国老大，但上面还有大哥大——慈禧太后，因此在伙食上常遭克扣。宫中太监寇连材在日记中记载："皇上每食三膳，其馔有数十品，罗列满案。然离御座稍远之馔，半已腐臭。"近御座之馔虽不至腐臭，但大都也是久熟于冷，不能可口。光绪经常吃不饱，有时想让御膳房换点饭菜，熟谙政治行情的御膳房便去奏报慈禧太后，结果伙食非但没有改善，反而屡屡受到责骂，说是皇上太不节俭。最后光绪生生饿出了一身毛病。政治权力失落往往导致生活水准下降，此规律同样适用于皇上。一旦出现这种局面，重重挨上一刀也就势所必然。

也有的皇上是稀里糊涂当了冤大头。相传同治皇帝在位时，皇宫后门附近有一个卖凉粉的，同治外出游逛时常常来上一碗，但从来不知付钱。因为平素吃喝向来有人供着，没这个概念。一次，同治看到其他人吃凉粉交银子，觉得很奇怪。卖凉粉的说，我靠着这小买卖养家糊口，不收钱怎么行。只是看爷非他人可比，想日后有机会时一总算账。同治实在不好意思，连忙写了一张白条，让卖凉粉的到官里兑现。卖凉粉的不识字，找朋友看罢才知道上写由广储司付银五百两。广储司官员接到条子后又询问了有关细节，觉得确实是同治所为，但不敢造次，又去请示老佛爷。太后回复，此事虽然荒唐，但既然是皇上答应的事，总不能失信于民。就这样，几碗凉粉花了五百两银子。

五百两银子买凉粉虽然有点冤，但其实只是毛毛雨啦。同治皇帝结婚时，操办者从市面上购置了一对皮箱，最多值几十两银子，但是向皇上报销时，这对皮箱竟然花去了九千多两白银。乖乖！

或问，皇上难道真的那么傻，只会挨宰而不知宰人？那倒也不是。嘉靖皇帝挨宰之后，便狠狠砍出了一刀，让官中宦官出钱为自己改善伙食。从级别最高的司礼掌印太监开始，依次往下排。以后的皇上也照此办理。据《万历野获编》记载，"常见一中贵卖一大第，止供上饔飧一日之需，往往攒眉陨泣而不敢言"。明代太监官阶最高为正四品，每月仅给食米一石，靠这点进项供养皇上，喝粥都不够。因此太监们必须另找外快，特别是与兵部、吏部这些来钱的部门拉上关系，搞点创收。如此一来，这内外勾连欺上瞒下的事情也就难免了。明代宦官擅权为历代之最，其中一个原因，就是皇上吃了人家嘴软，不好管束。最后，弄得大家一起玩儿完了事。

皇上挨宰与宰人之事，多见于野史，正史往往不载，可能是觉得太丢面子。皇上屡屡挨宰，是用人不当，还是体制原因？说不清。这得找个明白人回答。

大话臭吃

中国人嗜臭不知始于何时。

至少在隋朝，人们已经有意识地制造臭鱼了。那方法古书记载颇详细，在六七月最热的时候，将两尺多长的鮧鱼（一种海鱼）去鳞洗净，放上两天。待到鱼肚子胀起来时，再从鱼嘴取出肠子，去鳃，留眼。之后将鱼肚子里塞满盐，再用盐粒将鱼四面封住，过一夜将鱼洗净。白天放到太阳下暴晒，晚上再将鱼放到木板上，上面用石板压住。如此五六日，等到鱼晒干，再放进干燥的瓷瓮中，封住口。过二十天即可取出食用。经过这般料理的鮧鱼，"其皮色光彻，有如黄油。肉则如糗，又如沙荼之苏者，微咸而有味"。

好好的鲜鱼不吃，非要搁到肚子大了，生出异味，再七荤八素地折腾一番，古人逐臭之志可谓坚矣。

这种臭鱼法是只去肠鳃不去鱼肚的，因此叫鮧鱼含肚。据说鱼肚如此这般之后其味更胜于鱼肉。又据说这臭鱼法的发明人是隋炀帝时的会稽人杜济，他精于品味，懂得烹调，因此人称"口味使大都督"，也算是省军级了。可惜只是荣誉称号，没有地盘，最多能领导锅碗瓢盆。

隋时会稽治所即今之绍兴，鲁迅的老家。此处本为水乡，又近大海，水产品自是不少。近海而不靠海，渔货在运输中变腐生臭在所难免，将臭就臭，再做加工，使臭味升华成为美味，也是顺理成章的事。绍兴人至今仍食臭，而且极有水平，可作佐证。杜济很可能只是将家乡的臭鱼之法精致化，再找人多热闹的地方公关一番，于是挣了个什么大都督。

中国嗜臭带似乎集中在长江中下游。沿江一线的上海、南京、武汉、长沙都有油炸臭豆腐干卖。绍兴的臭千张，其臭无比，一口吃下去，噎得人话也说不出，但随后浑身通泰，妙不可言。此物不可多吃，否则胃里承受不起，环保局也要查你污染大气。这一带开化较早，物产丰饶（中国豆腐也在此诞生），气候湿热。丰饶则升斗小民不至于吃了上顿没下顿，湿热则家中所存食品易生霉变味。霉变之后舍不得扔掉，便想出种种加工办法再吃。一来二去，臭食遂成气候。此说尚在大胆假设阶段，待小心求证之后，还可写成论文——中国臭食之问世乃全球可持续发展战略思想之最早体现。

如今，逐臭之风正在呈扩散之势，南宁街头油炸臭干的小贩随处可见，北京集市也有满身绿斑的鲜臭干在卖，供人购回自炸自食。

北京人过去只认本地的王致和臭豆腐。其外形质地都与南方臭干有所不同，味道也更强烈。传说王致和为一进京赶考秀才，落第后因无盘缠回乡，只好在京城卖豆腐。一次卧病在床，豆腐几日未能卖出，遂生霉变味。王致和心疼之余，将其加盐存入罐中，意在日后自己食用。谁知几个月王致和竟将此事忘得一干二净，待到想起，开罐察看时，豆腐已经面目全非，臭气扑鼻。就这样，一种全新食品闪亮登场。我总觉得，即便有王致和这么个人，也未必能三拳两脚就搞出臭豆腐。发明一种食品未见得比创立一门学说简单，没有几代人的摸索改善很难臻其佳境。很可能"王致和"是南方人或在南方待过，对臭干的做法略知一二，将其引入北京后，由于水土不同，制作又不得要点，几番折腾臭干做不成，没想到鼓捣出个新花样。北京四周过去少食臭习俗，也可佐证臭豆腐当为引进后之改良产品。

臭食少贵族气，多在百姓家中。往大里说，可能是因为臭食是对中国正统思想的一种反叛。当年孔老先生对吃饭穿衣都有讲究，《论语·乡党》篇对起坐饮食要求之详细具体，绝不逊于现在的报道计划。其中明确指出鱼、肉变质不吃，食物变色不吃，气味难闻不吃。如此才合礼数。臭食可是既变质又变色，更难闻，君子不屑，于是只好混迹于平民之中。北京臭豆腐尤其如此。这东西也怪，认粗不认细。就着贴饼子烤窝头片吃，十分贴切；和馒头烧饼在一道，就不是那个味儿。这几年，餐桌上乾坤颠倒，窝头、白薯成了众人争抢的稀罕货，臭豆腐也稍稍跟着沾了点光，吃的人多了些。但还是上不了正经台面。国宴就不摆臭豆腐。

食臭亦有道。除了蔬菜、豆腐之外，鱼可臭而后食，肉则不可。其臭不正且有毒素，吃了要生病甚至死人。这一点，中国老百姓与孔老夫子倒是一致得很。日常话语中也可体察臭鱼与臭肉的差别。说你是臭鱼，好歹还有点利用价值——臭鱼烂虾，送饭的冤家。说你是臭肉，那就基本等同于狗屎了。当年知识分子被称为臭老九，恐怕还算在臭鱼级。老爹那时在样板团写样板戏，江青下了一道指示，"此人内部控制使用"。正儿八经臭鱼一条。

肉不可臭食但又有人想吃臭肉，于是便发明了借臭之方。

湖北有一道臭干回锅肉可为典范。将臭干与猪肉同炒，加微辣，成菜后肉中有臭香，臭干中有肉香，辣椒又能丰富其滋味，甚美。中国老百姓对付生活中的禁区，绝对有辙。

中国人食臭习俗能流传至今，也真是不容易。按正统观点，这应该算是一种不良嗜好。可是历朝历代，各种禁令不知多少，清朝入关，连留什么样的发型都要统一模式，不按规定来就杀头，但没听说哪个皇帝禁止百姓吃臭豆腐。此事毕竟无碍大局，查禁成本也实在过高，由它去吧。这口子一开，遂使中国臭食蔚为大观，世界独树一帜。中国人本来聪明能干，只要没有诸多限制，总能干出些名堂来。臭食即是一例。

剪辑螃蟹

螃蟹的样子很怪。

《梦溪笔谈》载：关中人不识螃蟹。有人收得一只干螃蟹，人家病虐，就借去挂在门上——中国人过去相信生疟疾是由于虐鬼作祟。门上挂了一只螃蟹，虐鬼不知这是什么玩意，就不敢进门了。沈括说："不但人不识，鬼亦不识也。"这话说得很幽默。沈括是杭州钱塘人，又在延安当过官，此事应是亲见，而非耳食。

当年关中人不识螃蟹，恐怕只是穷乡僻壤的普通百姓，繁华都市的富贵人家，当不至此。东汉郑玄考证，西周祭祀时便有青州的蟹胥即蟹酱。可见关中早八辈子就有人不但识蟹，而且食蟹。不过，食蟹之风流行开来，还是以后的事情。

东晋时有个叫毕卓的人，官做得不大，最高也就相当于省办公厅主任，地厅级，但酒却喝得多，还经常因酒废事。他在吏部任职时，看到邻居家的好酒酿成，便趁夜去盗饮，被当场拿住。直到天明主人来时才发现："啊呀，原来是毕吏部！快快松绑！"主人非但没有将其送官，还拿出好酒与他对饮起来，直至大醉方休。这个毕卓有句名言："得酒满数百斛船，四时甘味置两头，右手持酒杯，左手持蟹螯，拍浮酒船中，便足了一生矣。"这样一个人，把喝酒吃螃蟹作为最高追求，在《晋书》中居然有传。搁到现在，别说立传，纪检监察部门不查处便算便宜。可能史官觉得，懂得品尝螃蟹美味的人，毕竟还有些可爱之处；再说，毕卓只不过想要喝点酒，吃吃蟹螯而已，又没有为此巧取豪夺，比那些为满足口腹之欲而横征暴敛的人要强许多。如果想想都不行，未免过分。

国人食蟹之风大约起自江南一带，开始时并不为北人所认可。《洛阳伽蓝记》曾记载北魏杨元慎对来自江南的南梁将军陈庆之的奚落："吴人之鬼，住居建康。小作冠帽，短制衣裳。自呼阿侬，语则阿傍。菰稗为饭，茗饮作浆，呷啜莼羹，唼嗍蟹黄。手把豆蔻，口嚼槟榔。乍至中土，思忆本乡。急急速去，还尔丹阳。"唼是吮吸，嗍是吧唧嘴的声音，用来形容吃蟹黄的情景倒是挺传神的。从中可见，当时北人对南人吃大米、喝茶、食螃蟹的习俗还是颇以为怪的。直至唐宋之后，情况才有了改变。

据《东京梦华录》记载，北宋时皇宫中已有螃蟹需求："东华门外市井最盛，盖禁中买卖在此。凡饮食、时新花果、鱼、虾、鳖、蟹、鹑、兔、脯、腊、金、玉、珍玩、衣着，无非天下之奇。其品味若数十份，客要一二十味下酒，随索，目下便有之。"宋朝赵家皇帝祖籍河北涿州，是地地道道的北方人。宫中也要食蟹，可见此风已然北渐。不过，直到今日南北食俗还是有些差异。

苏沪一带称螃蟹为"大闸蟹"，盖以阳澄湖大闸一带所产最为肥美。而北京人则径称螃蟹，没有别号。过去，"老北京"讲究要吃天津附近胜芳的大螃蟹，这些年北方日益干旱，胜芳螃蟹也久违了。几年前，螃蟹在北京时价颇昂时，一个朋友曾诚邀品蟹，到一家江苏馆子门口问引座小姐："有大闸蟹吗？"只见她思忖好一阵，终于恍然，随即热情作答："我们这里不卖炸蟹，但是蒸、炒螃蟹都有。"朋友听罢扭头而去，另择他处。江苏馆子不知道大闸蟹，成什么话？其实这也正常，那小姐言语之中，分明透着一股浓重的东北腔。

中国人为什么要吃螃蟹，这种样子很怪的东西？最直接的答案当然是好吃。林语堂便说过："凡地球上能吃的东西我们都吃。出于爱好，我们吃螃蟹；出于必要，我们又常吃草根。"但我怀疑事情是否如此简单。螃蟹好吃，是吃过之后的结论，而非未吃之前的动机。中国人最初吃螃蟹，应该出自于憎恨。

稍加对照便可明了，中国食蟹之风最盛的地区与种植水稻最早的地区大致相当，都在江浙一带。而螃蟹又是个食稻伤农的东西，而且曾经为害相当严重。直到元朝，江苏一带还有"蟹厄"的记载："吴中蟹厄如蝗，平田皆满，稻谷荡尽，吴谚有蟹荒蟹乱之说，正谓此也。"螃蟹多时，会像蝗虫一样给稻谷带来毁灭。农民对此焉能不恨哉？恨到了极点，只好去吃。古人对一个人万分憎恨时，不是要"食其肉，寝其皮"吗？对待同类尚且如此，何况螃蟹乎？还可以作为佐证的是，过去一些地方闹蝗灾时，百姓在烧香求神无济于事之后，便会点起火来，将蝗虫烧死，吃掉，以解心头之恨。《红楼梦》中薛宝钗的"螃蟹咏"云："于今落釜成何益，月浦空馀禾黍香。"吃掉螃蟹，才能保住庄稼，这实在是很浅显的道理。

如果有人撰写中国烹饪史，恐怕应该添加一条——憎恨出美食。

活吃黄瓜

算起来，这已经是三十多年前插队时的事情了。

那时，我们刚刚从老乡家迁入"知青别墅"不久。一字排开的宿舍前，有一块不大的空地，一同学于是见缝插针，在自己门前种起菜来。迷你菜圃约两米见方，内植辣椒、茄子、黄瓜、西红柿、扁豆各三五株。别看小打小闹，这菜却正经是绿色食品，只施用人粪尿，而且全为自产，绝无掺假。于是，知青小院中便经常可以闻到发酵之后的大粪那独特的余韵悠长的酸味儿。种菜，一定要用大粪，如此味道才好。

夏天日长，晚饭后大家便围着菜圃考察菜情。看扁豆的须蔓慢慢缠绕在架棍上，看西红柿结出纽扣般的青色果实，看黄瓜顶着小黄花一点点长大。顺便，回忆一下黄瓜、西红柿的烹饪要点。这些"细菜"村里都种着，但一斤总要毛把钱，对我们来说实属奢侈品。当时我们干上一年也就能挣二百多块，每个月自定的生活费只有六块五毛钱，要买粮、买煤、买盐……因此，常吃的菜只是两三分钱一斤的西葫芦、苘子白、山药蛋。大锅，水煮。煮毕，浇上一小勺滚烫生烟的花椒油，只听"刺啦"一声，香味顿时扑鼻。只是吃到肚里还是清汤寡水。

　　一日，大家照例在一起研讨黄瓜的吃法，一外校同学忽然插话："你们谁吃过活黄瓜？"众茫然，皆摇头。于是他便主动要求示范。但见他一米八的个子忽然矮了半截，屈身钻到一根半大的黄瓜前，用衣袖在上面随便擦了两下，并不摘下，然后像耍杂技一样反转身子，阔口面天，将黄瓜自下而上顺入嘴中，大嚼。半分钟的光景，一根黄瓜只剩下孤零零的瓜蒂，在瓜秧上抖动着。众人不禁哄然。然而，在场十几个精壮汉子却没有人再去品尝一下这活黄瓜的滋味。谁都知道，种出这点菜实在是不易。种菜的同学姓邓，其父当时是中国第二号"走资本主义道路的当权派"。不知他是否还记得黄瓜让人活吃之事？

　　中国人能吃上黄瓜，还得益于早年间的对外开放。当年张骞通西域后，将黄瓜从中亚引进中原，因此黄瓜本名胡瓜。后来因隋炀帝忌谈胡字，下令胡瓜改姓，于是才有了黄瓜一词。胡瓜也好，黄瓜也罢，对蔬菜品质其实并无影响，就跟世界贸易组织与WTO是一回事一样。老百姓对此倒不在意，只要得吃就行。倒是蜜蜂嫌黄瓜的花粉有异味，不采，所以商店没见有卖黄瓜蜜的。过去黄瓜露天种植时，这倒无妨，可以借助风力授粉，如今住进了大棚，授粉便成了问题。幸好专家找来了一种傻乎乎的熊蜂帮忙，它对黄瓜花粉倒没有什么意见。如此，大棚中才能结出黄瓜来。

　　黄瓜住进宿舍，其实不是现在才有的事情。在北京，几百年前就懂得在温室里种黄瓜、扁豆、茄子、韭黄，是为"洞子货"。"洞子货"中，以黄瓜最难栽培。要先将瓜籽种于花盘中，待长成壮苗后再移植下洞。开花后，又要人工授粉，结出小瓜后，还须在瓜下系一泥坠，以防其弯曲，长得顺溜才能卖出好价钱。菜洞子中，必须时时烧火以保持温度，如此这般之后，即便是数九寒天，北京也能有鲜黄瓜卖。不过价格也非同凡响。

明朝时，有一年大年初一，皇上突然想起要吃黄瓜。御膳房连忙派出太监四处搜寻，最后终于找到一人拿着两条新鲜翠绿的黄瓜在卖，开价便是一百两白银。太监想压价，那人说："不买拉倒，我自己吃。"说罢真的把一条黄瓜三口两口吃进了肚子。太监一看着了急，赶忙往外掏银子。卖黄瓜的又说，一条也是一百两。太监刚想理论，那人又要把黄瓜往嘴里填，吓得他再不敢说话，乖乖买下了这条小黄瓜。如何利用垄断地位大发其财，这卖黄瓜的看来门儿清。尽管此人没学过经济学。

到了清末，一条黄瓜想卖一百两银子已绝无可能，盖因慈禧太后压根儿不吃黄瓜，没了冤大头。不过黄瓜的身价依然不低。清人《京都竹枝词》云："黄瓜初见比人参，小小如簪值数金。微物不能增寿命，万钱一食亦何心？"当时有一名士，冬末春初时从南方来到京城。本地一帮穷酸文人慕名为他接风，还非让他点一道菜。此人斟酌多时，才要了一盘凉拌黄瓜，原以为不值仨瓜俩枣。谁知，在座的个个都绷起了脸，因为此时一盘黄瓜要好几两银子，比整桌席都贵。好端端的一顿饭，最后让几根黄瓜搅得不欢而散。

如今，北京人冬天吃黄瓜已不算稀罕事，顶花带刺的大棚黄瓜不过块把钱一斤。只是化肥农药生长素之类的让人心里打鼓。一朋友曾在山东某县与菜农好言商量："能不能少用点这些玩意儿？"回答是："反正你们城里人看病不花钱。"呜呼！真后悔当年未曾活吃黄瓜。

杂涮火锅

天气渐凉，京城吃火锅涮肉的人又开始多起来。

涮肉与烤鸭、烤肉，过去被称为北京的三大名吃。据集清人笔记之大成的《清稗类钞》记载："京师冬日，酒家沽饮，案辄有一小釜，沃汤其中，炽火于下，盘置鸡鱼羊豕之肉片，俾客自投之，俟熟而食，故曰'生火锅'。""人民无分教内教外，均以涮羊肉为快。"由此可见，北京人吃涮肉，是老太太的被窝——盖有年矣。

北京人过去挨着皇上住，尽管中间隔着好几道宫墙，谁也见不着谁，但别处毕竟还沾不上这个光，因此北京的吃喝常常爱挂点"皇色"，以显示与众不同。三大名吃之中，烤鸭据说是从清朝御膳房传出来的，烤肉的历史更可追溯到明朝，《明宫史》中便记载着宫里面"凡遇雪，则暖室赏梅，吃炙羊肉"。至于炙羊肉与今天的烤肉是不是一码事，却无人理会。火锅涮肉的出身，当然也得有点说道。于是有人考证，当年乾隆爷的食单中便有火锅菜，在位期间几次举办千叟宴时，席间更有火锅涮羊肉。此论是否能成立，值得怀疑。

清朝皇帝使用火锅确实不假。咸丰十一年所立的《御膳房收存金银玉器皿册》便记载，御膳房有"金火锅二口，随托盘火盖，一口重七十三两，一口重七十四两"。另有"银西洋火锅二口，每口重八十四两六钱。银火锅四口，每口重四十四两。银小火锅一口，随盘帽缺顶，计三十九两"。不过，这些火锅通常在冬天用于菜肴的保温，而非涮肉。例如乾隆五十三年正月初九，乾隆皇帝的晚膳中，就有燕窝苹果酒炖鸭子热锅一品（郑二官做）、鸭子火熏白菜热锅一品（沈二官做）、山药红白羹热锅一品（朱二官做）。可见，乾隆享用的火锅，其中已有做好的菜肴，是与"生火锅"不同的"熟火锅"。

当年乾隆举办千叟宴时，也确实上过火锅。以乾隆五十年的千叟宴为例，王公和一二品大臣以及外国使臣在一等桌入宴。每桌设膳品为：火锅两个（银制、锡制各一），猪肉片一个，煺羊肉片一个，鹿尾烧鹿肉一盘，煺羊肉乌叉一盘，荤菜四碗，蒸食寿意一盘，炉食寿意一盘，螺蛳盒小菜两个，乌木箸两只。另备肉丝烫饭。次等席也有火锅两个，只不过是铜制的。这些火锅的功用也应该是菜肴保温，而非涮肉，否则不必端上两个火锅。尽管千叟宴把三千多名白胡子老头儿召集在一起大嚼一顿，算得上是旷世盛典，但就吃喝本身而论其实并不舒服。这些个叟不仅要屡屡向皇上叩谢天恩，磨炼一番老胳膊老腿，还要接受其他考验。当时人大会堂宴会厅还没有建，而宴会举办的时间是正月，北京天寒地冻的时候。出席千叟宴者除少数高干贵宾可在房间用餐，其余只能在临时搭建的棚帐中享用皇上恩典。在这种环境下就餐，没点热乎饭菜，老叟们就真得"老了"。因此，火锅外带肉丝烫饭是必不可少的"急救药"。

把火锅与涮肉连在一起的"生火锅"，尽管未必有皇家血统，但并不妨碍其成为美味。早在清咸丰四年（一八五四年），北京前门外的正阳楼便有"涮羊肉"，所售之羊肉片，"片薄如纸，无一不完整"，颇受食客欢迎。到了民国初年，东来顺羊肉馆不惜重金把正阳楼的切肉师傅聘请过来，专营"涮羊肉"，并对羊肉选择、切肉技术、调味品的配制以至涮肉锅子的使用，都煞费苦心地进行了研究和改进，因而名声大振，赢得了"涮肉何处嫩，北京东来顺"的美誉。如今，北京的涮肉馆已是三步一哨五步一岗，其数量远远超过了烤鸭店烤肉店。

按老规矩，北京人吃火锅涮肉要在冬至之后，吃涮肉时要佐以糖蒜，正宗的主食应该是芝麻烧饼或者杂面。如今，很少有人还照章办事，多数人是想什么时候吃就什么时候吃，想怎么吃就怎么吃。饭馆们也紧追这一潮流，不但一年四季供应涮肉，还把炸窝头片抹臭豆腐之类的北京土吃也搬上了餐桌。在吃喝上，与时俱进是很正常的事情，无须倡导。

把杂七杂八的玩意儿放在一锅同涮同煮，一些正统美食家是颇不以为然的，认为会乱了菜肴本性。清代袁枚在《随园食单》中就明确提出"戒火锅"。他认为："冬日宴客，惯用火锅。对客喧腾，已属可厌；且各菜之味，又一定火候，宜文宜武，宜撤宜添，瞬息难差，今一例以火逼之，其味尚可问哉！"尽管有此高论，但火锅涮肉却依旧盛行不衰，其中原因很值得探究。火锅之中各种成分难分高低贵贱，大家同在一锅，只有和衷共济，各展所长，方能最终造就美味。由是观之，中国经济可称火锅经济。

粥食谈往

一粥一饭，当思来之不易。这是中国过去的治家格言。粥与饭，据说最早都出自黄帝之手，他老人家一边"蒸谷为饭"，另一边"烹谷为粥"，好让后人餐桌上有干有稀。不过，这粥饭问世之后，其地位却迥然不同。

周代之前，王公贵族吃的是饭，以甗蒸；庶民奴隶喝的是粥，用鬲煮。鬲是粗陶制成的，火烤便会炸裂，因此只能煮粥不能做饭。奴隶外出劳作，主人只须给个鬲，发点米，到田头熬粥吃去吧。倒也省事。鬲之容量只够一人填满肚子，因此一个奴隶便可称为一鬲。周康王时一次赏赐一个贵族，就有"人鬲千又五十夫"。可见当时喝粥的"鬲"之多。

大约汉代之后，粥之地位才有了提高。西汉时阳虚侯的宰相赵章得了一种怪病，饮食咽下后，总会吐出来，看着好东西干饿着。于是请来名医淳于意诊治，结论是"洞风病"，五天之后必死。不料赵章死倒是死了，却是在十天之后。淳于意的结论是，按医理确实该五天后死，但由于赵章喜好吃粥，胃中充实，因此多活了几天。从《史记》中这一记载可以看出，当时的"高干"已有喝粥的，人们也开始认识到喝粥有益于健康。

喝粥既然不再辱没身份，且能益寿延年，于是文人们喝将起来，一边还要写诗。苏东坡有《豆粥》诗："君不见滹沱流澌车折轴，公孙仓皇奉豆粥，湿薪破灶自燎衣，饥寒顿解刘文叔。……我老此身无着处，卖书来往东家住。卧听鸡鸣粥熟时，蓬头曳履君家去。"这诗里有典，说的是刘秀（字文叔）起兵时曾被强敌追得乱窜，跑到河北滹沱河下游的饶阳无蒌亭时，已是饥寒交迫，狼狈不堪。幸亏手下大将冯异（字公孙）送来豆粥，才使刘秀小有温饱，逃过一劫。以后刘秀当上了皇帝，特意赐给冯异珍宝、衣服、钱帛，并下诏说："仓卒无蒌亭豆粥，滹沱河麦饭，厚意久不报。"看来，这豆粥还有救驾之功。

陆游与苏轼也有同好，认为"豆粥从来味最长"。他还专门写过"粥颂"："世人个个学长年，不悟长年在目前。我得宛丘平易法，只将食粥致神仙。"陆游活了八十五岁，算是长寿，这与食粥恐怕大有关系。不然他天南地北的到处跑，还和唐婉闹了那么多年的情感纠葛，劳心又劳力，早就该不行了。

粥食不但能救驾益寿，还能改善人际关系。《红楼梦》中林黛玉与薛宝钗之所以结束冷战，也得益于喝粥。宝钗见黛玉身体不好，便劝她少吃补药多喝粥："每日早起拿上等燕窝一两，冰糖五钱，用银铫子熬出粥来，若吃惯了，比药还强，最是滋阴补气的。"宝钗还应承从家里弄些燕窝来，免得黛玉不好意思跟贾府张口。如此体贴关照，任凭林妹妹再厉害也不能耍小脾气了。不过，这一天一两燕窝也实在不是小数，要不贾府的焦大怎么不爱林妹妹呢？爱不起。

曹雪芹写这一段粥事，应该是以其早年经历为蓝本，因为用银铫子熬粥确有其事，清宫粥食就是这等做法。清宫熬粥，要由专人泡米、挑米。熬粥如用薏仁米，还必须用小铁片将米中的黑脐抠掉，再用竹签把残余的黑色痕迹挖去，方能入锅。帝后每餐粥食必须准备四种，除了老米粥、白米粥是必备的外，还要在薏仁米粥、香稻米粥、粳米粥、江米粥、玉米糁粥、小米粥、绿豆粥、腊八粥、豆汁儿、豆浆等中，轮换准备两种。煮粥时要先用铜铫煮水，开后过滤，然后移入银铫子中煮粥。如果是煮薏仁米粥，熬好之后，要将米汁滤出不用，再兑入粳米汁，这样味道才好。

不过也有例外。庚子年的七月二十一日（一九〇〇年八月十五日），慈禧和光绪为躲避战乱，仓皇逃离北京。第二天中午到达南口，吃没得吃喝没得喝，最后还是侍卫太监们四处搜寻，找了点鸡蛋小米，给老佛爷等人熬了点小米粥，这天晚上，仍旧是小米粥当家。这时候，什么铜铫子煮水银铫子熬粥的规矩，全都没有了，所能用的只有老乡家的大铁锅。

喝粥也有大场面。鲁迅先生辑隋代成书的《录异传》说："周时尹氏贵盛，五世不别，会食数千人。遭饥荒，罗鼎作粥啜之，声闻数十里。"用山东话讲，这可真是"好家伙"！不过，如果当家的老太爷不把几代人都圈在一起过，而是让大家各展其能，各尽其力，可能也就用不着几千人同喝"大锅粥"了。

熬粥亦有道。袁枚在《随园食单》说："见水不见米，非粥也；见米不见水，非粥也。必使水米融洽，柔腻如一，而后谓之粥。"水米融洽，柔腻如一，并不只是治粥之道。

汤饼寻源

许多现在极为平常的吃食，当年都曾经大红大紫过，而且有过许多故事。例如面条。

魏晋时，面条还不叫面条，大名汤饼。当时的面食，可谓"饼天下"：上锅蒸的叫蒸饼；炉中烤的叫胡饼，以后称麻饼，据说是后赵太祖石虎认为胡饼有影射自己出身胡人之嫌，强令改的名；也有烧饼，但此烧饼非今天的烧饼，中间包着碎肉，有些像现在的馅儿饼；水煮的呢，就是汤饼了，其别号还有索饼、水溲饼、水引饼等。晋人束皙写过一篇《饼赋》，文中列举了十多种属饼的面食，蒸的煮的炸的烙的都有，比上市公司还要芜杂。

中国人的语汇一向丰富，对事物分类也很细致。像春秋时期，不同马的界定和称谓就不下几十种。良马曰骏曰骜曰骁；劣马曰驽曰骞曰骀；一车两马者为骈，三马者为骖，四马者为驷，四马中挨着车辕的两匹马还有专称，为服；驾副车的马为骈，传递官方文书的马为驿。后来的驸马，大概就是从"驸"中引申出来的。小白脸和公主结亲后要官当，皇帝老丈人自然不能不给，当个驸马吧。好在这官名让人一听就明白不是干正经事的，荣誉称号而已。

各种颜色的马，叫法也各不相同：黑色为骊，青黑色为骐，黑白相间为雒，黑尾红身为骝，此外，紫色马、黄白色马、赤毛白腹的马、身黄嘴黑的马、毛色呈鳞状斑纹的青马，也各有其名，只是用字生僻，不便一一列举。马犹如此，何以魏晋时给各类面食取名时却显得思竭辞穷，只会一饼了之？

究其原因，大约是当时面食家族刚刚问世，人丁不旺，归里包堆也没有几样，于是只好凑在一起，以壮声势。借用现在一句话，就是"大饼是个筐，什么都得往里装"。说是凑，其实也有一定之规："饼，并也。溲面使合并也。"也就是说，只有将面粉与水搅和揉制后，加工出的食品才有资格进入饼类，基本条件得差不多。据此，油炒面不能算饼，浆糊也不能算，但面条却算。其中区别就在于是否被"溲"过。"溲"在现代汉语词典中只有一个意思，"排泄粪便，特指排泄小便"，但是在古汉语中"溲面"即是揉面。这是需要弄明白的。

别看面条现在家家户户想吃多少就吃多少，当年可是个稀罕东西。束皙在《饼赋》中，把面条好好褒扬了一番，说是"玄冬猛寒，清晨之会，涕冻鼻中，霜成口外。充虚解战，汤饼为最"。不过，有条件用汤饼充虚解战的，非贵即富，其他人等，只好站在一边干看着："行人垂液于下风，童仆空瞧而邪盼。擎器者舐唇，立侍者干咽。"区区一碗面条，竟能把人馋成这样，若非前人白纸黑字，实在叫人难以相信。

翻检材料，还有关于面条之崇高地位的佐证。东汉大将军何进之孙何晏，是魏国的驸马，又是地地道道的小白脸，白得让魏明帝怀疑他是不是涂了粉。为了辨明真伪，魏明帝大夏天把何晏召到宫中，让他吃热汤面。何晏吃完之后，"大汗出，以朱衣自拭，色转皎然"。OK！脸上没有粉被汗水冲掉，确实是地道小白脸。从此事不难看出，面条当时确为珍稀物种，不然皇上不会赐给臣子吃，太跌份。

魏晋南北朝时，驸马与面条的故事还有另一个。此驸马生于南朝宋，姓何名戢，祖、父都曾在朝中任过高官。他在担任司徒左长史时，与军事长官萧道成来往密切，经常在一起吃吃喝喝。所吃何物？面条！萧道成爱吃"水引饼"，于是何戢便叫妻女亲自动手做面条招待他。后来，萧道成仰仗军队硬逼南朝宋君王下台，自己取而代之，当上了南齐的开国皇帝。登基伊始，他便提出让何戢当宰相，有人反对说，此人资历太浅，又没有建树，萧道成便任命他担任吏部尚书。当时何戢不过三十出头。

这个何戢三十六岁就死了，《南齐书》中有其传。有意思的是传中没有写他有何政绩，有何真知灼见，只是把他的家庭出身、为官履历罗列了一通，再有就是干过两件事，一是和萧道成一道吃过面条，二是把家藏的扇面精品送给了皇上，得到了嘉奖。这个何戢，"家业富盛，性又华侈，衣被服饰，极为奢丽"，而萧道成却是一个比较节俭的皇帝，这也不让穿那也不许戴。他有一句名言："使我治天下十年，当使黄金与土同价。"这两个人之所以能够扯到一块儿，大概是靠面条的黏合力。

萧道成所吃的"水引饼"，今天看来实在算不了什么。据《齐民要术》记载，其做法是将面"溲"后，先揉搓成筷子般粗细，按一尺一段分开，然后再在锅边上揉搓到韭菜叶子那样薄，下锅煮熟。就是这样一种简单面食，当年竟能换个吏部尚书当，这未免让一些人慨叹生不逢时。

面之贵贱

面条应该算创立大宋王朝的功臣之一。

一千多年前，宋太祖赵匡胤还是后周的殿前都点检，统率精兵，权倾朝野。他见新皇帝年幼，遂萌废立之意。一次赵匡胤要领兵北征，京城开封顿时流言四起，说是"出军之日，当立点检为天子"。富商大贾闻讯纷纷外逃，市面大乱。老赵一见事已泄露，生怕篡位不成反引来杀身之祸，于是急忙赶回家中向姐姐讨教："外面人言汹汹，如何是好？"赵姐正在厨房做饭，闻听此言，抄起面杖就抡，厉声说："大丈夫临事自己拿主意，到家里吓唬女人家算什么本事？"老赵挨了一顿擀面杖，心里踏实了，决心照既定方针办，这才当上了皇帝。如果当时老赵家不吃面条，没准儿也少了赵匡胤陈桥兵变黄袍加身的故事。当然，光吃面条的还不行，还得有个胆大心细遇事不慌的主儿，敢跟老赵当面抢擀面杖。此事说明，头发和见识并非反比关系。所以后人往往惧内。

宋代面条已经相当普及，做法也多起来。除了水煮，又有了炒、焖、煎等花样儿。据吴自牧《梦粱录》记载，南宋临安已有专门的面食店，售卖的面条包括猪羊庵生面、丝鸡面、三鲜面、鱼桐皮面、盐煎面、笋泼肉面、炒鸡面、大熬面、子料浇虾臊面、银丝冷淘、丝鸡淘、耍鱼面等。名目繁多，勾人涎水。

冷淘就是凉面，唐时已经流行开来。潼关之西有一野狐泉，相传泉水是野狐狸刨出来的。于是有人在泉眼附近开了一家野狐泉店，专卖冷淘。由于拿"野狐狸"做卖点，生意很是不错，"过者行旅止焉"。当时朝廷官员，办公可享用免费膳食，冬天除正常饮食外，还要添加汤面和黄米肉粥，"夏月加冷淘、粉粥"。

冷淘之中的槐叶淘，曾经让杜甫老先生馋虫乱爬，诗兴大发，赋得《槐叶冷淘》一首："青青高槐叶，采掇付中厨。新面来近市，汁滓宛相俱。入鼎资过熟，加餐愁欲无。碧鲜俱照箸，香饭兼苞芦。经齿冷于雪，劝人投比珠。……君王纳凉晚，此味亦时须。"君王也要尝尝鲜，可见冷淘的地位还是不低的。

杜诗毕竟不是食谱，读过之后让人还不太明白这槐叶冷淘如何料理，倒是宋代林洪的《山家清供》说得比较清楚："于夏季采槐叶之高秀者，汤少瀹，研细滤清，和面做淘，乃以醯、酱为熟齑，簇细茵以盘行之，取其碧鲜可爱也。"看来，这槐叶冷淘普通人家皆可为之，无非是榨取槐树叶的汁液，和面，煮熟，凉水冷却。吃时再拌些酸咸之物。不过，眼下虽已是初夏，在京城还是别惦记槐叶冷淘为好。老杜写诗时，尚不知环境污染为何物，更没见过敌敌畏。

尽管面条与赵匡胤有些瓜葛，而且在宋代已经蔚为大观，但赵氏后代对面条似乎并不怎么认账，无论请吃吃请，膳食之中绝少其踪迹。南宋度宗一次过生日，皇亲国戚和文武百官提前一天凑份子给他祝寿。寿宴之上是又歌又舞，又吃又喝，百官们给皇上进了九盏酒，说了不少遍万寿无疆，可让皇上吃的主食只是干饭、胡饼、莲花肉饼、独下馒头、水饭之类，一碗寿面也没得。当时民间习俗，小孩子刚生下来就要吃汤饼即面条，"必食汤饼者，则世所谓'长命'面也"。可皇上老大不小了，过生日却只是吃干饭，未免差点意思。不过，这差点意思肯定是万岁爷的意思，不然臣子何敢如此。

后代宫廷之中，也基本没有面条的地位。清宫御膳房分为荤局、素局、点心局、饭局等，各类菜点都有专门机构负责，包括熬粥，唯独面条靠边站。慈禧太后过生日未见吃面记载，只由点心局制作四盘寿桃了事。素局承办的各类汤菜中，倒是有片汤、疙瘩汤、拨鱼汤等，但这些玩意儿只是面条的远亲，并非直系。清代皇上宴请臣子也很少吃面。康熙、乾隆办过几次千叟宴，把几千个白胡子老头从各地召集到宫中聚餐，算是大饭局了。老干部中最老的超过百岁，早已豁牙露齿，最合适来碗热汤面，但皇上偏偏不给，让他们吃什么肉丝烫饭。估计不少人得消化不良。

面条不受帝王待见，恐怕是性格使然。吃面条得人等面，不能面等人，刚出锅就吃的面条味道口感最好。北京人吃面讲究"锅挑儿"，可谓深得其中三昧。可是皇上吃饭总要端架子，一是没准点儿，什么时候想吃马上就得备好；二是传谕后，一百多样饭菜得一齐上桌，少一样厨师就得挨板子。于是，御厨只好把饭菜先做好了，再用蒸锅保温，随时候命。其他菜点好歹还经得起折腾，面条如此这般之后，就散了架成了糊糊。这等货色，当然没有资格成为御膳，所以面条注定只能与百姓为伍了。不过，对面条来说这未尝不是好事，起码还有懂得"锅挑儿"的知音。

面之雅俗

中国的面条可是一个大家族。

据说，光是陕西的面条就有近千种花样，什么臊子面、旗花面、麻食面、酸汤面、油泼面、血条面……细者如发丝、粗者似腰带。其他地方面条，名堂也不少。

别看现在面条很是平常，搁到一千多年前可正经是稀罕物。唐明皇李隆基，在诸皇子中排行老三，原配夫人姓王，是他当临淄王时娶的，人很贤惠。等到李隆基当了皇上，身边的小妞儿多了，便觉着王皇后不顺眼了，想休了她。王皇后便哭着说："陛下独不念阿忠脱紫半臂易斗面，为生日汤饼邪？"汤饼，就是面条。半臂，就是套在长衫外面的短袖罩衣，北京这二年很时兴这种穿法。这句话的意思如译成现代歌词，大约是："人家的生日都吃面，三郎的囊中没有钱。扯下了身上的小褂子，给我夫君把面换。唉唉唉唉，把呀把面换！"可以《白毛女》曲谱唱之。

唐代只有够品级的人才有资格穿紫，这紫半臂想来还是王氏的礼服。看来，面条还是有感召力的。李隆基听了这番话，"恻然动容"，废后一事缓议。不过王皇后后来还是被废了，因为面条的感召力最终比不过小妞儿。食遇上了色，往往要吃败仗。

中国面条繁衍到今天，也有了自己的"五大"：曰北京炸酱面、山西刀削面、广东伊府面、四川担担面、武汉热干面。如果论起档次来，超出"五大"者不知凡几。过去北京富贵人家夏至吃的"全卤面"就是一例。吃这碗面，要在夏至前一天，先用慢火将猪、牛、鸡、鸭诸物煮出浓汤，等到正日子再将燕窝、银耳、金针、鱼翅、海参之类投入汤中，加料酒酱油，以小火熬之。等到锅开三滚之后，勾芡，再将打好的鸽蛋浆缓缓注入卤中。最后以铁勺炸花椒油热泼于卤上。如此，全卤才算大功告成。这等吃法，绝非一般百姓所能问津，因此这全卤面虽然很是高雅，却难以进入"五大"之列。

"五大"之所以成为"五大"，就在于其不事雕琢，一般人家皆可为之。就像通俗歌曲，大家都能哼哼几下，故而能够流行开来。不过，虽说这些个面条属下里巴人之流，但制作也有一定之规，但绝不能胡乱将就，否则就成了下三滥。

拿四川担担面来说，相传它是自贡一个叫陈包包的小贩创立的，因最初是挑着担子走街串巷售卖，故以此名之。其配料有红酱油、化猪油、麻油、芝麻酱、蒜泥、葱花、红油辣椒、花椒面、醋、芽菜、味精等十多种，也有人在其中添加炒制猪肉末甚至豌豆尖，以提升档次。传统担担面讲究面细无汤，麻辣味鲜，因此花椒面绝不可免。四川的花椒面，是用生花椒微火焙干后碾成的，最佳者为当地所产之大红袍，稍加一点，担担面的滋味立即凸显。可惜，许多仿效者对此常常忽略。我们家老头儿，当年几乎天天以自制担担面为早餐，谈及花椒面的缺失，往往为之扼腕。有一年春节，国家主席杨尚昆到东安市场的一家餐馆视察时，与正在就餐的一家人攀谈起来。看到他们正在吃担担面，随意说了一句："担担面一定要加上些花椒，味道才好。"老头儿从电视中看到这一段，大叫："杨尚昆懂得吃担担面要加花椒！要得！"

北京的炸酱面同样有不少说道。所用之酱要黄酱甜面酱各半，黄酱要前门六必居的，甜面酱以西单天源酱园所产者为佳，光是买酱就得跑半个京城；所用之肉要肥瘦参半，用刀切成细丁，如用现成的绞肉馅儿就差点事儿；炸酱时不能添水，要小火干炸，如此炸出的酱味道才香。吃炸酱面配带的各色蔬菜——"老北京"称之为面码，也有讲究。要有青豆嘴儿、黄豆嘴儿、白菜丝、掐菜、菠菜、韭菜段、小红萝卜丝、黄瓜丝、芹菜末、香椿末，共计十样。前六样吃前需在滚水中焯一下。这些面码虽然不算什么金贵东西，但因出产时令不同，想凑齐了也不那么容易。实在不行，调减几样是可以的。再不行，洗根黄瓜干啃也凑合，而且别有一种豪爽之风。但绝不能白嘴吃面。"老北京"把没面码的炸酱面叫"光屁股面"。一听这称呼，就知道对这种吃法是何等不屑。

不过，对北京许多平民来说，"光屁股面"已经算是美食了，毕竟有酱有肉。等而下之的面条吃法其实还有很多，例如炸酱油面。其做法极简单：葱花呛锅，倒入酱油，见开即可，拌面食之。稍好一点的，可加些白菜丝。这样的面条着实简陋，因此遍查有关京城旧俗的文章也未见记载。当年，我在山西工厂当工人时，曾蒙胡同里长大的北京同乡的热情相邀，品尝过一两次炸酱油面，并目睹了制作全过程。其味如何？极美！当时我们整天吃的是高粱面做成的"钢丝面"，调料只有盐醋，能吃上一顿炸酱油拌白面条，如何不是人间至味？

面之异类

中国面条之种类多哉。国人不识面条者少矣。

让人奇怪的是，遍翻《辞海》《辞源》和《新华词典》，这些大砖头对"面条"竟然全都不屑一顾。也许是觉其过于大众。倒是《现代汉语词典》有些王者不却众庶的精神，对"面条"有一简单解释："用面粉做的细条状食品。"对"面粉"也有一简单解释："小麦磨成的粉。"细加琢磨，其义似不尽周全。有些细条状食品，虽非面粉制成，但确乎应属于面条家族。

例如朝鲜族的传统食品冷面。其做法是将面之条冷却之后，佐以牛肉、鸡蛋、鸡汤、辣椒、香油、酱、白醋、芝麻等诸料。讲究的，不用牛肉而用狗肉。冷面风味独具一格，香辣酸甜兼而有之，因此早已走出延边一隅，成为全国性面食。制作冷面要多种经济成分并存，荞面与白面大致各半，还要掺加一些淀粉，以增加其韧性。纯用白面，就不是那个味儿了。也有的冷面索性开除白面，只用细玉米粉加土豆淀粉。如果有人因冷面所用原料不够纯粹，便取消其面条资格，众多食客势难同意。

再如荞面河漏，更是与小麦磨成的粉毫不搭界，是纯用荞麦面做的。荞麦一向名列五谷之外，属杂粮者流。从植物分类上说，荞麦也是另类，属蓼科，与小麦之类的禾本科作物关系疏远。荞麦产量虽然不高，但几十天便可成熟，因此适合高寒山区种植。平原地区夏天因灾绝收后，再种玉米高粱等作物往往已不赶趟，农民此时也会赶种一茬荞麦，好歹还能打点粮食，少饿肚子。

由于出身不好，荞麦过去不为显贵所看重，起码在元代如此。元代忽思慧撰写的《饮膳正要》中对荞麦的政审意见是："味甘，平、寒，无毒。实肠胃，益气力。久食动风气，令人头眩。和猪肉食之，患热风，脱人须眉。"又说荞麦不可与野鸡同食，否则肚内生虫。也不可与黄鱼同食。为什么不可？没说。优点虚化，不足实说，抽象肯定，具体否定，荞麦算是倒霉，碰上了搞专案的行家。忽思慧当过宫廷饮膳太医，他的意见应该具有官方色彩。《饮膳正要》列举了上百种菜点羹汤制作方法及所用材料，连狼肉、驴皮都入选了，"实肠胃、益气力"的荞麦却无影无踪，足见其政治地位实在不高。

但是在民间，荞麦则是另一种形象。唐代白居易《夜行》诗中曾写道："霜草苍苍虫切切，村南村北行人绝。独出门前望田野，月色荞麦花如雪。"看来他对荞麦很有些好感。如雪之荞麦花还是蜜蜂的重要食粮，荞麦花蜜是很有些名气的。明代李时珍在《本草纲目》中记载："荞麦南北皆有，立秋前后下种，八九月收割，……磨而为面，作煎饼，配蒜食，或作汤饼，谓之河漏，以供常食，滑细如粉。"汤饼，是面条的古称，可见李时珍是承认荞面河漏为面条的。尽管它的模样不那么白，而是黑褐色。

晋陕北部一带的百姓，至今把荞面河漏看得十分金贵。陕北民歌里唱道："荞面饸饹羊腥汤，死死活活相跟上……"饸饹即是河漏，这样看上去更像一种食品。如果荞面河漏不是美味，人们怎么会拿它比喻爱情之坚贞不渝？

荞麦其实本不是做面条的材料。因其面中无筋骨，难以成形，勉强弄成面条模样，下到锅里也会肝肠寸断，甚至是一锅浆糊。这一点，小麦的条件要优越得多，因为富含面筋，制作的面条耐久煮，不散架。因此，说面条就是面粉做的细条状食品，就其主流而言并不为错。

中国百姓的高明之处便是能将不可能的事情变为可能。荞麦本来无论是抻是擀，都难进面条之列，但是借助更强大的外力压成河漏，便有了细条状的样子。制作河漏需要专门的设备河漏床子，其模样有点像重机枪。做河漏时，先将面剂填入一个下面钻满细孔的圆桶中；河漏床的一端有一可活动的木杆，上面有一个和圆桶粗细相似的木柱，将木柱对准圆筒，然后用力压之。桶内的面剂无处逃逸，只好顺着细孔钻入开水锅中，变成了长长的面条。

除了施加强大压力外，制作河漏还必须于荞面中增添些黏合剂，常用的是榆皮面。西安著名的较场门河漏要加青石水。选一块鸡蛋大小的青石用火烧红，放入凉水中一激，"刺喇"一声，青石水就成了。据说以此水和团，河漏便会筋韧耐嚼，泡水制作河漏。当时我们心里直犯嘀咕：这砌砖抹墙的材料如何能进肚？但吃了也就吃了，味道还不错。我们所吃河漏，多配以猪肉臊子，但同学之中胡子眉毛都还健在。

世上的许多事情，只有亲身经历了，才能知道其实并不那么邪乎。

说"尊"道"酋"

中国话中有许多词儿本来都与吃喝有关系。

比如说酋，其本意就是陈年老酒，只不过把酒字左边的三点水改成两点，移到上面去了。这是东汉许慎老先生在《说文解字》中的看法。酋后来又因此成为管酒之人。古时的大酋，就是酒官。而太平洋岛屿上土著酋长的一项职责，就是在族人聚餐时负责分配食物。包括酒水。由此看来，几千年前的领导，其实就是掌管百姓嘴巴的。

酋字下面再加上几笔，就成了尊。尊原为一种酒器，容量要比爵大。古人请客，喝酒时多使用爵，而且礼节繁缛，讲究尝、献、酬、酢。尝就是众人先把斟好的酒品尝一下，献就是主人向客人敬酒，酬就是客人接受主人的敬意，把酒饮下，酢就是客人再敬主人酒。如果主人对宾客十分重视，便会以尊来敬酒，这就是"尊敬"。尊敬后来成了场面上的客套话，但原来却有着实质性的意思，就是让你足吃海喝。李白诗云："金樽清酒斗十千，玉盘珍羞直万钱；停杯投箸不能食，拔剑四顾心茫然。"虽然用词不免夸张，却是抓住了丰盛宴席的特点，要用尊来喝酒。

有资格被"尊敬"一下的，多是有权有势者，也有过李白这样的文人，但只是陪衬而已。接受"尊敬"级别最高者，自然是万人之上的君主。于是，"至尊"便逐渐成为帝王专用的代名词，贾谊《过秦论》中描述秦始皇，"履至尊而制六合，执敲朴而鞭笞天下"。大权在握，想办谁就办谁，何等威风。至尊既然被赋予了这样的政治意义，"尊"字便不能再为酒器冠名，否则"至尊"便成了大号酒碗，未免不成体统。于是，只好在"尊"的旁边另加上一个"木"字。

伴随着"酋"和"尊"字义的演变，当权者吃喝的内容也大大改观。过去的酋长，虽然掌握分发食物的权力，刀下给自己多留一块肉在所难免，但想另起炉灶，自己单吃一套，恐怕族人们还不会答应。弄不好，开个会就能把你废掉，连多吃多占的机会都没了。所以还是得老实从政，当好公仆，尽管当时还没有"公仆"这个词。但一旦成为天下第一的至尊，情况就不同了。率士之滨，莫非王臣，几人敢议论皇上的饮食起居？如不识相，惹得龙颜震怒，打你几下屁股算是轻的，砍掉脑袋也是常有的事。因此，历朝历代，尽管也有君王在饮食上靠着自律能稍加检点，但多数还是可劲造。

宋人陈世崇在《随隐漫录》中记载，他曾经看到皇上每天赐给太子吃喝的记录，有酒醋白腰子，三鲜笋炒鹌子，烙润鸠子，土步辣羹，蝤蛑签，麂膊，酒煎羊……七七八八好几十样菜。不但数目繁多，而且用料考究。羊头签只取羊头之两翼；土步鱼做羹，只用两腮之上的那一小块肉；海螃蟹只吃两个钳子。其余部位，全都弃之不用。这羊头签是什么东西？文中未说。宋人菜谱中很有些个"签"，什么羊头签，羊舌签，奶房签，莲花鸭签，不一而足。从用料和"签"的字义来看，大概是用尖头小竹木棍将原料穿在一起再做加工的一类吃食，类似今天的羊肉串。土步鱼又名塘鳢鱼，至今仍被苏沪一带视为美味，可烧炸可汆汤。不过只取两腮之肉的吃法，少！一般人家纵然吃得起，也会觉得暴殄天物。候补皇上都吃成这样，更不要说正式在位的了。

宋朝皇上吃得精致，大臣更有甚之。真宗时，宰相吕蒙正每天早上要杀鸡喝汤。这汤可非同一般，一鸡之中只用鸡舌。一碗汤要杀多少只鸡可想而知。搞得家中的鸡毛堆成了山。徽宗时的权相蔡京，爱吃鹌鹑羹，"一羹数百命，下箸犹未足"。一次他召集下属议事，会后管饭，光是一道蟹黄馒头，就花费一千三百余缗。大臣生活如此奢靡，光靠那点俸禄显然不够，出路便是搜刮，让老百姓的嘴巴里少点油水。

比较起来，今人吃喝要简单得多。前不久《财富》全球论坛在香港开会，高官富贾云集，场面十分热闹。但网上发表的正式宴会的菜谱也不过如此。计有：南北特式拼盘：京式素烤麸，川式四季豆，上海烧素鳝，上海油爆虾，广东乳猪件，榆耳蜜豆；炒金银带子，燕窝鹧鸪羹，福禄花菇网鲍片，松子糖醋银鳕鱼，金华玉树鸡；飘香荷叶饭，上汤煎粉果；杨枝甘露；美点双辉：莲蓉水晶饼，奶黄水晶包。不但没有金樽清酒，玉盘珍馐，而且谢绝文人，没有记者的份儿。

凭与会者的官位财力，来点鸡舌汤、鹌鹑羹、蟹黄馒头之类，过去还不是小菜一碟？但在今天却少有可能，因为时代不同了，有人要监督，要说话。公司有股东，政府有选民。

歪批“孤寡”

中国古代的君主实在是很有意思。自己明明凌驾万民之上，独掌生杀大权，却偏偏要显得很谦恭，自称孤、寡、不榖。榖者善也，不榖即为不善之辈。这类谦词还有理论阐述。《战国策》的解释是："虽贵必以贱为本，虽高必以下为基，是以君王称孤寡不榖。"《吕氏春秋》说得更明白："君民孤寡，而不可以障壅。"原来，发明这样的称谓是为了让君王们时刻想着天下百姓，不能自以为是，一意孤行。可谓用心良苦。

以"孤寡"不离口来锻造明君的想法，实在是过于天真甚至是扯淡。就如自称"公仆"者之行径往往超出公仆范围一样。这一点，无论孤寡们还是非孤寡们都很明白。于是待到秦国一统天下，始皇帝登基伊始，便索性废除了这些把戏，将过去大家都能用的"朕"作为皇帝的专用称谓。这倒也直截干脆，比起那些似是而非的说法要强。

不过，秦之后的帝王们虽然不再自称孤寡，但生活中其实仍然很是孤寡，比如日常饮食。以清朝为例，皇帝们吃饭必须形单影只，一年中除了几次重大节日外，后妃子女一概不得陪食，王公大臣更是与之无缘。用北京土话说，吃饭得"闷得儿密"。这种进食方式实在是很不科学。一人吃独食，食欲往往不振，这是一般常识。到过农村的人都知道，就是喂猪也要让几只猪在一个槽中抢食，如此猪们才能吃得多，吃得香，长肉快。吃饭时孤孤单单，口中必然寡淡无味，纵然满桌美味珍馐也难有好胃口消受。从流传下来的清代帝王像看，他们大都比较清瘦，有的甚至尖嘴猴腮，一副营养不良的样子。这些皇帝没有经历过三年自然灾害，日常饮馔不但可保无虞，而且相当丰富，每餐都有几十道菜，究其消瘦原因，应该是吃饭时孤寡所致。今人吃饭方式不同，所以胖。

帝王吃饭必须"闷得儿密"，其实并非中国特色。法国王室也有明确规定，君主应该独自一人进餐，这一规定一直延续了数百年，直到一八三〇年七月法国君主制终结。不过，也有的君主嫌一人吃饭实在无趣，于是打破陈规，进行一番改革，找一些陪客共同进餐。像亨利四世，就几乎天天违反礼仪，邀请各种人甚至是不相干的人一同吃饭。一次，一个名叫格鲁拉尔的卢昂人到巴黎最高法院公干，没想到却稀里糊涂地成了亨利四世的座上宾，品尝了一顿御膳。法国国王吃饭也有讲究，先要由神甫念过餐前祝福经，随即国王宣布："传膳！"御膳总管跟着发布指令，一干人等便端着饭菜从御膳房走出来，弓箭手与持戟武士从旁护送，在场的侍从们还要毕恭毕敬地向着美馔佳肴敬礼。如此这般之后，进餐才能正式开始。

比较起来，中国皇帝们在吃喝上的规矩则要严格得多，不要说请不相干的人吃饭根本不可能，就是与朝廷重臣同桌共食也是极罕有的事情，遇到这种事情臣子必须诚惶诚恐，叩头谢恩。不过，清朝皇帝吃饭时虽然多为孤寡，却还常常想着别人，将自己吃不了的饭菜赏赐亲贵朝臣，以示天恩。像乾隆出巡山东时，一次进食之后便向二十六位官员赏赐饭菜，其中有山东巡抚、学政、布政使、总兵等。这些饭菜政治意义固然重大，但饮食价值却已大大打了折扣，当时就已经有人私下抱怨："天厨余馔，经宿辄不可下咽。"还有人赋诗："宁甘家食供藜藿，不向天厨啜糜饘。"

中国皇帝们吃饭时宁肯孤寡一人，很少与家人臣子同桌共食，其原因有很多。政治考虑当然是第一位。如果皇上整天和臣子或后妃一道吃饭，岂不是将自己混同于一般人等，权威由何树立？再者，安全问题也需要认真对待。当年君主们还在称孤道寡时，就曾因为请客吃饭闹出过大事。一次，郑灵公用楚人进献的大鼋宴请诸大夫，因为开玩笑没有邀请公子宋，公子宋认为受到怠慢，于是在开宴之前在朝堂上抢先用指头在煮鼋的大鼎中蘸肉汤而尝之，表示自己已经吃到了"异味"（这就是"染指"一词的由来）。如此失礼之举惹得郑灵公大怒，打算将公子宋杀掉，没有想到公子宋先下手为强，反将他杀了。区区一顿饭便可造成弑君政变，前车之覆不可不察。

还有一个现实问题，就是皇上一家人口太多。像康熙的后妃共有三十九个，乾隆是二十七个，加上子女则更多。如果挤在一桌吃饭，你甜我咸你辣我酸的，实在是照应不过来。如果再遇到争风吃醋的，哭天抹泪的，一顿饭还不把人烦死？由此看来，当皇帝在风光之余，其实也有许多不好受的时候，例如吃饭之孤寡。

年节吃食

中国过去多年节。逢年过节多要吃吃喝喝，有的还外带玩乐。

宋朝时候，什么年节吃什么，已经有了一定之规。过元旦饮屠苏酒。立春食春盘。元宵节吃糯米圆子以及绿豆粉制成的蝌蚪羹。寒食吃醴酪即以粳米或大麦做成的粥，还有小枣蒸糕。端午节吃角黍即粽子。七夕吃糖油面制成的"果食"。此外，中秋有玩月羹，重阳有米锦、重阳糕，冬至有百味馄饨，腊日有萱草面、腊八粥等等。宋代京官没有双休日，一旬之中，有一天不必上朝面圣，可以泡泡澡堂子，搞搞家庭卫生什么的，其余假期，则大都安排在这些年节之中，好让当官的与民同乐。

中国过去为什么会有这么多吃喝玩乐的节日？清末进士尚秉和老先生在所著《历代社会风俗事物考》中认为："盖无论士民工商，终岁勤劳，无娱乐之时，则精神不活泼，古人于是假事以为娱乐。原以节民劳，和民气，亦即所谓张弛也，此其义也。"此话甚有道理。

想当初，黎民黔首生活本不宽裕，又无报章杂志可读，无电影电视可看，无官场争斗可操心，穷极无聊，便易生事。因此，多整出点连吃带玩的节庆活动，配套成龙，让大家一年到头都有闲心可操，还能存个"月上柳梢头，人约黄昏后"的念想，无事生非的几率自然大大下降，社会也因此而稳定许多。只要升斗小民还有口饭吃，这种治理方式基本有效。

利用年节活动调控民情，只能顺势而为，不可生拉硬拽，否则便会闹出笑话。宋真宗当政的时候，和辽国开战吃了败仗，社会上不免有些议论，于是有人替皇上想出了改元外加设节的高招，以"镇服四海，夸示外国"。新节一设就是五个，有什么天庆节、天祯节、降圣节……逢到这些个节，朝廷赐百官御宴，庶民也准许改善伙食，与官同乐。不过，一般百姓对过此等节日并不感冒，因为皇上虽然说可以开吃，但同时又有补充规定，不许杀猪宰羊，官方语言为"禁屠"。只能吃斋的节日未免寡淡，等到改朝换代，这些个天字号的钦定节日便一边凉快去了。

也有的节日，原来并不怎么起眼，经官方鼓吹之后，由于和民众的某种心理需求相契合，于是流传开来，蔚为大观。中秋节便是一例。中国古人虽然早有八月祭拜月亮的习俗，但只是为了祈祝丰年，不把它当正经节过。直到唐朝，经唐玄宗李隆基倡导，才逐渐有了中秋赏月的风气。据《开元天宝遗事》记载，一次八月十五之夜，唐玄宗备文酒之宴，与禁中直宿诸学士玩月，感觉挺好，遂成定制。李隆基还曾下令，在太液池西岸修筑百丈高台，与杨贵妃一起登高玩月。没承想，高台还没搭成，就闹起了安史之乱，直闹得玄宗丢了皇位，舍了爱妃，只剩下"行宫见月伤心色，夜雨闻铃肠断声"的凄凉心境，再无赏月情致。不过，民间赏月之风却未受影响，还给中秋节起了个好名字——团圆节。经过乱离之后，人们阖家团圆的企盼更为强烈。

唐玄宗赏月，虽有酒宴，却无月饼，从吃喝的角度看，中秋节的体制尚不完备。待到明清两代，宫廷中秋要吃月饼已成定例。据明万历时太监刘若愚《酌中志》记载，宫中八月十五，"家家供月饼、瓜藕，候月上焚香后，即大肆饮啖，多竟夜始散席者"。清末每逢中秋，皇上太后便要御膳房准备月饼，自食之外，还要遍赐王府的福晋格格以及军机大臣、内务府大臣、总管太监，以示共享团圆之意。官府民间皆仿效之，一到八月十五，京城便闹腾着送月饼，和现在情况差不多。只是还没有快递公司掺和。

不过，彼时月饼滋味则远逊于今日，御用月饼在内。据清末富察敦崇《燕京岁时记》载："中秋月饼以前门致美斋者为京都第一，他不足食也。至供月月饼到处皆有。大者尺余，上绘月宫蟾兔之形。有祭毕而食者，有留至除夕而食者，谓之团圆饼。"御膳房的月饼，据说就是这种祭而后食的"团圆饼"，只是规格更大些，径有二尺余。能从八月十五留到大年三十的货色，必定是少油缺料，不然准得哈喇了。其味道可想而知。至于专为食用制作的致美斋月饼，直到民国盛名犹存。朱家先生的评价是，致美斋的月饼与各点心专业所做都不同，有枣泥松子馅和葡萄馅，皮馅各半，酥软异常。葡萄馅的妙在皮和馅的界限不分明，它的美既在馅，也在皮。这种月饼热的尤其好吃。可惜，如今只能从文字之中臆测其滋味了。

苏轼《水调歌头》有一短序："丙辰中秋，欢饮达旦，大醉，作此篇，兼怀子由。"今人杂务缠身，亲情渐薄，纵对一轮明月，也难有"但愿人长久，千里共蝉娟"的慨叹了。年节变迁，堪可玩味。

腊八粥话

中国的许多节日都有专门的吃食。端午：粽子；中秋：月饼；上元：汤圆；腊八：粥。可以说，过节就是吃吃喝喝。

别看如今人们把喝粥的腊八不当节，过去它的地位却挺高。北京有民谣："老太太，别心烦，过了腊八就是年。腊八粥，喝几天，漓漓拉拉二十三；二十三，糖瓜粘；二十四，扫房日；二十五，炸豆腐；二十六，炖羊肉；二十七，杀公鸡；二十八，把面发；二十九，蒸馒头；三十晚上熬一宵，大年初一扭一扭。您新喜！您多礼！一手白面不搀你，到家给你父母道新喜！"可以说，腊八是过年的序曲，喝上腊八粥，人们心头便会一激灵："呀！这一年又快到尽头了。"

如果再往远里说，腊八更是一等一的大节。春秋时期，人们最重视的就是岁末的腊日，因为这一天要祭奠百神，巴结天上的最高领导。腊日起初定在冬至之后的第三个戌日，后来为了省事，便固定为十二月初八了。因此十二月才有了腊月之名。祭神之后，人们也要跟着沾沾光，借机大吃大喝一番。不能喝粥，要杀猪宰牛。吃喝之余，还要举行各种娱乐活动，唱唱"卡拉 OK"什么的，"一国之人皆若狂"。狂过以后，该干什么还得接着干什么。孔夫子当年训示："一张一弛，文武之道也。"说的就是腊日对人们一年紧张劳作的放松作用。

到了宋代，腊八还是二等节日。中国古代没有星期天，只是在年节放假。宋代一年中官假有七十六天，其中最重要的元日、寒食、冬至，各放假七天；上元（正月十五）、夏至、中元（七月十五）、下元（十月十五）、腊八，各三天；至于立春、清明、端午、七夕、重阳……只有一天假。此时的腊八，已经有粥可喝了。南宋《武林旧事》中便记载："寺院及人家皆有腊八粥，用胡桃、松子、乳蕈、柿、栗之类为之。"

腊八粥之所以受到佛寺特别关照，是因为中国的一些人认为释迦牟尼是在腊八这一天成佛的，此前他曾经喝过一个牧羊女送来的奶粥（乳糜），对他觉悟大有裨益。因此，要在腊八这一天喝粥，还要给佛像洗浴，以纪念佛祖成道。也因此，腊八粥还有个高雅的名字叫七宝粥。七宝是佛教所说的七种宝物，有金、银、琉璃、砗磲、玛瑙、琥珀、珊瑚。还有别的说法，反正都是好东西。

中国的百姓对腊八粥则另有说道。有民间故事说，一张姓富翁老年得子，对其万分溺爱，老两口刚过世，这小子便放开了造，很快成了穷光蛋一个。腊八那天，北风呼啸，小张饥寒交迫，把家里各处粮囤的囤底子扫了一遍，将扫出的各色粮豆煮了一锅粥，但粥未熬好，人已冻饿而亡。以后，人们便在腊八弄些杂粮杂豆熬粥吃，以此来告诫后代，凡事不可奢靡，不然连粥也喝不上。

腊八粥不但在起源说上有文野之分，其做法更有着天壤之别。升斗小民，条件有限，不过是将手头的米豆凑在一起，加点红枣板栗，一锅熬。而宫廷王府，讲究就海了去了。当年睿亲王府中的腊八细粥，粥米便需十种，计有莲子、苋食、菱角、薏仁和粳米、江米、大麦米、高粱米、黄米、小米。此细粥必须颜色纯红，但又不能看见一豆。要先用红豆和小枣熬成汤，再以此汤煮粥。粥米煮好，还要添加各种粥果，要有剥皮去核的密云小枣、栗子、青梅、白葡萄干、糖渍樱桃，以及杏仁、榛仁、松仁、核桃仁、瓜子仁、花生仁等。各种果仁要先用冷水漂白，然后分出一部分用红曲和胭脂染红，将红白两种果仁摆在粥面上，再加上青梅绛枣，黄栗朱樱，如此，腊八粥才算制作完毕。

制作这样的腊八粥，钱财精力所费不赀，自己独享未免可惜，因此，北京过去王公贵族讲究送粥。但馈赠亲友，一粥了之实在太没面子，还得配上四样粥菜，四样点心。四粥菜是，山鸡丝炒甜酱黄瓜丝、山鸡丁炒粥果（核桃仁、杏仁、松仁、花生仁和葡萄干）、兔肉丁炒榛子酱和香菇爆面筋。四点心是，猪肉干菠菜馅的提折包子、枣泥方脯、火腿烧饼和玫瑰黄糕。此外，按惯例还得送上两棵腌大白菜。这等送粥法，自然不是一般人家所能承受的。

清朝时不但王公贵族互赠腊八粥，就连皇上也向百官赐粥。据说此粥是委托雍和宫的喇嘛们代熬的，要二十四小时才能熬成。当年道光皇帝爱新觉罗·旻宁曾写有《腊八诗》，内有"童稚饱腹庆升平，还向街头击腊鼓"之句，一片太平景象。待到光绪三十二年刊印的《燕京岁时记》中，虽然仍载有腊八粥制法，但当时由于国力日衰，已经"无百官之赐"了，官粥至此成为陈迹。这可真是，欲知沧桑事，先品腊八粥。

馒头探微

　　北方人吃白面也吃大米，南方人吃大米也吃白面。面食之中的主力，是馒头及其衍生产品——不同馅料的包子。如果没有了馒头，中国人的一日三餐便会单调许多，那日子实在是不太滋润。

　　说包子是馒头的衍生产品，其实并不十分确切。古时候，凡是面粉发酵后蒸制的吃食，无论是否有馅，起初统称蒸饼，后来都叫馒头。以后，为了表示区别，一些地方把无馅的划为馒头，有馅的归入包子。但这并非国家标准，许多地方并不遵从。至今，上海仍把生煎包子叫生煎馒头，河北、湖北的一些地方又称馒头为包子；浙江温州更有意思，把馒头叫作实心包，把包子称为馒头。实在是扯不清。

　　中国的馒头，西方的面包，同为人类饮食史上的重大发明。在此之前，尽管早已有了小麦，但由于缺乏合适的加工手段，无论东西方，人们主要用其来煮粥喝，一煮就是几千年。及至人们掌握了面粉发酵技术，发明了面包和馒头，饮食才逐渐丰富起来。据记载，早在公元前一五五〇年，古希腊的克诺索斯已经有了磨面女工、厨师和面包师等职业；公元前一五〇年，罗马出现了最早的面包房，以后官方还向所有罗马公民分配面包。中国的馒头究竟始于何朝何代，目前似乎尚无定论。中国的文人历来只想着治国安邦，只知道记录解释君王们的最高指示，对老百姓是吃馒头还是喝粥这样的琐事往往不屑一顾，因此考证馒头的起源还缺乏可靠的资料。

不过，传说中馒头的发明人倒是有的，这就是无所不能的诸葛亮。据宋代高承所撰《事物纪原》中说："诸葛亮南征将渡泸水，土俗杀人首祭神，亮令杂用牛、羊、豕肉包之，以面像人头代之……馒头名始此。"也有人据此解释，馒头原名蛮头，蛮人之头也，后人嫌不雅，才改为现在的名字。电视连续剧《三国演义》曾经把这馒头祭江的场面演绎得颇为壮观，很有点想象力。不过，诸葛亮发明馒头的说法有许多疑点。用来包肉的白面是否经过发酵？如没有，则与真正的馒头有着本质的不同，而经过发酵的面又很难塑造成人头的模样。再有，诸葛亮的"馒头"都扔到江里了，除了游鱼之外，又有谁能知道其味道如何？不知其味，此"馒头"又如何能大行于天下？

把诸葛亮与馒头扯在一起，其实并不奇怪。中国人干什么事都愿意借名人以自重，饮食行业亦如此，喜欢将某个名人作为本行的祖师爷，否则便显得不够正宗。开肉铺要供樊哙，因为他原先是屠狗的，以后又被刘邦封侯。豆腐店供奉的是刘安，因为他当过淮南王，乃汉室宗亲。至于蛋商，供奉的则是太乙真人。因为小说《封神演义》中的哪吒出生时是个肉球，后来被太乙真人收为徒弟，肉球与鸡蛋鸭蛋形状相似，于是这位太乙真人就便成了卖鸡蛋的祖师爷了。也真亏得有人想得出来。

比较起来，日本人在馒头问题上倒是实在一些，在史书中认定本国的奈良馒头的始祖是中国元代的林净因。这林净因是北宋隐逸诗人林逋一族的后人，在一三五〇年（元至正十年）随日本高僧龙山德见东渡日本，把中国馒头的制作方法带到了东瀛，并将馒头的馅料从肉、菜改为日本人喜爱的红豆，因而颇受日本朝野的欢迎。当时的天皇还曾赐宫女与林净因为妻，并生下两男一女。以后林净因重回故土，其妻儿和后代则一直留在日本卖馒头，还编纂出版过日本馒头辞典《馒头屋本节用集》。六百多年来，每年四月十九日，日本食品企业界人士都要聚会在今天的奈良林神社，隆重举行朝拜馒头始祖林净因的仪式。这位在日本妇孺皆知的日本馒头创始人，中国正史中却只字未载。

有没有馒头吃，人们的感觉大不一样。苏轼当年虽被谪贬到海南儋州，但诗兴犹在，因为有荔枝吃，还有馒头吃。他曾为吃馒头而赋诗一首："天下风流笋饼餤，人间齐楚荤馒头。事须莫与缪汉吃，送与麻田吴远游。"这吴远游也算幸运，只与东坡先生一道吃吃馒头，便使姓名流传至今。苏轼的弟弟苏辙曾奉皇帝之命出使辽国，虽说受到重用，却没有好心情。盖因当时辽国还没有馒头吃，还在喝粥吃饭。饭是半生的，还要"渍以生狗血及生蒜"，实在难以消受，于是只好喝粥。苏辙也曾赋诗一首："春粱煮雪安得饱？击兔射鹿夸强雄。礼成即日卷庐帐，钓鱼射鹅沧海东。"看来是饿得够呛。

如今，人们已不再因馒头而吟诗作赋，可供选择的吃喝比过去不知丰富了多少。这自然是大大的好事。如果能多对馒头之类的问题做一些研讨，少一些不着边际的空泛议论，则更好。

品味鸡蛋

先有鸡还是先有蛋，这是一个至今说不清道不明的难题。不过，先吃鸡还是先吃蛋，答案大约是有的。应该是吃蛋在先。想当初，人类老祖宗还在裹着树皮到处打野食儿时，鸡们也还都是野鸡，有腿有翅，能跑会飞，想吃之并不那么容易；而蛋们则只会老老实实待在窝里，首先被吃是理所当然的事。直到今天，人类那些猩猩、狒狒之类的堂兄弟，日常食谱中仍旧保留着鸟蛋一项，却未见山鸡野鸭。这也可作为吃蛋在先的佐证。

也许是鸡蛋实在是过于平凡，尽管人们吃了几千几万年，但吃法始终不离蒸、煮、煎、炒等有限的几种。袁枚在《随园食单》中，可以列出几十样鸡鸭鹅的吃法，什么生炮鸡、焦鸡、捶鸡、梨炒鸡，鸭糊涂、干蒸鸭、徐鸭、蒋鸭，云林鹅、烧鹅，听起来十分玄妙；但谈到鸡蛋却只有区区一条："鸡蛋去壳放碗中，将竹箸打一千回，蒸之绝嫩。凡蛋一煮而老，一千煮反嫩。加茶叶煮者，以两炷香为度，蛋一百，用盐一两；五十，用盐五钱。加酱煨亦可。其他则或煎，或炒俱可。斩碎黄雀蒸之亦佳。"除了"斩碎黄雀蒸之"有些高雅外，其余诸法，实在是家常得很。

不过，即便是这些家常做法，如果讲究起来，也大有说道。以人人会做的茶叶蛋为例，过去北京有钱兼有闲的旗人的正宗做法是，先将大个的好鸡蛋洗干净，放到清水中煮成半熟，等到鸡蛋清定住了，捞出。然后用大号衣针在每个鸡蛋的蛋壳上扎几个眼，放入上等茶叶沏成的茶汁中泡一夜。次日捞出再放入清水中煮熟，再放入好茶叶水中浸泡。如此方算够格的"茶鸡子儿"。再以人人会做的炒鸡蛋为例，孔圣人府中的做法是，把蛋清、蛋黄分打在两个碗里，蛋清中调以细碎的荸荠末，蛋黄内调以海米末，搅匀后分别煎成两个蛋饼，然后叠在一起，入锅调味，大火收汁。"三代为宦，始知穿衣吃饭"，此言确实不虚。似这等吃法，升斗小民大概听都未听过。

鸡蛋也可做出名菜，虽然数量不多，山东的"三不沾"便是一例。其做法是将蛋黄与白糖、水淀粉搅匀，锅中放入少量猪油，用微火，将蛋黄慢慢推炒至熟，炒制过程中还要逐步添加猪油，使之充分融入鸡蛋之中。起锅之后，再撒上些金糕丁即可。所谓"三不沾"，是指炒好的蛋黄泥十分滑润，一不沾手，二不沾勺，三不沾盘。

抗战期间，"三不沾"在革命圣地曾颇为风光。一九三九年，堕马受伤的光未然到延安医治伤臂，其间有多位老友设宴款待，陪客有冼星海等人。几次宴会，餐桌上都有"三不沾"。时隔几十年，诗人对此仍念念不忘。当时，"三不沾"与"米脂咕噜"，是延安最为有名的两道甜菜，大概是因其用料简单，易于采买的缘故。看来，纵然在十分艰苦的条件下，革命者与美食也并非格格不入，誓不两立。能吃"三不沾"，就不满足于煮鸡蛋，这其实反映出一种乐观向上的生活态度，未可厚非。如果有人能编出一本《延安忆吃》之类的书，一定会很有趣。

鸡蛋也分三六九等。清朝时两淮八大盐商中的首富黄均泰，每天早上要吃两枚鸡蛋配燕窝参汤。一天他从账本儿上看到，每枚鸡蛋竟要纹银一两，不觉吃惊，于是召来厨师询问为何如此之贵。厨师很牛，回答说此鸡蛋非同一般，市面没有。如若不信，可另找厨师做做看。果然，黄均泰连换几个厨师，所做鸡蛋味道都不及以前，于是只好请回原来的厨师。原来，此厨师家中自养了一百多只鸡，每天都用人参、苍术等药物研成碎末拌在鸡食之中，所产之蛋的味道自然与众不同。这样的蛋中贵族，只有"烧包子"才不惜花大价钱享用。

普通寻常鸡蛋，在特定条件下也能卖出天价。有记载说，光绪皇帝每天吃四个鸡蛋，御膳房竟然开价二十四两白银（也有说十二两）。于是，这位久困深宫的天子，把鸡蛋当成了宝贝，还问他的老师翁同龢是否吃过这种名贵之物。翁同龢也是个老油条，明知光绪上当受骗，却不揭破真相，只是含糊其辞，说自己家中年节祭祀时也用过鸡蛋，把这件事遮掩过去了。翁同龢不肯告诉光绪鸡蛋的实价，是因为这样做会断了宫中有关人员的财路，引起众怒，不如揣着明白装糊涂，于己更为有利。果然，"鸡蛋事件"平息后，翁同龢得了很高的印象分，宫中上下都说翁师傅"办事漂亮"，"有口德"。不过，有人据此评价说，从几个鸡蛋上，便可断定戊戌变法实难成功。因为皇上不谙世事，而重臣又不肯说明实情，这种情况下，无论办什么事，都会砸锅。

这正是，要想治国平天下，先得整清鸡蛋价。

又见晚菘

　　南朝齐时的国子博士周颙官当烦了，于是跑到金陵的钟山隐居。没了俸禄，只好吃素。卫将军王俭谓颙曰："卿山中何所食？" 颙曰："赤米、白盐、绿葵、紫蓼。"文惠太子问颙"菜食何味最胜？" 颙曰："春初早韭，秋末晚菘。"事见《南齐书·周颙列传》。

　　周颙官位不高，政绩不显，可是这句"春初早韭，秋末晚菘"说得实在是好，不但深得蔬食三昧，而且文采斐然，让人过目难忘。一个人，一辈子能有几句话流传下去，也就够了。不咸不淡的宏论，只能流行于一时。乾隆倒是写了几万首诗，有谁能记住？

　　韭为何物，人尽皆知。那么菘又是什么呢？其实也是人尽皆知——大白菜。只不过，知道大白菜这一雅称的人不多了。如若不信，可在农贸市场立个牌子——此处出售晚菘，保证会有不少人过来看稀罕。不过，看过之后有什么举动，本人就不负责了。

　　邓拓一九六一年在《燕山夜话》中写过一篇文章，题目就叫"种晚菘的季节"，可见当时还有些人知道菘为何物。文中引用了不少古人吟咏大白菜的诗词，有苏东坡的诗："白菘类羔豚，冒土出熊蹯"，把大白菜比作羊羔、猪肉甚至熊掌；有范成大的绝句："拨雪挑来塌地菘，味如蜜藕更肥浓，朱门肉食无风味，只作寻常菜把供。"虽然夸张乃诗人本色，但大白菜一向被视为美味则是不会错的。

尽管秋末晚菘受到古人器重，但大白菜算不得什么珍稀之物。曾经与周颙有过交往的那个王俭，一次去拜访南齐武陵昭王萧晔。"晔留俭设食，盘中菘菜、鲍鱼而已。"此鲍鱼非今日之鲍鱼，而是"入鲍鱼之肆久而不闻其臭"的那个鲍鱼，也就是臭咸鱼，所以记载此事的史官才会"而已"一番。这个萧晔虽然是皇族，但是并不受皇上待见，没了接班的指望，因此接人处事也就洒脱了许多，包括用咸鱼白菜来招待朋友。而王俭居然也不挑礼儿，"重其率直，为饱食尽欢而去"。做人交友到了这个份儿上，活一辈子也还有些意思。只可惜，今人应酬只知鲍鱼。

明清时，张岱、李渔、袁枚等一帮老饕，对大白菜的评价也都很高。李笠翁在《闲情偶寄》中说："菜类甚多，其杰出者则数黄芽。此菜萃于京师，而产于安肃，谓之'安肃菜'，此第一品也。每株大者可数斤，食之可忘肉味。"黄芽菜是南方人对大白菜的称呼，安肃即今日之河北徐水县。除河北外，山东及京津地区的大白菜均有佳品。袁子才在《随园食单》中，也有关于黄芽菜的记载："此菜以北方来者为佳，或用醋搂，而加虾米煨之。一熟便吃，迟则色味俱变。"直到今天，醋溜白菜和虾皮熬白菜仍是北京的平民吃食。

袁枚毕竟是南方人，对于食菘之道只知其一而不知其二。在北京，大白菜不仅可以熟吃，也可以半生半熟吃或者直接生吃。前者的代表作为芥末墩儿，后者则是楂椿拌白菜心。芥末墩儿的做法是：将大白菜去老帮，整棵横放，切成三厘米长的圆墩状，用沸水烫一下，码入坛中，一层白菜墩，一层芥末面和白糖，最后淋上一层米醋，捂严，一天即成。味道酸甜辣而爽口。据说，当年梅兰芳大师的餐桌上便常有芥末墩儿；又据说，芥末墩儿以老舍先生家所做最为地道。这倒完全有可能，老舍是旗人，而芥末墩儿本来就是满族入关后带到北京的。至今，东北各地仍将芥末墩儿列为满族特色菜。

楂椿拌菜心也是旗人吃法，制作更为简单：将白菜心横切成丝，然后浇上用白糖煮就带有红亮浓汁的楂椿，拌匀食之。楂椿是一种山果，形状味道都近似山楂。过去北京吃着皇粮的旗人再潦倒，一棵白菜吃尽菜帮后，当家的便会端着个缺边饭碗出门，费尽口舌赊上半碗楂椿，拌个菜心。吃上这一口儿，日子才算有些滋味。这也是一种认真的生活态度，未可厚非。芥末墩儿和楂椿拌白菜心，至今仍写在京城诸多"老北京风味"饭馆的菜单上，特建议最好后面加个括号，添上"罐头山楂拌白菜帮子"什么的。这样，万一有人较起真来，也有回旋余地。

李渔说大白菜食之可忘肉味，也应属夸张之辞。不过，大白菜借助肉味倒是可以更彰显其鲜美，北京人吃涮羊肉时最后才上白菜，就是这个道理。据清朝睿亲王的后裔金寄水先生回忆，当年睿王府吃涮羊肉时，调料只有白酱油、酱豆腐、韭菜末和糖蒜，其余如芝麻酱、虾油、料酒、炸辣椒等一概没有，也不涮白菜，只涮酸菜、粉丝。直到他十岁之后到东来顺吃涮羊肉，才知道调料有这么多名堂，才知道可以涮白菜。

如果有人根据自己吃涮羊肉时有白菜这一点，便言称生活水准超过了王爷，旁人也确实不好说什么。只要自己不嫌寒碜。

诗说鲥鱼

中国古代有四大美人，还有四大美鱼。曰洛水（后为黄河）鲤鱼，伊水鲂鱼，松江鲈鱼，长江鲥鱼。此四者，美不在貌而在于味。

鱼之四美，前三者出名较早。北魏时期，都城洛阳已有"洛鲤伊鲂，贵如牛羊"的说法；西晋文学家张翰的"莼鲈之思"的故事，更是早已为人所熟知。至于鲥鱼，大约在宋代才被提拔起来，成为吟咏的对象。

宋梅尧臣有《时鱼诗》："四月时鱼跃浪花，渔舟出没浪为家。甘肥不入罟师口，一把铜钱趁浆牙。"时鱼即鲥鱼，因其出入有时，"年年初夏则出，余月不复有也，故名"。鲥鱼平日待在海中，每年只有夏季才进入江河，到淡水中产卵。

王安石在《后元丰行》也提到过鲥鱼："……鲥鱼出网蔽洲渚，获笋肥甘胜牛乳。百钱可得斗酒许，虽非社日常闻鼓。吴儿踏歌女起舞，但道快乐无所苦。……"《后元丰行》是王安石被迫辞去宰相之职后，闲居在家时所写的新法改革成绩备览，因此自然要把最露脸的事列进去。明乎此，也就了解了鲥鱼与众不同的地位。

梅、王之诗，一为悯民，一为自矜，不过是拿着鲥鱼说事，真正写出鲥鱼之美的还是东坡先生："芽姜紫醋炙鲥鱼，雪碗擎来二尺余，尚有桃花春气在，此中风味胜莼鲈。"把鲥鱼抬得很高，对于这一评语，后人也有不认同的，明代陆容所著《菽园杂记》中便指出："鲥鱼尤吴人所珍，而江西人以为瘟鱼，不食。"

鲥鱼成为新贵之后，产鱼之处便跟着倒了霉。明清两代，都曾把鲥鱼列为贡品，要用快马从江南送至北京。清初吴嘉纪有《箬鲥鱼》诗："打鲥鱼，供上用，船头密网犹未下，官长已备驿马送。樱桃入市笋味好，今岁鲥鱼偏不早。观者倏忽颜色欢，玉鳞跃出江中澜。天边举匕久相迟，冰填箬护付飞骑。君不见金台铁瓮路三千，却限时辰二十二。"金台指北京，铁瓮为今之镇江。由此可见，当时鲥鱼便以镇江所产最为名贵。直到今天，国宴仍要选用镇江鲥鱼。

镇江到北京路程近三千里，要骑马在二十二个时辰即四十四小时赶到，鲥贡于是成了苦差事。"三千里路不三日，知毙几人马几匹？马死人死何足论，只求好鱼呈至尊。"不过，由于路途迢迢，即便是马死人死，劳民伤财，进贡的鲥鱼到京后十之八九也已变味。据说清宫中一元老到江南公干，品尝过新鲜鲥鱼后坚决不承认此为鲥鱼："模样倒是差不多，差就差在没有宫中鲥鱼的那股味！"

就是这腐臭变味的鲥鱼，居然进贡宫中达二百余年，明朝亡了，大清皇帝还要接着吃，也算是一怪。这期间，未必没有个把皇上烦了臭鲥鱼，有过停止进贡想法，但考虑到方方面面的影响，还是由他去吧。直到康熙二十二年，当时的山东按察司参议张能麟大着胆子写了一道《代请停供鲥鱼疏》，列举了鲥贡给百姓和地方官员带来的种种灾难，并且挑明，费劲巴拉，皇上吃的还是臭鱼。康熙这才下定决心："永免进贡。"许多时候，制度一旦建立，尽管很荒唐，仍会沿着既有轨道运行，非强大外力难以改变。臭鲥鱼进贡二百年便是一例。

如今，在北京吃新鲜鲥鱼已经不新鲜。一九五八年，中央实验话剧院在颐和园听鹂馆请客，主宾是陈毅，陪客是周总理，目的是请陈老总写一部反映革命斗争的剧本。席间便有清蒸清江鲥鱼。总理在给大家夹菜的时候还讲起了故事。说是鲥鱼是最好的淡水鱼之一，产量很少。烹调时必须带鳞才鲜美，但鱼鳞本身又不可口。过去有一个婆婆刁难刚过门的儿媳妇，问能不能做鲥鱼既好吃但又没有鳞呢？这儿媳妇很聪明，她想了个办法，把鱼鳞先打下来，再用针线串起来覆盖在鱼身上，一起清蒸。鱼蒸好后才把盖在上面的鳞取下，终于得到婆婆的满口夸赞。看来，总理还是很懂生活，深谙鲥鱼烹制之道的。

鲥鱼的主流做法有二，一为清蒸，一为红烧。清蒸时要配以火腿、冬菇、春笋等物，还要鱼身铺上网油，以增其腴美。这些年，人们讲究起健康饮食，对于动物性脂肪心怀戒意，于是，北京国贸中心的苏浙酒楼便在清蒸鲥鱼时，弃网油而添酒酿，使其味趋于清淡却不失其鲜。按正统说法，这其实只不过是一种倒退而已，因为二百多年前袁枚在《随园食单》中便说过，治鲥鱼"加清酱、酒酿亦佳"。而当时还不兴使用网油。不过，只要是食客欢迎，商家得利，倒退一步两步，又有何妨？湖南有民歌唱得好："赤脚双双来插田，低头看见水中天。行行插得齐齐整，退步原来是向前。"退步原来是向前，世上事物多如此，又岂止鲥鱼烹制。

慎谈正宗

仓廪足，餐饮兴。这二年，中国人吃的选择越来越多，口味也变得倍儿精，甚至有点朝三暮四。闹得城市中各地菜肴的排行榜，比流行歌曲换得还快。以北京为例，河南红焖羊肉刚红了几天，东北小鸡炖蘑菇便唧唧喳喳跟了上来；如今小鸡已然打蔫，满大街爬的是四川香辣蟹。外地情况亦然。

近来，杭州菜的势头也凶猛起来。有消息说，仅上海就有两千多家杭菜馆，北京也很有一些。又有消息说，这些餐馆中鱼目混珠者居多，货真价实者寥寥。上海的"正宗"杭州菜馆只有区区二十几家，其余都是混混儿。于是，杭菜的老家有人着急了，商量着成立杭菜研究会，为杭菜正名。同时对杭菜馆进行考核认定，合格者授予牌匾和证书，承认其为正宗。要保证杭菜不衰，避免重蹈一些菜肴"各领风骚三五年"的覆辙，这些措施无疑很有必要。只是，"正宗"二字，慎用为好。

所谓正宗，原指佛教各派的创建者所传下来的嫡派，有什么净土宗、法相宗、华严宗、天台宗、律宗、禅宗、密宗等等，名目繁多，不一而足，各有门户，各有传承，各有说道。后来的正宗，则泛指有别于杂牌的正统派。因此，凡事一称正宗，便有些一览众山小，惟我而独尊的味道。而中国之所以成为举世公认的饮食王国，恰恰在于不以"正宗"自诩，勇于兼容并包，博取诸长，如此方成就今日菜系繁多，精馔纷呈之局面。

以杭菜为例，当家菜肴之中，不少即为"宗"外人士。宋嫂鱼羹据说源于北宋都城汴梁，原创者宋嫂是逃难到杭州的，本属"盲流"，只是同样逃难到此的宋高宗赵构在西湖之上吃了鱼羹之后，大加赞赏，遂使其在杭州流行开来；东坡肉的发明人苏轼老先生，只不过当太守时在杭州待过几天，领的是暂住证，原籍本是四川眉山。再如，"排南"一菜之主料——火腿，全部取诸金华；干菜扣肉则索性从绍兴连锅端来。如果论起幼谟来，这些菜品与杭州的关系似乎都不够"正"。而杭州菜正因为勇于破除门户之见，接纳这些外来精华，并将其发扬光大，才形成了今日的南料北烹，口味交融的特色，受到世人喜爱。若是一味侈谈正宗，盲目排外，今天的杭菜所能剩下的大约只有龙井虾仁、炸响铃、西湖莼菜汤等不多的几样。正宗虽有之，食客却无矣。

慎谈正宗，还因为中国餐饮业的兴旺之道，不但在于开放，更在于创新。老祖宗传下来的那一套固然有许多美味，但也需要根据时代的发展不断完善提高，如此方能永葆活力。周代的影苏淑是专供天子享用的，有几千年历史，算得上美食正宗之正宗了，但其实也不过是些酱渍生牛肉、肉酱盖浇饭、网油烤狗肝之类的东西。今天看来，不过尔尔。倒是"炮豚"还能说上几句：先将乳猪杀掏去内脏，以枣填满腹中，再用芦苇把乳猪缠裹起来，外涂带草的泥巴，放在火上烤。烤毕剥去泥巴，将乳猪表面清洁一下，再用稻米粉调成糊状涂在上面。然后，在小鼎内放油没过乳猪煎熬，鼎内放香草。再将小鼎放在注水的大鼎中，用火加热，大鼎中的沸滚的水不能进入小鼎。连续烧火三天三夜之后，这炮豚才算做好。吃时蘸以肉酱和酸汤。区区乳猪费得如许工夫才能入口，繁琐不说，也实在不经济，且味道也未见得好。如果今天还有哪家馆子拿这样的"正宗"说事儿，大约只有砸锅的份儿。

近些年来，川粤等菜系能够在各地大行其道，一个重要原因就是敢于突破"正宗"，根据食客的口味不断创新。以食蟹为例，过去的正宗吃法是清蒸之后佐以姜醋食之。不假任何调料品其原味，更为高级。李笠翁在《闲情偶寄》中，便明确指出，吃螃蟹"和以他味者，犹之以熠火助日，掬水益河，冀其有裨也，不亦难乎？"可现在四川却有人不理权威那一套，不但要和以他味，而且是前所未闻的辣味，结果竟然开出一片新天地，也许日后倒成了正宗。四川还有一道新创凉菜"红油雪梨"，非但难称正宗，简直就是左道，竟然把红彤彤的辣椒油和白生生的甜梨肉掺和在一起吃，全然不讲姓"社"姓"资"。但品尝之后你却不能不慨叹："硬是要得！"微辣之中，更能凸显雪梨之甘脆，绝妙之至。

曾经风行大半个中国的鲁菜，如今却似乎有些式微。这恐怕与"正宗"意识过浓不无关系，至今还拿着九转大肠、锅烧肘子看家，不免过于油腻。杭州菜这两年能够走遍大江南北，所打之招牌也是有"新派"而非"正宗"，像神仙老鸭煲、富贵猪手、八宝牛腩等菜品，大都是老树新芽，而不是宋高宗赵构当年在临安吃的玩意儿。与时俱进，事业方能兴旺发达。所说的当然不止是杭菜。

堂餐滋味

当官的一大好处是有得吃。而且官越大越是有得吃。起码中国古代如此。许多时候，当官之后想不吃简直都不行，因为有制度管着。

唐朝时，太宗李世民看到大臣值班很辛苦，常常到了吃饭时间还干不完事，于是降旨，供应午餐。免费，白吃。这就是堂餐，也叫堂馔。老李的算盘其实打得挺精：把手下饿出个胃溃疡什么的，没人干活不说，还得老传太医给他们治病，医药费也不少花，不如送顿饭吃，花钱不多，还能落下个关心下属的好名声。唐朝开国初期政事清简，据《新唐书》记载，太宗时中央和地方官员全算上，编制不过七百二十人，相当于北京市局级干部的三分之一强，加上编外人员也不算太多。因此，给朝臣来上一顿免费工作餐，还说得过去。

不过，此例一开，难免有人蹬鼻子上脸，非要来个锦上添花。以后，朝臣一旦升至宰相，白吃饭不说，还要单独另开小灶，说是这样可以吃饭工作两不误，商讨国家大事时不受外界干扰。理由很是堂皇。唐朝虽未正式设宰相之职，但是享受宰相待遇的人可是不少，尚书、中书、门下三省的主要头头都在此列。

大家凑在一起，开个大唐公司临时董事会，捏咕捏咕，就能把这件事定下来。万一下面有人反对，还可以说是集体决策集体负责，让他板子找不着屁股。

高宗时，这些宰臣之中有人大概听到了下面议论，于是研讨吃喝是否过于丰盛，"欲少损"。新提拔起来的张文瓘大概心里有些不平衡，觉得凭什么你们吃够了，轮到我就要改革，于是发了一通高论，说是"此天子所以重枢务、待贤才也。吾等若不任职，当自引避，不宜节减，以自取名"。这话实在有分量。当高官吃好饭，这是皇上的恩典。想在此事上搞什么改革，只能说明你没有真本事，干脆回家抱孙子得了。此言一出，举座哑然。是为国家省点伙食费还是保住自己的乌纱帽，如果连这点事体都拎不清爽，确实该抱孙子了。一项制度一旦建立，受益者总不难找出冠冕堂皇的理由维护它的存在。堂餐即是一例。

既然宰臣们得开小灶是皇上的恩典，因此总要投桃报李，于是唐代便出现了烧尾宴。大臣当上宰相，官阶上大大进了一步，等于鲤鱼跳过了龙门，只有将尾巴烧掉，才能修成正果。因此，新任宰相必须办一顿丰盛宴席，请皇上当主客，这就是烧尾宴。唐中宗时，韦巨源官拜尚书左仆射即宰相，便向皇上进献过一顿烧尾宴。据《清异录》记载，其中菜点兼备，名堂甚多，像什么光明虾炙（生虾可用），通花软牛肠（胎用羊膏髓），生进二十四节气馄饨（花形馅料各异，凡二十四种），生进鸭花汤饼（典厨入内下汤），冷蟾儿羹（蛤蜊），凤凰胎（杂治鱼白），升平炙（炙羊、鹿舌拌，三百数），八仙盘（剔鹅作八副）等，共数十种。为了烧掉尾巴，韦巨源想必大大破费了一回。不过，这样做也不吃亏，只要在宰相位子多吃几年就能找补回来。

等到"安史之乱"后，由于国力衰竭，堂餐也不得不跟着打折扣。唐德宗建中三年时，为了筹集军费，皇上下令降低御膳和皇太子吃喝标准，中书侍郎张镒立刻跟着上折子，"奏减堂餐钱及百官禀奉三分一，以助用度"。张镒算是聪明人，知道到什么山唱什么歌，皇上都减膳了，你就绝不可再唱"此天子所以重枢务、待贤才"的高调，否则老板一怒之下拆了食堂，让你再饿着肚子上班。这就是官场学问。节约堂餐支出即可补充军费之不足，可见当时公款吃喝的人数已然大增，国家有些难以为继了。

不过，堂餐标准虽可降，原有规矩却不可破，宰相吃饭时，依旧禁止下级奏事。一般人等也没有这个胆量，除非不想混了。可是遇到非一般人等，便有些麻烦。唐顺宗时，就出过这样一档事。一次宰臣郑珣瑜、韦执谊、杜佑、高郢几人正在中书省用餐，翰林学士王叔文非要找韦执谊议事。这可把韦丞相噎着了。王叔文虽然官位不高，却是皇上的大红人，此时不见，虽合制度，可万一他在圣上耳边嘀咕几句，就得吃不了兜着走。韦执谊思忖多时，脸儿涨得通红，最后终于想得透彻，不但将王叔文迎到官署，还让手下再备一桌饭，陪他吃将起来。杜佑、高郢两位也是明白人，闻知此事埋头继续吃自己的饭，一言不发。只有郑珣瑜犯傻，觉得宰相尊严扫地，长叹一声："吾岂可复处此乎？"随即吩咐手下备马回府，堂餐，不吃了。一顿不吃固然不打紧，可几天后老郑的宰相纱帽便没了，再想吃堂餐也没戏了，窝囊得他一病不起，郁闷而终。

不知官场规矩有时即是无规矩者，官，当不稳；饭，吃不香。

汪曾祺作品 / 文人与食事：多年父子成兄弟

烤鸭析味

不到长城非好汉，不吃烤鸭真遗憾。

不知是否受了这等绝妙好词的影响，这几年，外地人外国人进北京，不呼哧带喘登一次八达岭，不狼吞虎咽吃一顿全聚德，就像到巴黎不入卢浮宫，去纽约不看自由女神像一样，简直无颜再见江东父老。二〇〇〇年十月二日，国庆游行刚一结束，全聚德烤鸭便出现全面吃紧的局面。仅和平门一家店，一天就卖出一万只烤鸭子，切了一吨大葱。好家伙！要知道，搁在五十多年前，前门全聚德老店一天能卖出三百只烤鸭子就算财星高照了，老板伙计全都乐得颠儿颠儿的。

烤鸭之名不知始于何时。起码上世纪三十年代时北京还管烤鸭叫烧鸭子。有人考证，"烤"本为民间俗语，有其音而无其字。后来北京出了几家烤肉店，最有名者为西城宣武门的烤肉宛和东城什刹海的烤肉季。一次烤肉宛的老板恳请前来吃饭的齐白石题写牌匾，齐老先生才发明了这个"烤"字。此说虽不知确否，但《辞源》中对"烤"字的介绍的确很模糊——"用火烘或向火取暖"，此外并无任何"烤"字见诸典籍的记录，而炒、炸、炙、炮、灼则均有记载，有的可上溯到几千年前。

足见"烤"字问世时间并不很长。

烤鸭当年虽然只是叫烧鸭子，有点土气，但其显赫地位并未受到影响。乾隆下江南时，一路上总断不了"挂炉鸭子"相随；能连吃几天几夜的"满汉全席"，户口本上也登记着"挂炉走油鸭"。不过，烧鸭子当时并不是一道主菜，而是配角儿。乾隆所吃的挂炉鸭子总是与燕窝、肥鸡、野味、炉肉、冬笋等同烩，顶不济也得找棵大白菜陪衬陪衬。当年北京大宅门立春时讲究吃春饼，面酱、葱丝之外，还要裹卷酱肘子丝、酱肘花丝、小肚丝、熏鸡丝、烧鸭丝、咸肉丝、熏肉丝、炉肉丝、叉烧肉丝、火腿丝、香肠丝、烹掐菜、炒韭黄等，烧鸭丝只是这七七八八的诸丝中的一员，排名还较为靠后。大家彼此彼此，谁也不是核心。这些熟肉全为外购，由店家装在圆形木盒中送上门来，俗称"盒子菜"。京城最老的烤鸭店便宜坊，当年就是靠卖"盒子菜"起家的，后来食风改变，烤鸭吃香，这才专营烤鸭。至于全聚德，更是看到便宜坊烤鸭生意兴隆，才杀入这一市场的。算起来，这已经是一百多年前的事情了。

第一个把烤鸭从"盒子菜"中选拔出来的人，真是高人。非此，烤鸭难有今天之大行天下享誉全球的地位。要说，吃烤鸭与吃春饼在形式上并无太大区别，都离不开薄饼加面酱、葱丝，所不同的是一专裹烤鸭，一兼收并蓄。只有舍弃诸味而独尊烤鸭，它的皮脆、肉嫩、香酥、细腻等诸多特点，才能充分显露出来，才能占尽风情，傲视同侪。我觉得，首倡烤鸭单吃的，应为美食大家兼官场老手。非美食大家，难发掘烤鸭种种之内在优秀品质，唯官场老手，才熟谙"多中心即无中心"之道理，将其从政坛移植到烹坛。自古以来，中国人便认为做饭与做官有相同之处，治大国若烹小鲜是也。

第一个把烤鸭单拎出来吃的人，还得有点改革意识。不然的话，只会亦步亦趋照着皇上的样子吃烧鸭子，来一碗汤汤水水的大杂烩。其味道虽然也不会错，但毕竟比不得烤出来直接入口来得痛快过瘾。好在，对于烧鸭子吃法之类的改革，历朝历代的统治者大都不加干涉，因为这对大局无大碍，搞好了当今还能坐享其成。要不然，慈禧怎么把领头搞戊戌变法的杀了头，同一时期搞烧鸭变法的却没听说被怎么样了呢。正因为对烤鸭之类改革的宽容，才造就了中国之世界烹饪大国的地位，也正因为对非烤鸭之类改革的非宽容，才使中国长期以来仅能以世界烹饪大国自慰。此说当可成立。

　　往大了说，烤鸭子的发展史其实也是一部改革史。当年全聚德创始人杨全仁把流行的焖炉烤鸭改为挂炉烤鸭，为品种创新；后来从单卖烤鸭改为全鸭席，属产品升级；至于这几年更是进行了脱胎换骨的变革。全聚德成立了集团公司，发展了连锁经营，花几千万建立了鸭坯加工厂，还想搞成上市公司。其间进展有之，但磕磕绊绊的事情也有不少。烤鸭子的改革一旦从技术层面转到企业层面，其面临的问题也就不再有政策优惠了。好在，这并不妨碍全聚德烤鸭的美味，一般食客尽可不必操心。

　　据说吃烤鸭的最佳方法是不要别的菜，单独吃烤鸭。如此才能清心净口，品尝出烤鸭的独特韵味。又据说这是我们家老爹向别人传授的秘诀。我虽然从未和他在外吃过烤鸭，但想象中这种吃法确实有些意思。有兴趣者自可一试，不过先得学会不理睬周围食客和服务员的诧异目光，那里面的意思分明是——你有病呀？

狗肉随想

中国近代起码有两个将军喜食狗肉。其一黑，其一红。

黑者为张宗昌，北洋时期曾当过什么山东军务督办，直鲁一联军总司令。张宗昌外号"狗肉将军"，可见其嗜狗之癖确实不小。不过，他更为人所知的是"三不知"——不知兵有多少，不知钱有多少，不知小老婆有多少。有了这"三不知"，倒霉的自然是老百姓。当时鲁地流行民谣："也有葱，也有蒜，锅里煮的张督办"，"也有蒜，也有姜，锅里煮的张宗昌。"把他当狗肉煮了。

这张督办干的另一件露脸的事与媒介有关。一九二六年八月六日，他在北京下令把《社会日报》的主笔林白水枪毙掉了。盖因为林白水在文章中将当时的国务总理潘复说成是张宗昌的"肾囊"，而非"智囊"，而且拒不更正。林白水也刻薄了一点，把堂堂一国总理说成"那个"，未免有些不成体统。但当时并没有"恶攻罪"，林白水即便说了也罪不当诛，然而，还是被一枪干掉了。笔杆子遭遇枪杆子，其结局往往如此。

红者为粟裕，人民解放军大将之中第一人。粟裕也曾在鲁地征战多年，战绩卓著。莱芜大捷，孟良崮全歼国民党七十四师，都是经典战例。粟裕将军也喜吃狗肉。战争期间，部队行军每到一地，将军即掏出五元钱"请客"，派人与群众商量打狗。部属凡吃狗肉，必送将军一份，无论何时将军均喜纳之。故将军发怒时，参谋人员便急传令："打狗！打狗！"此非杜撰，原文见《解放军文艺人》。

引用这两件事，是想说明，世界上有许多事情其实是难以用政治标准衡量的。比如一个人吃什么东西，就纯粹是个人喜好，与阶级立场、政治表现并无太多关联。在欣赏美味方面，革命派与反动派很难做到势不两立，泾渭分明。狗肉便是一例。正因如此，中国的饮食文化才不会因朝代更迭而中断，才能蔚为大观。

中国人食狗史可谓久矣。距今五六千年的西安半坡遗址中，即发现有狗骨。据甲骨文记载，商代祭祀神灵一次便用狗百头，可见当时养狗已具备相当规模。狗在周秦两汉期间是"六畜"之一，豢养极普遍，排名在马、牛、羊、鸡之后，猪之前，位置还是满重要的。当时人们以狗肉为佳肴，配合粱米食用，狗肉比猪、羊肉更受欢迎。周代宫廷食品"八珍"之一的"肝膋"，就是网油烤狗肝。汉代以狗肉或狗下水为原料的菜肴有"狗醢羹"、"狗苦羹"、"犬肋炙"、"犬肝炙"等。

当时人们天字第一号的问题是果腹，尚无余力养狗逗着玩儿，只是用其打猎或将其食用；或两者兼而有之，先打猎，再吃掉。为汉王朝的创立立下赫赫战功的韩信，后来被高祖刘邦以谋反之罪拿下时，曾经慨叹："狡兔死，良狗烹；飞鸟尽，良弓藏；敌国破，谋臣亡。"一旦丧失利用价值，良狗都要拿来烹，遑论劣狗。

养狗长肉慢，又费饲料，因此终于未能取代猪羊的位置，成为餐桌主菜。宋代以降，狗肉地位渐低，不要说名列"八珍"了，就连一般宴席也难见其面。南宋清河郡王张俊曾经在府邸请高宗赵构吃过一顿饭，共上了各类菜肴一百二十款，外加点心、水果、干果和各种看盘一百二十碟。这一百二十款正菜中，有花炊鹌子、荔枝白腰子、沙鱼脍、鲜虾蹄子脍、南炒鳝、螃蟹清羹、蛤蜊生、润鸡、润兔、爆牡蛎、水母脍、脯鸭、野鸭……美味纷呈，不一而足，然独不见狗肉。可见当时权贵已经不把狗肉放在眼里。这于某些狗倒是因祸得福，可以远离餐桌，变为宠物。不过，若想成为宠物也得有些本领，起码得顺着主人的意思卖嗲，外带对陌生人汪汪两声，显示自己的忠诚，呆头呆脑的还是难逃被烹之命运。

中国至今还有不少地方视狗肉为至味，湖南、贵州、两广均有以狗肉制作的佳肴。粟裕将军是湖南会同人，挨着贵州，喜吃狗肉可能源于家乡食俗。广西一些地方如果把你称作"狗肉朋友"，那可是最高的荣誉，等于说你和他"好得穿一条裤子"。延边的朝鲜冷面如果没有几片狗肉，就不算正宗。广东等地流行一句话："狗肉滚三滚，神仙站不稳。"神仙都难逃诱惑，何况凡夫俗子。

西方人对东方人吃狗肉很是气愤，把吃牛而护狗视为神圣原则。不过事情总有例外。一朋友陪法国人在深圳吃饭时，专门点了一道狗肉，上菜时谎称是牛肉，直到吃完之后才将实情全盘托出。没想到，次日吃饭时法国人主动要求点菜，开日便喊："就要上次吃的'牛肉'。"此话实在是高。须知，在饮食之外，人们也常遇"牛肉狗肉"之争，学会指狗为牛之术，既能免遭不测，又可尽享美味，岂不妙哉？

扫除看盘

世上人人要吃饭，吃饭规矩各不同。

一般中国老百姓用餐，要等一家老小全部坐定，方能动筷子，不如此便为不懂礼数；外国一些人家，全家坐好之后，还要嘟囔几句：万能的主，感谢你赐予我们饮食，阿门！此类餐前仪式，中国也曾有过。三十多年前在农村插队时，所有知青进食堂先得敬祝"万寿无疆"和"永远健康"，否则不但饭没得吃，还要查你的政治立场。可惜此举未能流行长久，不然中西饮食习俗又多了一点相通之处，岂不妙哉！

至于帝王之家，吃饭时的讲究就更多了。

法国国王的早餐，只有区区一碗汤。不过，这碗汤，喝起来可实在不是简单的事情。每天早上，国王传膳之后，这碗汤要由两个寝宫侍从在两名弓箭手、一名司肉官、一名餐具总管和一名王室面包房总管的护送下，庄严地从御膳房端出，七转八转之后，才能送到餐桌上。

至于正餐，动静就更大。法王路易十四吃午饭时，人们要列队送膳。御膳运输队由御膳大总管率领，三十六名衣着华丽的宫廷侍卫和十二名手执镀金镶银权杖的仪仗官负责护送他们离开厨房，先穿过一条街，然后进入王宫，再走过迷宫似的过厅、大厅和走廊，最后将御膳送到国王的餐桌上。这样的进餐仪式一直延续到法国大革命兴起，国王上了断头台之时。等到路易十八在拿破仑倒台之后重登王位，立即把这一套又捡了回来，进膳时还要另加一百名瑞士鼓手，敲起军鼓为膳食护送队壮行。那场面，比现在的游行庆典还要热闹。

比较起来，中国皇帝吃饭时的仪式要简单些，起码没用过宫廷侍卫和弓箭手送餐。这恐怕是出于安全的考虑。试想，让那么多舞刀弄枪的总在身边转，皇上吃起饭来心里怎么能踏实？即便这些人不敢犯上作乱，但在宫闱之中闹出点风流逸事也是麻烦。因此索性斥之不用，让太监来伺候。法国的爱情小说中常把皇后、公主扯进去，中国则绝对不会有。原因无他，就是没有让拈花惹草者进宫送饭，不给他们作案机会。

不过，中国皇帝吃饭也有自己的讲究，除了要有可吃之物，还要有可看之物。这就是看菜，也称看盘。还有一种说法叫"香食"，意思是闻闻香而已，吃是不吃的。

据记载，看盘隋唐时宫中已有之，"唐御厨进食用九饤食，以牙盘九枚装食于其间，置上前，并谓之'香食'"。以后，这一习俗逐渐流传到民间。唐中宗时，刚刚拜相的韦巨源在家中设烧尾宴宴请中宗，所上的五十八道菜中，有一道"素蒸音声部"。这是由七十个蒸面人组成乐舞场面，其中有弹琴鼓瑟的乐工，也有翩翩起舞的歌伎。这便是看盘。

唐朝官员升迁之后的第一要事，就是请客。宴请亲朋同僚自不必说，当了宰相一类的大官还要请皇上大吃一顿，这就是烧尾宴。传说鲤鱼跳过龙门之后，必经天火烧掉其尾，如此方能成龙。升官就等于鲤鱼跳过了龙门，摆宴庆贺烧掉了尾巴确实应该。不过，吃过烧尾宴，脑袋日后也保不住的，也大有人在。官场上的事往往如此。

到了宋朝，看盘之风更盛。皇上设宴要摆看盘，已成为宫中定制。北宋徽宗赵佶所画《文会图轴》中，有一大帮人围坐在一张大方桌旁大吃大喝。每人面前杯碟横陈，桌子中央还有八个大盘。这些似乎便是看盘，因为所放的地方谁也够不着，而且盘中盛装的食物全都冒了尖，稍动便会塌方，实在不便于下箸。南宋度宗为皇太后祝寿，大宴文武百官，各国使节。寿筵要按来宾的官阶摆放不同看盘。高级一点"每位前列环饼、油饼、枣塔为看盘"，低级一点的"看盘如用猪、羊、鸡、鹅、连骨熟肉，饼葱、韭、蒜、醋各一碟，三五人共浆水一桶而已"。摆了这么多只看不吃的东西，居然还只是"而已"，实在是暴殄天物。

中国过去的皇帝为什么非要搞出这类只看不吃的玩意儿？答案其实很简单，要以此来显示九五之尊与升斗小民的区别。如果大家吃饭都是一个模样，这皇上当得有什么味道？因此必须在吃的形式上弄出点与众不同的花样。这道理，和法国国王喝碗汤也要人郑重其事地护送是一样的。

看盘一入诗文，便要雅起来，称作"饤饾"，也作"饾饤"。黄庭坚有诗："岁丰寒士亦把酒，满眼饤饾梨枣多"，说的便是看盘。看盘是中看不中吃的东西，因此饾饤又用来形容文辞重叠但空洞无物的文章。魏源说："浮藻饾饤，可为圣学乎？"其中"饾饤"便是这个意思。如今，餐桌上的饤饾少见了，别一种饤饾则还存活于报刊书籍之中。这类看盘其实更需大力清除。

京菜籍贯

京城一怪，多名厨，少名菜。

一九八三年，商业部搞过一次全国名厨技术表演鉴定会，由各方专家在人大会堂现场品尝，现场打分，最后评选出全国最佳厨师。记得当时的评委，除了烹饪圈内的高手外，还有溥杰、王世襄等见多识广的吃客。最后评出的十名最佳厨师中，北京一地就占了四个，有康乐餐馆的常静（女）、丰泽园饭庄的王义均、北京饭店的高望久和陈玉亮。京城多名厨，由此可见一斑。

不过，北京这些名厨的看家本事，却不是土生土长的北京菜。常静的参赛作品有炸瓜枣、桃花泛、翡翠羹，标明就是江南风味；王义均表演的则是葱烧海参、清炒鲍贝这些正儿八经的山东菜，高望久师承川菜名厨黄子云，奉上的是三元牛头、开水白菜、口袋豆腐；陈玉亮则是谭家菜传人彭长海的徒弟，黄焖鱼翅、罗汉大虾、柴把鸭子是其拿手好戏。谭家菜虽然在北京成的名，其滋味却主要取自苏粤，创始人谭宗浚、谭瑑青的籍贯更远在广东南海。京城少名菜，由此亦可见一斑。

即便是眼下人们公认的京城名菜，如果按创立人的籍贯确定其归属，也很少能留在北京名下。京菜中最著名者，莫过于

"两烤一涮"：全聚德的挂炉烤鸭，烤肉宛、烤肉季的烤牛羊肉，外加东来顺的涮羊肉。这"两烤一涮"的创始人，除了烤肉季的季德彩是通县人氏，属顺天府管辖，与北京城沾点边儿外，其余全是外来人口。不但"外"，而且"穷"，搁到现在，大概就得归入"盲流"。

烤肉宛的先辈，来自河北大厂，原来靠摆摊糊口，属于"马路游击队"；东来顺的创办者丁德山，原籍河北沧县，先前境况更惨。丁氏弟兄三人最早靠走街串巷卖黄土为生，勉强算个有业游民。北京城过去全是土路，大街之上积满浮尘，皇上到宫门之外遛达遛达，事先要净水泼街，黄土垫道，不然就得成了土猴儿；一般人家到了冬天也要买黄土，掺在煤面之中摇成煤球，以此取暖。因此京城三百六十行中，有卖黄土这一行。直到一九〇三年，丁德山才在东安市场支了个摊儿，卖点熟杂面和荞麦面扒糕；一九一四年，才正式挂出东来顺羊肉馆的招牌。至于大名鼎鼎的全聚德，创办人杨寿山也不是北京人氏，祖籍河北冀县的杨家寨。十几岁时，因家乡遭灾无法维持生活，杨寿山跑到北京谋生，起初在前门一带趸点儿生鸡生鸭零卖，积攒下一点本钱后，才在清朝同治三年（一八六四年）年创办了全聚德。算下来，这已经是一百三十多年前的事儿了。

不仅掌柜的如此，这些饭馆的当家厨师，也多为外地人。以全聚德为例，挂出招牌之后的几十年，负责烤鸭的师傅总共只有三个，单线联系，代代相传。最早的师傅姓孙，据说曾经在宫廷里伺候过皇上，烤鸭子就是由他引入全聚德的。孙老师傅临退休，把手艺传给了蒲长春；蒲长春干到七十岁，准备回家养老时，又将手艺传给了张文藻。时为一九三二年。三代烤鸭高手，一水儿的胶东人。如果当时有哪一个心里不痛快，撂挑子回家，或是查户口时没有就业许可证被清退回乡，烤鸭子没准就成了烟台一带的名菜，再没北京的份儿。幸好当时还不兴就业许可证。

北京人为什么让这么多外地人掌管自己的嘴巴？大概是环境使然。北京尽管是中国四大古都之一，但是论物产，比不得江浙两广，论庖艺，也难有太多说道。在此建都的契丹、女真、蒙古乃至清代的满族，以前长期游牧渔猎，于饮食上并不甚讲究。元代饮膳御医忽思慧所著《饮膳正要》中所列菜肴，有炒狼汤，熊肉羹，獭肝羹，马肚盘，还有什么乌驴皮汤："乌驴皮一张，挦洗净，右件蒸熟，细切如条，与豉汁中入五味，调和匀，煮过，空心食之。"这类玩意儿，吃个稀罕凑凑合合，其味道则未必佳。

满族入关在北京安营扎寨后，也带来了一些特色食品，像血肠，包儿饭，还有什么四大酱：炒黄瓜酱、炒胡萝卜酱、炒豌豆酱、炒棒子酱。炒黄瓜酱的做法为："将黄瓜洗净，切丁，用精盐拌匀，腌出黄瓜里的水分，滗出不要。将瘦猪肉也切成细丁。将熟猪油倒入锅内，置于旺火上烧热，放入肉丁煸炒至干，随即加入葱末、姜末和黄酱炒二至三分钟，待酱味浸到肉中后，放入黄瓜丁、绍酒、酱油、味精略炒，勾芡淋油即成。"味道似乎还不错。不过，天天都是四大酱，人难免会变成咸菜。所幸的是，北京人于饮馔上并不排外，只要是好东西，不管本地外地，统统揽入麾下为我所吃，这才使京菜增添了不少成色。

如果当时官府以保障本地就业为由，将外地人外地菜一概轰出城门，北京人现在大约只好啃窝头，喝豆汁儿，连臭豆腐也没得一块吃。因为王致和据说也是外地人。

食蟹寻味

食品不加盐醋而五味全者，为蚶、为蟹。

说这话的人，是张岱。在中国历代文人中，精美食而擅美文者，张岱是一个。有《陶庵梦忆》为证。书中有文专写食蟹："一到十月，余与友人兄弟立蟹会，期于午后至，煮蟹食之，人六只，恐冷腥，迭番煮之，从以肥腊鸭、牛乳酪，醉蚶如琥珀，以鸭汁煮白菜，如玉版；果蔬以谢橘，以风栗，以风菱，饮以'玉壶冰'，蔬以兵坑笋，饭以余杭白，漱以兰雪茶。繇今思之，真如天厨仙供，酒醉饭饱，惭愧惭愧。"这等精致吃食，确实值得一书，让后人跟着流口水。

螃蟹自身五味俱全，因而最宜蒸煮之后直接剥食。此为食蟹之正宗。

明代宫中吃螃蟹，就是这个法子。八月"始造新酒，蟹始肥。凡宫眷内臣吃蟹，活洗净，用蒲包蒸熟，五六成群，攒坐共食，嬉嬉笑笑。自揭脐盖，细细用指甲挑剔，蘸醋蒜以佐酒。或剔蟹胸骨，八路完整如蝴蝶式者，以示巧焉。食毕，饮苏叶汤，用苏叶等件洗手，为盛会也"。

待到满族入关，朝代更迭，老爱家取代老朱家坐上了金銮殿，律令要重写，朝臣须换班，可这宫中食蟹之方却是照单全收，还要传诸子孙。据睿亲王后裔金寄水回忆，当年王府的内眷们，每逢秋高蟹肥，便要互相请客。食蟹之方也只是整蒸剥食，而且不得借助仆人之力，主客一律自己动手，边吃边聊。同时还要比赛，看谁吃得又快又干净。输者则要出资，请大家听京戏。看来，《红楼梦》三十八回所写贾府持螯赏桂的盛会，确实有所依据，只不过比真实生活更精彩罢了。要说满族在关外游猎时，上好的饭菜不过祭祖时的白水煮猪肉，辽河虽然也产河蟹，却未闻其享用过。而一旦入主中原，对于这等饮食精华不但不拒绝，而且还要发扬光大。可见，世间有许多好东西是不能因固有习俗和意识形态而排斥的，硬要如此，嘴巴只好淡出鸟来。

食蟹当然不止整蒸整煮一法。宋《山家清供》中便有"蟹酿橙"之方："橙用熟而大者，截顶，剜去瓤，留少液，以蟹膏肉实其内，仍以带枝顶覆之，入小甑，用酒、醋、水蒸熟。用醋、盐供食，香而鲜，使人有新酒、菊花、香橙、螃蟹之兴。"至今，浙江菜中仍有橙蟹同食之法。作家赵大年的舅母幼时在扬州当过丫环，擅剥蟹肉，后来被赵的大舅买回做偏房。一次其大舅做寿，此舅母花了一天一夜时间，剥了一篓生蟹，然后配以姜粉、醋精、葡萄酒、蛋清、蛋黄，硬是"粘"出了十只肥美的无壳全黄整蟹来。上屉蒸过一遍之后，再用紫菜剪成壳、螯、腿形，以蛋黄粘于表面，涂油再蒸二遍。如此，螃蟹便可带"壳"大嚼了。这等吃法，今天大款很难享受到。偏房是不能娶的，小蜜二奶则没有这般情致与技艺。

不过，真正的美食家对烹蟹添油加醋的做法是不以为然甚至深恶痛绝的。李渔便认为："世间好物，利在孤行。蟹之鲜而肥，甘而腻，白似玉而黄似金，已造色、香、味三者之至极，更无一物可以上之。和以他味者，犹之以燧火助日，掬水益河，冀有其裨也，不亦难乎？"为这话，天下厨师该联手把李笠翁打入十八层地狱，这简直是把他们的饭碗都给砸了。

我们一家则是坚定的李渔派，吃螃蟹一向整蒸剥食。其中又以女儿最为铁杆，不但百吃不厌，不惮费力，而且不假佐料。问之原因，答曰蟹肉一沾姜醋，便会掩其本味，所品只是调料耳。这张嘴，比号称美食家的爷爷还要命。为了女儿的嗜蟹之好，该把她送到德国去。

距柏林百余公里处有一湖，前几年螃蟹成了灾。渔民捕鱼时经常被此怪异之物划破鱼网，只好在报上刊登螃蟹图片，征求消灾解厄之方。当地中国人认得此物为中国河蟹，遂以一马克一公斤的价格购回，大快朵颐。一马克一公斤，一斤还不到人民币两元。便宜。此后德国及周边国家的中国人都来此买蟹尝鲜，把蟹价抬到了五马克一公斤，但还是便宜。一同事在德国当了四年驻外记者，自称四年所吃大闸蟹比在国内四十年还要多。

此事虽出自同事之口，但我仍不敢全信。中国河蟹，怎么会漂洋过海到了德国？直至近日偶翻书籍，方知此言不虚。一八七二年，蟹瘟疫使德国的河蟹灭绝。一九〇五年，中国绒螯蟹（即河蟹的学名）传入德国，泛滥成灾。此事载于德国维尔纳·施泰因所著《人类文明编年纪事——经济和生活分册》，应该可信。看来，德国人虽然办事认真精细，但对付螃蟹还差点事，蟹灾闹了近一百年仍无治理良方，最后还得靠中国人的嘴巴来维持生态平衡。倘若中国人把这等本事用在其他方面，那该是个什么光景！

吃醋杂说

造醋是中国人的一大发明。

未有醋之前，古人只能用梅子捣碎之后，取其汁调味，《尚书》中"欲作和羹，尔惟盐梅"，说的就是这段历史。其时饭菜滋味，相当寡淡。有专家考证，汉朝之后，才有了以植物淀粉为主料经发酵制成的酸性调味品——醋，从此以后醋民渐多。南宋吴自牧在《梦粱录》中已经记载："盖人家每日不可缺者，柴米油盐酱醋茶"。不过，尽管吃醋者数以亿计，但"吃醋"的声誉却不好。这全是让唐太宗闹的。

李世民即位之后，不知怎么一时心血来潮，要将几名美女赐给宰相房玄龄作妾，房玄龄死活不敢要。太宗知悉全因宰相夫人从中作梗，便想断一断家务事，把宰相夫人召来说："若宁不妒而生，宁妒而死？"并叫人送上一壶"毒酒"，让她当即抉择。没想到，房夫人"宁妒而死"，接过"毒酒"一饮而尽。幸好，李世民给她喝的只是一壶醋，不然非得闹出人命来。

此事新旧《唐书》均不载，见于唐人笔记《朝野佥载》，未知是真是假。不过，唐太宗和房玄龄的关系非同一般则是确实的。他让房玄龄当了十多年的宰相，下令在表彰开国功臣的凌烟阁上供奉其画像，在房玄龄晚年病重的时候，还下令凿开宫墙，以便随时去房府探望病情。房玄龄一生处事谨慎，因此太宗得闲时拿他开开玩笑也是有可能的。这个玩笑一开，吃醋便有了另一重含义："产生嫉妒情绪（多指在男女关系上）"，而且广为流传。现如今，知道房玄龄的人大概不多，但问起"吃醋"的意思来，则是妇孺皆知。如若不信，可到电视歌手大奖赛上做一测试。

自打有了"吃醋"一词，醋的社会形象便大受影响。据清人笔记《栖霞阁野乘》记载，朱兰坡主讲钟山书院时，曾让学生以柴米油盐酱醋茶各赋七律一首，有一顾姓书生《咏醋》诗更是深得其中三昧。起句为："书生风味美人心"，结句为："我亦醯鸡感身世，半瓶羞涩到而今。"书生风味自然是穷酸，美人心则是"吃醋"。"半瓶"后面省略的是一醋字，没有一个是好词儿。"醯"则是醋的古称，不过"醯鸡"却不是醋烧鸡，而是比蚊蚋还要小的虫子。《庄子·田子方》中记载，孔子去见老子，老子趁机教诲了他一番，说是至人的道德就是自然之道，是贯通万物的，故无须特别培养，而万物就离不开它。就像天之自高，地之自厚，日月之自明，一切本来如此，故无须加工，等等。孔子回来后深有体会地告诉颜回："丘之于道也，其犹醯鸡欤！微夫子发吾覆也，吾不知天地之大全也。"知道了这个典故，也就明白了醯鸡也不是什么好词儿，尽管它与醋只有字面上的联系。

虽说蒙受了种种不白之冤，但醋在烹调界的地位却并未因此而减损。北宋陶谷在《清异录》中说："酱，八珍主人也；醋，食总管也。反是为，恶酱为厨司大耗；恶醋为小耗。"不但封醋为食总管，而且认为厌弃酱醋是厨师的绝大损失。宋代菜单中带有醋字的就有醋赤蟹、醋白蟹、枨醋洗手蟹、枨醋蚶、五辣醋蚶子、五辣醋羊、醋鲞、酒醋肉、姜醋生螺、姜醋假公权，等等。现在杭州菜中的西湖醋鱼、宋嫂鱼羹之类的醋菜，恐怕与宋代还有些渊源，因为当时杭人之嗜醋，绝不逊于今日之晋人。

北宋李之仪在《姑溪居士文集》中记载，杭人"食醋多于饮酒"。到了南宋，民间更是流传着这样的俚语："欲得官，杀人放火受招安；欲得富，赶著行在卖酒醋。"行在即是临安，也就是今日的杭州。宋高宗南渡后，称临安为行在，即行都，以示不忘故都汴梁。不过，这一"临"就是一百多年，到后来干脆是"直把杭州作汴州"了。卖醋而能得富，足见当时杭州人吃醋之普及。南宋朝廷和临安府还分别在城里设有"御醋库"和"公使醋库"，专门生产食醋。凡事一旦有官家掺和在内，其中多有厚利可图。由此可以断定，卖醋得富，应非虚言。

柴米油盐酱醋茶这人家每日不可缺少的七样东西中，盐茶过去被官府十分看重，经常要"榷"之，即实行专卖，以便从中抽取高额税收，供养百官群僚。一些朝代实在没有来钱的辙了，也要拿醋"榷"一下。宋元两代和金国，都有榷醋的记载，有的地方甚至达到了"郡计仰榷醋"的地步。为了维护专卖，宋徽宗还下过诏令："卖醋毋得越郡城五里外，凡县、镇、村并禁……"连吃醋都如此不自由，今日看来未免可笑。未知后人看今日之事，是否会有同感。

醋之佳品甚多，镇江香醋，山西老陈醋，四川保宁醋，天津独流老醋，各有特色。当年袁枚认为："镇江醋颜色虽佳，味不甚酸，失醋之本旨矣。以板浦醋为第一，浦口醋次之。"至今，江苏灌云县板浦镇的汪怒友滴醋仍有名，不过此醋与本人毫无瓜葛。

极品豆腐

豆腐的出身似乎很高贵。

《本草纲目》对此言之凿凿："豆腐之法，始于淮南王刘安。凡黑豆、黄豆及白豆、泥豆、绿豆之类，皆可为之。水浸，硙碎。滤去渣，煎成。以盐卤汁或山矾叶或酸浆醋淀，就釜收之。大抵得咸苦酸辛之物，皆可收敛尔。其面上凝结者，揭取晾干，名豆腐皮，人馔甚佳也。味甘咸寒有小毒。"

刘安是汉高祖刘邦的孙子，总想着长生不老，为此罗致了不少方士一起炼丹制药，瞎鼓捣。后人据此认为，这些方士虽然肯定炼不成灵丹妙药，但经常要拿各种材料搞试验，鼓捣出个豆腐来还是有可能的。这种推理虽然符合逻辑，但只是推理而已。因为从两汉到隋唐，各种文字资料中均未见有关于豆腐的记载，包括诗词歌赋。而中国的文人一旦吃上点稀罕物，总会按捺不住哼哼几句，广而告之。因此，豆腐的高贵出身实在是值得怀疑。

关于淮南王刘安发明豆腐的说法，明代之前便已有之。南宋朱熹曾赋有《豆腐》诗："种豆豆苗稀，力竭心已腐；早知淮南术，安坐获泉布。"此诗未知是朱老夫子自况还是出于悯农之心，但从中可以看出两点，一是南宋时便有豆腐源于淮南王之说；二是当时豆腐制作方法还不甚普及，因而稳坐家中便可大赚其钱。两说之中应有一伪。如果真是刘安发明的豆腐，那么到了朱熹生活的年代，其历史已有千年，制作工艺早该普及开来，哪里还有厚利可图。除非卖豆腐属于垄断行业。

朱老夫子不懂科学，只知道闷头"格物"，格来格去，还是搞不清为什么一斤黄豆能做出好几斤豆腐，因此索性不吃。这样也好，免得日后配享孔圣人时发馋。因为豆腐的发明专利稀里糊涂归了刘安，而刘安在世时一直攻击儒家是"俗世之学"，因此孔庙祭祀时绝不用豆腐，怕噎着圣人。

现知有关豆腐的最早文字记载，见于宋初陶谷所著的《清异录》："时戢为青阳丞，洁己勤民，肉味不给，日市豆腐数个，邑人呼豆腐为'小宰羊'。"此后关于豆腐的文字资料才逐渐多起来。宋代的豆腐有许多别号，如乳脂、犁祁、黎祁、盐酪等，苏武、沈括、陆游、杨万里等人都提到过豆腐。南宋林洪撰写的《山家清供》中，已有"东坡豆腐"制法："豆腐，葱油煎，用研榧子一二十枚和酱料同煮。又方，纯以酒煮。俱有益也。"书中还有一道"雪霞羹"："采芙蓉花，去心、蒂，汤焯之，同豆腐煮。红白交错，恍如雪霁之霞，名雪霞羹。加胡椒、姜，亦可也。"这似乎比纯以酒煮的东坡豆腐更有些意思。

豆腐自问世以来，多在普通人家，因此有了"贵人吃贵物，穷人吃豆腐"这样一句话。贵人以豆腐调剂一下口味的事是有的。但餐桌之上仅有豆腐，就有些反常。清代湖南巡抚陆耀，一次为了求雨，午餐改吃青菜豆腐，已经让视察工作的总督大为感动。不过，有时候一等一的大贵人，也会借豆腐做做文章。

清朝当过江苏巡抚的宋荦，就被圣祖康熙赐给过豆腐。他在《西陂类稿》中满怀深情地回忆，当年康熙南巡时曾传旨："朕有日用豆腐一品，味异寻常，因宋巡抚是有年纪的人，可令御厨传授与巡抚厨子，为后半世享用。"获此殊荣的还有其时当过刑部尚书的徐乾学（号健庵），据说他在奉旨到御膳房取豆腐方时，还被御厨敲去了一千两银子。后来徐健庵将此豆腐方传给门生王楼村，又被袁枚在王氏后代王孟亭太守家中吃到，在《随园食单》中哼哼了一通，这才让后人知悉此事。徐乾学是康熙倚重的词臣，退休时皇上特赐"光芒万丈"的榜额，顺便赏他一道豆腐吃也有可能。徐乾学致仕是在康熙二十九年，而宋荦当上江苏巡抚是在康熙三十一年，接驾更在其后数年，论起来，徐健庵所获御赐豆腐还是原装。

皇帝赐予的豆腐，该是豆腐中的极品了。《随园食单》中有此制作工艺："用嫩片切粉碎，加香蕈屑、蘑菇屑、松子仁屑、瓜子仁屑、鸡屑、火腿屑，同入浓汁中炒滚起锅。用腐脑亦可。用瓢不用箸。"不过，袁枚却将此豆腐更名为"王太守八宝豆腐"，也许是觉着皇上吃的豆腐其实未必有这么精致。这一点，倒是有清宫档案可为佐证。清高宗弘历第四次下江南时，乾隆三十年二月十五日的两顿御膳上，先后有菠菜鸡丝豆腐汤二品和肥鸡徽州豆腐一品。这些豆腐菜并非出自御厨，而是接驾的苏州织造普福的家厨之手艺。乾隆皇帝用毕龙颜大悦，特地关照赏赐给这些外厨"每人一两重的银锞二个"，并把"徽州豆腐"赏给皇后品尝。可见，当时江南的豆腐滋味要远胜于宫中，极品豆腐未必就是极品。豆腐之外的极品，亦应作如是观。

冰糖葫芦

冬日北京街头，有两种当家小吃：一为烤白薯，一为冰糖葫芦。烤白薯，他处抑或有之，冰糖葫芦，则应属京城最为正宗。

据"老北京"说，清朝末年时庆亲王府中的小吃盖北京，街巷之中许多小吃都是从庆王府中偷偷学出来的，其中就有冰糖葫芦。最早的糖葫芦，只是吃着玩儿的，一串之上只有两个红果（北京人把大山楂称为红果），上面的小，下面的大，果子外面蘸糖，中间用一根竹签穿起。因其形状酷似葫芦，故以冰糖葫芦名之。到了后来，可能是为了利于售卖，一根竹签上穿起了一串果子，冰糖葫芦的名字却没有改，但与其本意已相差甚远了。这是冰糖葫芦起源的一种版本。

还有另外的版本。说是九百多年前的南宋时期，宋光宗赵惇最宠爱的黄贵妃得了不知名的病，面黄肌瘦，不思饮食，久治不愈，御医束手。最后，只好请来一位民间医生为贵妃诊脉，所开药方是：冰糖与山楂煎熬，每顿饭前吃五至十枚，保证十五天见效。贵妃按此药方服后半个月后，果然痊愈。因为山楂能够消积食、散瘀血，驱绦虫，止痢疾，特别是助消化功效十分明显。大概是黄贵妃所食山珍海味过多，积住了食，因此用山楂便解除了病痛。后来这种冰糖与山楂一同煎熬的做法传到民间，老百姓又把山楂穿起来卖，就成了冰糖葫芦。

这种说法虽然很有科学道理，但与冰糖葫芦却沾不上边。将冰糖或是蜂蜜与山楂等果品同煎同煮，所制成的是另外一种食品——蜜饯。这在宋朝确已有之，当时叫作蜜煎。北京的冰糖葫芦的原料虽然也是冰糖与山楂，但两者只是"表面交情"，酸甜之味互不干涉，与蜜饯全然不同。

北京冰糖葫芦的通常做法是，将新鲜红果洗净晾干，用一尺左右的竹签穿起来，每七八枚红果穿成一串。然后将冰糖或是上好白糖放在锅中用小火慢熬，锅旁放一块光滑如镜的石板，上面抹一层香油。等到冰糖全部化开并有泡沫泛起时，将穿好的红果放到锅里翻个身，将其周身蘸满糖汁，再放到石板上晾凉。如此这般之后，便制成了酸甜味美的冰糖葫芦。熬糖讲究用砂锅或是铜勺，功夫全在火候上，火候不够红果外面的冰糖吃起来黏牙，火候过了，味道又会发苦。

北京的冰糖葫芦哪里最好？似乎难有定论。著名红学家和民俗学家邓云乡先生认为，"当年北京最好的糖葫芦是东安市场的，在那雪亮的电灯照耀下，摊子上摆着一层一层的，釉下蓝花或是五彩釉子的大盘里，放着各样新蘸得的冰糖葫芦，在那里闪闪发光，泛着诱人的异彩。其中有红果的、海棠的、核桃仁的、榅桲的、山药的、山药豆子的、红果夹豆沙的……品种繁多"。

而美文家兼美食家梁实秋先生则另有主张。他在《雅舍谈吃》里回忆说，冰糖葫芦"以信远斋所制为最精，不用竹签，每一颗山里红或海棠均单个独立，所用之果皆硕大无比，而且干净，放在垫了油纸的纸盒中由客携去"。

信远斋是一家蜜果店，原来在东琉璃厂把口处。这家店最有名的是夏天的酸梅汤和酸梅卤，冬天的冰糖葫芦也极有特色，且有好几种做法。一种是将红果破开或轻轻按扁，几个穿成一串，外面薄薄贴上一层豆沙，豆沙上再嵌入摆成京剧脸谱等图案的瓜子仁，然后再裹糖。这种糖葫芦远远望去，红是红，黑是黑，白是白，三色相间，格外醒目。还有一种叫糖墩，先将一个红果破开，去核，中间夹进一块核桃仁，再裹上糖，这样吃起来就不会倒牙了。这就是梁实秋先生文章中所说的独果糖葫芦。

如今，东安市场已不复旧时模样，信远斋也迁至他处，人们只能通过文章领略当年冰糖葫芦的精彩了。

北京城卖冰糖葫芦的，除了坐商，还有走街串巷四下叫卖的小贩。过去城里各处卖糖葫芦的吆喝声，各有各的腔调。南城的吆喝是"葫芦冰糖的，蜜嘞糖葫芦。（白）还有几串，谁砸锅去？""砸锅"是说把剩下的几串都赢了去。当时有的做小买卖的还带抽彩，类似现在的有奖销售。北城的吆喝则是另一个味儿："蜜嘞哎海哎，冰糖葫芦嘞哎嗷。"听到吆喝声，四合院里的小姑娘小小子便会奔出来，手里攥着爷爷奶奶给的零花钱，从小贩那里换回一串冰糖葫芦，然后蹦蹦跳跳地跑开。那又红又亮的冰糖葫芦，为灰蒙蒙的北京冬日增添了一抹暖色。

除了冰糖葫芦，北京还有一种大糖葫芦，这是春节期间城里厂甸和城外大钟寺庙会特有的年货。它的做法是用荆条穿上山里红，然后用刷子刷上饴糖。这种大糖葫芦小的有三尺余，大的五六尺长，顶上插以红绿纸小三角旗，很是惹眼。不过这种大糖葫芦制作粗糙，而且易沾灰，不宜入口。逛完厂甸归来手持大糖葫芦招摇过市，也是北京春节一景。如今，中断三十多年之后，北京又恢复了春节逛厂甸活动，大糖葫芦也重现市面。这很好。

北京人吃冰糖葫芦只在冬春两季，因为天气一热，冰糖就会变软融化，吃起来就不是那个味儿了。如今，这老理儿却不灵光了。广州在五六月间还在热卖冰糖葫芦，而且是广州生产的"北京冰糖葫芦"。地处热带的新加坡在四月间举办美食节时，也有人现场制作冰糖葫芦。细想起来也没有什么可奇怪的，如今冰箱冷柜并不是什么稀罕东西，把冰糖葫芦做好后冷藏起来，不就行了。奇怪的是，这主意为什么北京人就想不出来？

吃喝帮闲

中国历朝历代，各行各业，都有帮闲。吃喝上面自然也不例外。

吃喝帮闲，是指那些并不在厨房忙活，只在餐桌左近转悠，靠着"唱念做打"，讨得主人欢心，混吃混喝的人。其祖师爷，应该算是西汉成帝时的娄护。

汉成帝刘骜的娘家人多，为了照顾方方面面的关系，皇上一天之内把王谭、王商、王立、王根、王逢五个舅舅全都封了侯。大家彼此彼此，省得见天掐架。这是皇上的家事，别人不好说什么。没想到，这五个舅舅全成了"侯"，照样谁也不待见谁，互不来往不说，还严禁门下宾客接触，让皇上白折腾一场。唯一能够打破"冷战"局面的，就是娄护。据《西京杂记》记载："娄护、丰辩，传食五侯间，各得其心，竟致奇膳，护乃合以为鲭，世称五侯鲭，以为奇味焉。"娄护能够同时取得五侯的欢心，要诀大致有二。一靠"物质文明"：送上些吃食，调剂调剂他们的口味；二靠"精神文明"：发挥自己"丰辩"即能说会道的特长，哄得他们舒舒坦坦。这样的帮闲似乎不可全然否定，起码有安定政治局面之功效。另外，对中国美食的发展也有贡献，因为闹出了个"五侯鲭"。尽管是歪打正着。

五侯鲭之"鲭"，并非一种鱼，也不念"青"，其音为"蒸"，是指合鱼肉烹煮而成的食品。据说，一次王家的五个侯同时给娄护送来好吃的，让他很是为难。虽然是美味纷呈，但肚子毕竟有限，消受不起。拣最好的吃吧，又怕得罪其他的侯，日后无法再去帮闲。娄护最后想出了个招儿：把鱼呀肉呀的混在一起回锅咕嘟咕嘟，免得发馊变味，留待日后慢慢享用。没想到，五侯送来的吃食经过这么一咕嘟，味道比原来还好，于是这种"鲭"便流行开来。人们根据其原料构成，称之为"五侯鲭"。

娄护之创立"五侯鲭"，尽管出于无奈，但制作方法却暗合烹任之道。中国菜所用之原料，有的天生唯我独尊，不假他人自成佳味，如螃蟹、血蚶之类；更多的则很有团队精神，合烹之后，菜品味道更为鲜美。因此，各菜系大都有"鲭"之类的"杂烩"，像川菜中的"清蒸杂烩"、"蚕丝杂烩"，粤菜中的"满坛香"，淮扬菜中的"什锦火锅"。其中最有名者，当属福建的"佛跳墙"，所用原料，有鱼翅、鲍鱼、鱼唇、鱼肚、干贝、刺参、肥鸡、净鸭、鸭肫、鸽蛋、火腿、猪肉、猪肚、猪脑、猪蹄、蹄筋、羊肘、花菇、冬笋等二十余种。制作时先将上述物件进行初步加工，然后分别放入绍兴酒坛中，用小火"咕嘟"几个小时，待各种原料的味道相互融合，成为一体后，方算大功告成。这么多好东西凑在一起，其味自然极美，佛爷经不住诱惑，想要跳过墙来尝尝鲜，也不足为怪，

不过，合烹之菜未必一定见佳。过去饭馆有一种"折箩"，是将客人吃剩的各色饭菜凑在一道后，将鱼刺菜帮肉骨头之类实在不成样的玩意儿剥离，回锅用火紧熬，然后供学徒食用或是贱卖给贫民。这样的"劣质资产"，虽然制作上倒也符合"咕

嘟咕嘟"烹任法，但佛爷见后，恐怕只有从墙里面再跳出去。

娄护在《汉书》中有传，其名为楼护，字君卿。据说他读了不少杂书，能诵"医经、本草、方术数十万言"，嘴巴又巧，因此很快讨得上流社会的欢心。这个游走于侯门之间的帮闲，后来也被封了个"息乡侯"，不过不是靠耍嘴皮子。他把躲在自己家中的一个企图和王莽过不去的人，送交这个后来的篡位者处置，于是受到重用。这已经不是烹坛帮闲，而是官场帮忙了。至于娄护或楼护发明五侯鲭的故事，《汉书》则不载，也许是觉得此等小事于国家社稷并无干系。正史之中，一般很少有吃喝帮闲们的事迹，逼得诸多帮闲，只好千方百计到官场上帮忙。帮不上忙继续帮闲的，也得千方百计给自己涂上点官方色彩。

唐朝科考发榜之后，新科进士照例要有一系列的礼仪活动。要拜谢主考，要参谒宰相，更要参加各种名目的宴会，吃吃喝喝。其中有名的就有大相识、次相识、小相识、闻喜、樱桃、月灯、打球、牡丹、看佛牙、关宴等。这些吃喝活动都有一定之规，而进士们初入仕途，难谙"吃"道，于是，长安城便出现了专门为进士吃喝服务的机构——进士团。

进士团有首领，有帮办——所由。所由的意思是主管官吏。唐人谓府县官为所由官，可见进士团的帮办们自定的级别还不低。这些个假官，比真官还牛。据《北梦琐言》记载，一次，新进士崔昭矩由于所由办事出错，笞之。这个所由于是倒打一耙，对诸进士说："崔十五郎不合于同年前面，瞋决所由，请罚若干。"弄得崔某人反倒说不出话来。帮闲一旦有了实权，可能比帮忙还厉害。

审读讲究

凡事不宜苟且，而于饮食尤甚。这是清代袁枚老先生的训示。想想也是，中国饮食，之所以有那么多花样，有那么多说道，就在于处处不苟且，或者说处处有讲究。

一部《随园食单》，贯穿其中的无非"讲究"二字。从辨味、选料、火候到调味、用器、搭配，直至上菜顺序、菜量多寡、刷锅洗碗，全有一定之规。其中论述，多有道理。比如对作料功用的评价："厨者之作料，如妇人之衣服首饰也。虽有天姿，虽善涂抹，而敝衣蓝缕，西子亦难以为容。"就很精到。无怪乎，袁枚对于这本食单甚为得意，自认为体现了圣人之旨，于是未免有些自大，在书中把他人贬得一钱不值，说什么李渔之辈的著述绝不可信，按照他们所说方法做饭做菜，"皆恶于鼻而蛰于口，大半陋儒附会，吾无取焉。"文人相轻，大抵如此。

相轻无妨相轻，自大自去自大，旁人实在说不得什么。但是口之于味，有同嗜焉，有关"讲究"的一些基本原则，毕竟还有客观标准。非要扫荡前人，另起炉灶，难免会闹出笑话。

比如说，李笠翁在《闲情偶寄》中对做鱼吃鱼便很有讲究。

他认为："食鱼者首重在鲜，次则及肥，肥而且鲜，鱼之能事毕矣。然二美虽兼，又有所重在一者。如鲟、如鲫、如鲤，皆以鲜胜也，鲜宜清煮作汤；如鳊、如白、如鲥、如鲢，皆以肥胜也，肥宜厚烹作脍。"这些见解就不好全盘否定。于是袁枚只好另外找辙，说什么做鲥鱼万不可切成碎片加鸡汤煮，或是去其背，专取肚皮，以显示自己还有高见。不过明显是见了丈母娘叫大婶——没话搭拉儿话。

李渔又说："烹煮之法，全在火候得宜。先期而食者肉生，生则不松；过期而食者肉死，死则无味。迟客之家，他馔或可以先设以待，鱼则必须活养，俟客至旋烹。鱼之至味在鲜，而鲜之至味又只在初熟离釜之片刻，若先烹以待，是使鱼之美，发泄于空虚无人之境；待客至再经火气，犹冷饭之复炊，残酒之再热，有其形而无其质也。"这些话说得更是到位，而且很形象，让袁子才否又否不得，超又超不过，实在是起急。因此他只好在《随园食单》中，将治鱼之道草草带过，说什么"鱼起迟，则活肉变死。……鱼临食时，色白如玉，凝而不散者，活肉也；色白如粉，不相胶粘者，死肉也。明明鲜鱼，而使之不鲜，可恨已极。"这些话虽然没味道，好在袁老先生摆出一副义愤填膺的样子，大骂两声"可恨已极"，总算没有太丢面子。可见，说话不可太过。一过，难免把自己送入尴尬境地。

平心而论，袁枚的《随园食单》虽然有的话说得满了点，但仍不失为集中国传统饮食理论之大成者。就吃饭要讲究这一点，也深符圣人之意。要知道，孔老夫子虽然堂而皇之地申明："君子食无求饱，居无求安，敏于事而慎于言"，其实总想来点好吃的。《论语》中记载孔子论述吃喝的语录有不少条，"食不厌精，脍不厌细"已经成了俗语，此外还有什么十二项吃喝禁则：粮食发霉变味、鱼肉腐烂变质，不吃；食物颜色不对，不吃；气味难闻，不吃；烹调不得法，不吃；不到进食时间，不吃；砍割肉的部位、方法不对，不吃；没有合适的调料，不吃；市场上买的酒肉，不吃……这就是"讲究"的实证。孔子生前并不得志，因此没有一个专设机构整理他的著作，弄得《论语》内容难免有不尽一致的地方。不过这样也好，让人觉得圣人也还是人，不装模作样，还讲究吃好喝好，与你我差不多。

讲究并不是富贵人家的专利，穷人也有穷讲究。北京有两样土得掉渣儿的小吃：豆汁儿，麻豆腐。这些东西不过是粉坊做淀粉时的下脚料。虽然是下脚料，平民百姓食之却绝不苟且。豆汁儿要小火慢熬，喝时还要配以细切的辣咸菜丝，外带两套焦圈，如此才算完美。炒麻豆腐最好是用羊尾巴油，还得加上泡发的青豆和雪里蕻，炒好之后，还要用油炸些干辣椒和葱末，浇于刚出锅的麻豆腐之上。经过如此精心料理，这些下脚料才变成了风味小吃，否则只好去喂猪。中国的许多菜品，所用原料本不起眼，但经过一番"讲究"之后，便成了人间至味。其中典型，当属开水白菜和口袋豆腐。讲究，对成就中国饮食大国之地位，功不可没。

不过，凡事不可逾度。过分讲究，便成奢靡。据清末报人汪康年在其《汪穰卿笔记》中记载，当时有四个闽籍京官，雇人做了一道鱼翅，仅是熬汤就用了八只火腿、八只鸡和四只鸭子，全部花销有三百多两银子，"方是时，吾国东三省正为日、俄兵蹂躏也。"看来，这些官场吃货，只记住了袁枚所说的后半句话。

图书在版编目（CIP）数据

文人与食事：多年父子成兄弟 / 汪曾祺，汪朗著.—上海：上海三联书店，2016.9
ISBN 978-7-5426-5666-7

Ⅰ.①文… Ⅱ.①汪… ②汪… Ⅲ.①随笔－作品集－中国－当代 Ⅳ.①I267.1

中国版本图书馆CIP数据核字（2016）第186598号

文人与食事：多年父子成兄弟

著　　者 / 汪曾祺

责任编辑 / 陈启甸　朱静蔚

特约编辑 / 周青丰　李志卿　李　倩

装帧设计 / 乔　东　阿　龙

监　　制 / 李　敏

责任校对 / 李志卿

出版发行 / 上海三联书店

　　　　　（201199）中国上海市闵行区都市路4855号2座10楼

网　　址 / www.sjpc1932.com

印　　刷 / 山东临沂新华印刷物流集团有限责任公司

版　　次 / 2016年9月第1版

印　　次 / 2016年9月第1次印刷

开　　本 / 889×1194　1/32

字　　数 / 210 千字

印　　张 / 8.75

书　　号 / ISBN 978-7-5426-5666-7 / I·1153

定　　价 / 48.00元

敬启读者，如发现本书有印装质量问题，请与印刷厂联系0539-2925680。